毕飞宇文集

THREE SISTERS

玉米

毕飞宇

著

人民文学出版社

图书在版编目（CIP）数据

玉米/毕飞宇著. —北京：人民文学出版社，2022
（毕飞宇文集）
ISBN 978-7-02-016223-9

Ⅰ.①玉… Ⅱ.①毕… Ⅲ.①长篇小说—中国—当代 Ⅳ.①I247.5

中国版本图书馆 CIP 数据核字（2020）第 069607 号

责任编辑　赵　萍
装帧设计　陶　雷
责任印制　王重艺

出版发行　人民文学出版社
社　　址　北京市朝内大街 166 号
邮政编码　100705

印　　刷　北京盛通印刷股份有限公司
经　　销　全国新华书店等

字　　数　179 千字
开　　本　880 毫米×1230 毫米　1/32
印　　张　8.75　插页 1
版　　次　2013 年 4 月北京第 1 版
印　　次　2022 年 1 月第 1 次印刷

书　　号　978-7-02-016223-9
定　　价　58.00 元

如有印装质量问题,请与本社图书销售中心调换。电话:010-65233595

新 版 序

　　人民文学出版社版的《毕飞宇文集》初版于 2015 年。感谢人民文学出版社对我的厚爱,2020 年,他们打算做一些订正和增补,给读者朋友们送去一个更好的新版。但 2020 年是特殊的,许多事情都在 2020 年改变了它的轨迹,一套文集实在也算不了什么。

　　现在是 2021 年的秋天,感谢人民文学出版社;感谢读者朋友。除了感谢,我特别想在这里留下这样的一句话:2020 年,2021 年,它们是那样深刻地留在了我的记忆里。

毕飞宇

2021 年 9 月 17 号于南京龙江

序

　　这套文集收录了我从 1991 年至 2013 年之间的小说,是绝大部分,不是全部。事实上,早在 2003 年和 2009 年,江苏文艺出版社和上海文艺出版社就分别出版过我的文集。江苏文艺的是四卷本;上海文艺的是七卷本;此次人民文学出版社出版的这套文集则有九卷。递进的数据附带着也说明了一件事,我还是努力的。

　　我曾经说过这样的话:小说不是逻辑,但是,小说与小说的关系里头有逻辑,它可以清晰地呈现出一个作家精神上的走向。现在我想再补充一句,在我看来,这个走向有时候比所谓的"成名作"和"代表作"更能体现一个作家的意义。

　　感谢人民文学出版社,他们愿意为我再做一次阶段性的小结。老实说,和前两次稍有不同,这一次我有些惶恐。写作的时间越长,我所说的那个走向就越发地清晰,——我的写作是有意义的么?——它到底又有多大的意义呢?

　　我写小说已经近三十年了,别误会,我不想喟叹。我只是清楚了一件事,以我现在的年纪,我不可能再去做别的什么事情了,也做不来了。我只能写一辈子。说白了,我只能虚构一辈子。可再怎么虚构,我还是有一个基本的愿望,我精神上的走向不是虚构的,我渴望它能成为有意义的存在。

毕飞宇

2014 年 6 月 7 日于南京龙江

目　录

第一部　玉　米

出了月子施桂芳把小八子丢给了大女儿玉米,除了喂奶,施桂芳不带孩子。按理说施桂芳应该把小八子衔在嘴里,整天肉肝心胆的才是。施桂芳没有。坐完了月子施桂芳胖了,人也懒了,看上去松松垮垮的。这种松松垮垮里头有一股子自足,但更多的还是大功告成之后的懈怠。施桂芳喜欢站在家门口,倚住门框,十分安心地嗑着葵花子。施桂芳一只手托着瓜子,一只手挑挑拣拣的,然后捏住,三个指头肉乎乎地翘在那儿,慢慢等候在下巴底下,样子出奇地懒了。施桂芳的懒主要体现在她的站立姿势上,施桂芳只用一只脚站,另一只却要垫到门槛上去,时间久了再把它们换过来。人们不太在意施桂芳的懒,但人一懒看起来就傲慢。人们看不惯的其实正是施桂芳的那股子傲气,她凭什么嗑葵花子也要嗑得那样目中无人?施桂芳过去可不这样。村子里的人都说,桂芳好,一点官太太的架子都没有。施桂芳和人说话的时候总是笑着的,如果正在吃饭,笑起来不方便,那她一定先用眼睛笑。现在看起来过去的十几年施桂芳全是装的,一连生了七个丫头,自己也不好意思了,所以敛着,客客气气的。现在好了,生下了小八子,施桂芳自然有了底气,身上就有

1

了气焰。虽说还是客客气气的，但是客气和客气不一样，施桂芳现在的客气是支部书记式的平易近人。她的男人是村支书，她又不是，她凭什么懒懒散散地平易近人？二婶子的家在巷子的那头，她时常提着丫权，站在阳光底下翻草。二婶子远远地打量着施桂芳，动不动就是一阵冷笑，心里说，大腿叉了八回才叉出个儿子，还有脸面做出女支书的模样来呢。

施桂芳二十年前从施家桥嫁到王家庄，一共为王连方生下了七个丫头。这里头还不包括掉走的那三胎。施桂芳有时候说，说不定掉走的那三胎都是男的，怀胎的反应不大同，连舌头上的淡寡也不一样。施桂芳每次说这句话都要带上虚设往事般的侥幸心情，就好像只要保住其中的一个，她就能一劳永逸了。有一次到镇上，施桂芳特地去了一趟医院，镇上的医生倒是同意她的说法，那位戴着眼镜的医生把话说得很科学，一般人是听不出来的，好在施桂芳是个聪明的女人，听出意思来了。简单地说，男胎的确要娇气一些，不容易挂得住，就是挂住了，多少也要见点红。施桂芳听完医生的话，叹了一口气，心里想，男孩子的金贵打肚子里头就这样了。医生的话让施桂芳多少有些释怀，她生不出男孩也不完全是命，医生都说了这个意思了，科学还是要相信一些的。但是施桂芳更多的还是绝望，她望着码头上那位流着鼻涕的小男孩，愣了好大一会儿，十分怅然地转过了身去。

王连方却不信邪。支部书记王连方在县里学过辩证法，知道内因和外因、鸡蛋和石头的关系。关于生男生女，王连方有着极其隐秘的认识。女人只是外因，只是泥地、温度和墒情，关键是男人的种子。好种子才是男孩,种子差了则是丫头。王连方望着他的七个女儿,嘴上不说,骨子里头却是伤了自尊。

男人的自尊一旦受到挫败反而会特别地偏执。王连方开始和自己犟。他下定了决心,决定排除万难去争取胜利。儿子一定要生。今年不行明年,明年不行后年,后年不行大后年。王连方既不渴望速胜,也不担心绝种。他预备了这场持久战。说到底,男人给女人下种也不算特别吃苦的事。相反,施桂芳倒有些恐惧了。刚刚嫁过来的那几年,施桂芳对待房事是半推半就的,这还是没过门的时候她的嫂子告诉她的。嫂子把她嘴里的热气一直哈到施桂芳的耳垂上,告诫桂芳一定要夹着一些,捂着一些,要不然男人会看轻了你,看贱了你。嫂子用那种晓通世故的神秘语气说,要记住桂芳,难啃的骨头才是最香的。嫂子的智慧实际上没有能够派上用场。连着生了几个丫头,事态反过来了,施桂芳不再是半推半就,甚至不是半就半推,确实是怕了。她只能夹着,捂着。夹来捂去的把王连方的火气都弄出来了。那一天晚上王连方给了她两个嘴巴,正面一个,反面一个。"不肯?儿子到现在都没叉出来,还一顿两碗饭的!"王连方的声音那么大,站在窗户的外面也一定能听得见。施桂芳"在床上不肯",这话传出去就要了命了。光会生丫头,还"不肯",绝对是丑女多作怪。施桂芳不怕王连方打,就是怕王连方吼。他一吼施桂芳便软了,夹也夹不紧,捂也捂不严。王连方像一个笨拙的赤脚医生,板着脸,拉下施桂芳的裤子就插针头,插进针头就注射种子。施桂芳怕的正是这些种子,一颗一颗地数起来,哪一颗不是丫头?

老天终于在一九七一年开眼了。阴历年刚过,施桂芳生下了小八子。这个阴历年不同寻常,有要求的,老百姓们必须把它过成一个"革命化"的春节。村子里严禁放鞭炮,严禁打扑克。这些严禁令都是王连方在高音喇叭里向全村老少宣布的。什么叫革命化的春节,王连方自己也吃不准。吃不准不要紧,关键是做领导的要敢说。新政策就是做领导的脱口而出。王连方站在自家的堂屋里,一手握着麦克风,一手玩弄着扩音器的开关。开关小小的,像一个又硬又亮的感叹号。王连方对着麦克风厉声说:"我们的春节要过得团结、紧张、严肃、活泼。"说完这句话王连方就把亮锃锃的感叹号撳了下去。王连方自己都听出来了,他的话如同感叹号一般,紧张了,严肃了,冬天的野风平添了一股浩荡之气、严厉之气。

初二的下午王连方正在村子里检查春节,他披着旧大衣,手上夹了半截子飞马牌香烟。天气相当地阴冷,巷子里萧索得很,是那种喜庆的日子少有的冷清,只有零星的老人和孩子。男将们不容易看得到,他们一定躲到什么地方赌自己的手气去了。王连方走到王有庆的家门口,站住了,咳了几声,吐出一口痰。王有庆家的窗户慢慢拉开一道缝隙,露出了王有庆老婆的红棉袄。有庆家的面对着巷口,越过天井敞着的大门冲王连方打了一个手势。屋子里的光线太暗,她的手势又快,王连方没看清楚,只能把脑袋侧过去,认真地调查研究。这时候高音喇叭突然响了,传出了王连方母亲的声音,王连方的老母亲掉了牙,主要是过于急促,嗓音里夹杂了极其含混的气声,呼噜呼噜的。高音喇叭喊道:"连方啊连方啊,养儿子了哇!家来呀!"王连方歪着脑袋,听到第二遍的时候听明白了。回过头去再看窗前的红棉袄,有庆家的已经垂下了双肩,脸却靠到了窗棂口,面无表情地望着王连方,看上去有些怨。这是一张好看的脸,红色的立领裹着脖子,对称地竖在下巴底下,像两只巴掌托着,格外地媚气。高音喇叭里杂七杂八的,听得出王连方的堂屋里挤的都是人。后来唱机上放上了一张唱片,满村子都响起了《大海航行靠舵手》,村里的空气雄赳赳的,昂扬着,还一挺一挺的。有庆家的说:"回去吧你,等你呢。"王连方用肩头簸了簸身上的军大衣,兀自笑起来,心里说:"妈个巴子的!"

玉米在门口忙进忙出。她的袖口挽得很高,两条胳膊已经冻得青紫了。但是玉米的脸颊红得厉害,有些明亮,发出难以掩饰的光。这样的脸色表明了她内心的振奋,却因为用力收住了,又有些说不出来路的害羞,绷在脸上,所以格外地光滑。玉米在忙碌的过程中一直咬着下嘴唇,就好像生下小八子的不是母亲,而是玉米她自己。母亲终于生儿子了,玉米实实在在地替母亲松了一口气,这份喜悦是那样的深入人心,到了贴心贴肺的程度。玉米是母亲的长女,而从实际情况来看,不知不觉已经是母亲的半个姐妹了。事实上,母亲生六丫头玉苗的时候,玉米就给接生婆做下手了,外人终究是有诸多不便的。到了小八子,玉米已经是第三次目睹母亲分娩了。玉米借助于母亲,目睹了女人的全部隐秘。对于一个长女来说,这实在是一份额外的奖励。二丫头玉穗只比玉米小一岁,三丫头玉秀只比玉米小两岁半,然而,说起晓通世事,说起内心的深邃程度,玉穗、玉秀比玉米都差了一块儿。长幼不只是生命的次序,有时候还是生命的深度和宽度。说到底成长是需要机遇的,成长的进度只靠光阴有时候反而难以弥补。

　　玉米站在天井往阴沟里倒血水,父亲王连方走进来了。今天是一个大喜的日子,王连方以为玉米会和他说话的,至少会看他一眼。玉米还是没有。玉米没穿棉袄,只穿了一件薄薄的白线衫,小了一些,胸脯鼓鼓的,到了小腰那儿又有力地收了回去,腰身全出来了。王连方望着玉米的腰身和青紫的胳膊,意外地发现玉米已经长大了。玉米平时和父亲不说话,一句话都不说。个中的原委王连方猜得出,可能还是王连方和女人的那些事。王连方睡女人是多了一些,但是施桂芳并没有说过什么,和那些女人一样有说有笑的,有几个女人还和过去一样喊施桂芳嫂子呢。玉米不同。她嘴上也不说什么,背地里却有了出手。这还是那些女人在枕头边上告诉王连方的。好几年前了,第一个和王连方说起这件事的是张富广的老婆,还是个新媳妇。富广家的说:"往后我们还是轻手轻脚的吧,玉米全知道了。"王连方说:"她知道个屁,才多大。"富广家的说:"她知道,我知道的。"富广家的没有嚼蛆,前两天她和几个女的坐在槐树底下纳鞋底,玉米过来了。玉米一过来富广家的脸突然红了。富广家的瞥了玉米一眼,目光躲开了。再看玉米的时候玉米还是看着她,一直看着她。就那么盯着。从头到脚,又从脚到头。旁若无人,镇定得很。那一年玉米才十四岁。王连方不相信。但是没过几个月,王大仁的老婆吓了王连方一大跳。那一天王连方刚刚上了王大仁老婆的身,大仁家的用两只胳膊把脸遮住了,身子不要命地往上拱,说:"支书,你用劲儿,快弄完。"王连方还没有进入状态,稀里糊涂的,草草败了。大仁家的低着头,极慌张地擦换,什么也不说。王连方叉住她的下巴,再问,大仁家的跪着说:"玉米马上来踢毽子了。"王连方眨巴着眼睛,这一回相信了。但是一回到家,玉米一脸无知,王连方反而不知道从哪儿说起了。玉米从那个时候开始不再和父亲说话了。王连方想,不说话也好,总不能多了一个蚊子就不睡觉。然而今天,在王连方喜得贵子的时刻,玉米不动声色地显示了她的存在与意义。这一显示便是一个标志,玉米大了。

王连方的老母垂着两条胳膊,还在抖动她的下嘴唇。她上了岁数,下嘴唇耷拉在那儿,现在光会抖。喜从天降对年老的女人来说是一种折磨,她们的表情往往很僵,很难将心里的内容准确及时地反映到脸上。王连方的老爹则沉稳得多,他选择了一种平心静气的方式,慢慢地吸着烟锅。这位当年的治保主任到底见过一些世面,反而知道在喜上心头的时刻不怒自威。

"回来啦?"老爹说。

"回来了。"王连方说。

"起个名吧。"

王连方在回家的路上打过腹稿,随即说:"是我们家的小八子,就叫王八路吧。"

老爹说:"八路可以,王八不行。"

王连方忙说:"那就叫王红兵。"

老爹没有再说什么。这是老家长的风格。老家长们习惯于用沉默来表示赞许。

接生婆又在产房里高声喊玉米的名字了。玉米丢下水盆,小跑着进了西厢房。王连方看着玉米的背影,她在小跑的过程中已经知道将两边的胳肢窝夹紧了,而辫子在她的后背却格外地生动。这么多年来王连方光顾着四处莳弄,四处播种,再也没有留意过玉米,玉米其实也到了谈婚论嫁的岁数了。玉米的事其实是拖下来的,王连方是支书,到底不是一般的人家,不大有人敢攀这样的高枝。就是媒婆们见到玉米通常也是绕了过去。皇帝的女儿不愁嫁,哪一个精明的媒婆能忘得了这句话。玉米这样的家境、这样的模样,两条胳膊随便一张就是两只凤凰的翅膀。

　　农民的冬天并不清闲。用了一年的水车、槽桶、农船、丫杈、铁锹、钉耙、连枷、板锨,都要关照了。该修的要修,该补的要补,该淬火的要淬火,该上桐油的要上桐油。这些都是事,没有一件落得下来。最吃力气、最要紧的当然还是兴修水利。毛泽东主席都说了,水利是农业的命脉。主席做过农民,他老人家要是不到北京去,一定还是个好把式。主席说得对,水、肥、土、种、密、保、工、管,"八字方针"水为先。兴修水利大多选择在冬天,如果摊上一个大工程,农民们恐怕比农忙的时候还要劳累一些。冬天里还有一件事是不能忘记的,那就是过年。为了给过去的一年作一道总结,也为了给下一个来年讨一个吉祥,再懒散、再劳苦的人家也要把年过得像个样子。家家户户用力地洗、涮,炒花生、炒蚕豆、炒瓜子、爆米花、掸尘、泥墙、划糕、蒸馒头,直到把日子弄得香气缭绕的,还雾气腾腾的。赶上过年了当然又少不了一大堆的人情债、世故账,都要应酬好。所以,到了冬天,主要是腊月和正月,农活是没有了,人反而更忙了。"正月里过年,二月里赌钱,三月里种田"。这句话说得很明白了。农民们真正清闲的日子其实也只是阴历的二月,利用这段清闲的日子走一走亲戚,赌一赌自己的手气。到了阴历的三月,一过了清明,也就是阳历的四月五号,农民们又要向土地讨生活了。别的事再重要、再复杂,但农民的日子终究在泥底下,开了春你得把它翻过来,这样才过得下去。城里的人喜欢伤叹"春日苦短",那里的意思要文化得多,心情里修饰的成分也多得多。农民们说这句话可是实打实的,说的就是这二三十天。春天里这二三十天的好时光实在是太短暂了,连伤叹的工夫都没有。

整个二月玉米几乎没有出门,她在替她的母亲照料小八子。没有谁逼迫玉米,带小八子完全出于玉米的自愿。玉米是一个十分讷言的姑娘,心却细得很,主要体现在顾家这一点上,最主要的一点又表现在好强上。玉米任劳,却不任怨,她绝对不能答应谁家比自家过得强。可是家里没有香火,到底是他们家的话把子。玉米是一个姑娘家,不好在这件事情上多说什么,但在心里头还是替母亲担忧着,牵挂着。现在好了,他们家也有小八子了,当然就不会留下什么缺陷和把柄了。玉米主动把小八子揽了过来,替母亲把劳累全包了,不声不响的,一举一动都显得专心致志。玉米在带孩子方面有些天赋,一上来就无师自通,没过几天已经把小八子抱得很像那么一回事了。她把小八子的秃脑袋放在自己的胳膊弯里,一边抖动,一边哼唧。开始还有些害羞,一些动作一下子做不出来,但害羞是多种多样的,有时候令人懊恼,有时候却又不了,反而叫人特别地自豪。玉米抱着小八子,专门往妇女们中间钻,而说话的对象大多是一些年轻的母亲。玉米和她们探讨,交流一些心得,诸如孩子打奶嗝之后的注意事项,婴儿大便的颜色,什么样的神态代表了什么样的需求,就这些,很琐碎,很细枝末节,却又十分地重大,相当地愉悦人心。抱得久了,玉米抱孩子的姿势和说话的语气再也不像一个大姐了。她抱得那样妥帖,又稳又让人放心,还那么忘我,表现出一种切肤的、扯拽着心窝子的情态。一句话,玉米通身洋溢的都是一个小母亲的气质。而"我们"小八子似乎也把大姐搞错了,只要喝足了,并不贪恋施桂芳。他漆黑的眼珠子总是对着玉米,毫无意义,却又全神贯注,盯着她。玉米和"我们"小八子对视着,时间久了,平白无故地陷入了恍惚,憧憬起自己的终身大事。玉米习惯于利用这样的间隙走走神,黑灯瞎火地谋划一下自己的将来。这是身不由己的。玉米至今没有婆家,村子里倒是有几个不错的小伙子,玉米当然不可能看上他们。但是他们和别的姑娘有说有笑,玉米一掺和进来,他们便局促了,眼珠子像受了惊吓的鱼,在眼眶子里头四处逃窜。这样的情形让玉米多少有些寥落。老人说,门槛高有门槛高的好,门槛高也有门槛高的坏,玉米相信的。村子里和玉米差不多大的姑娘已经"说出去"好几个了,她们时常背着人,拿着鞋样子为未来的男人剪鞋底。玉米看在眼里,并不笑话她们,习惯性地偷看几眼鞋底,依照鞋底的长宽估算一下小伙子的高矮程度。这样的心思在玉米这一头实在有点情不自禁。好在她们在玉米的面前并不骄傲,反而当了玉米的面自卑了。她们说:"我们也就这样了,还不知道玉米会找怎样好的人家呢。"玉米听了这样的话当然高兴,私下里相信自己的前程更要好些。但终究没有落到实处,那份高兴就难免虚空,有点像水底下的竹篮子,一旦提出水面都是洞洞眼眼的了。这样的时候玉米的心中不免多了几缕伤怀,绕过来绕过去的。好在玉米并不着急,也就是想想。瞎心思总归是有酸有甜的。

不过母亲越来越懒了。施桂芳生孩子一定是生伤了,心气全趴下了。她把小八子交给玉米也就算了,再怎么说也不该把一个家都交给玉米。女人活着为了什么?还不就是持家。一个女人如果连持家的权力都不要了,绝对是一只臭鸡蛋,彻底地散了黄了。玉米倒没有抱怨母亲,相反,很愿意。做姑娘的时候早早学会了带孩子、持家,将来有了对象,过了门,圆了房,清早一起床就是一个利索的新媳妇、好媳妇,再也不要低了头,从眼眶的角落偷偷地打量婆婆的脸色了。玉米愿意这样还有另外一层意思,玉穗、玉秀、玉英、玉叶、玉苗、玉秧,平时虽说喊她姐姐,究竟不服她。老二玉穗有些憨,不说她。关键是老三玉秀。玉秀仗着自己聪明,又会笼络人心,不管是在家里还是在村子上,势力已经有一些了。还有一点相当要紧,玉秀有两只双眼皮的大眼睛,皮肤也好,人漂亮,还狐狸精,屁大的委屈都要歪在父亲的胸前发嗲,玉米是做不出来的,所以父亲偏着她。但是现在不同,玉米带着小八子,还持起了家,不管管她们绝对不行了。母亲不撒手则罢,母亲既然已经撒了手了,玉米是老大,年纪最大,放到哪里说都是这样。

玉米的第一次掌权是在中午的饭桌上。玉米并没有持家的权力,但是,权力就这样,你只要把它握在手上,捏出汗来,权力会长出五根手指,一用劲就是一只拳头。父亲到公社开会了,玉米选择这样的时机应当说很有眼光了。玉米在上午把母亲的葵花子炒好了,吃饭之前也提好了洗碗水。玉米不声不响的,心里头却有了十分周密的谋划。家里人多,过去每一次吃饭母亲都要不停地催促,要不然太拖拉,难收拾,也难免鸡飞狗跳。玉米决定效仿母亲,一切从饭桌上开始。中饭到了临了,玉米侧过脸去对母亲说:"妈,你快点儿,葵花子我给你炒好了,放在碗柜里。"玉米交代完了,用筷子敲着手上的碗边,大声说:"你们都快点儿,我要洗碗的,各人都快一点儿。"母亲过去也是这样一边敲打碗边一边大声说话的。玉米的话产生了效应,饭桌上扒饭的动静果真紧密了。玉秀没有呼应。咀嚼的样子反而慢了,骄傲得很,漂亮得很。玉米把七丫头玉秧抱过来,接过玉秧的碗筷,喂她。喂了两口,玉米说:"玉秀,你是不是想洗碗?"玉米说这话的时候并没有抬头,话说得也相当平静,但是,有了威胁的力量。玉秀停止了咀嚼,四下看了看,突然搁下饭碗,说:"等爸爸回来!"玉米并没有慌张。她把玉秧的饭喂好了,开始收拾。玉米端起玉秀的饭碗,把玉秀剩下的饭菜倒进了狗食盆。玉秀退到西厢房的房门口,无声地望着玉米。玉秀依旧很骄傲,不过,几个妹妹都看得出,玉秀姐脸上的骄傲不对称了,绝对不如刚才好看。

玉秀在晚饭的饭桌上并没有和玉米抗争,只是不和玉米说话。好在玉米从她喝粥的速度上已经估摸出玉秀的基本态度了。玉秀自然是不甘心,开始了节外生枝。她用筷子惹事,很快和四丫头玉英的筷子打了起来。玉米没有过问,心里却有了底了，一个人如果开始了节外生枝，大方向首先就不对头，说明她已经不行了，泄气了，喊喊冤罢了。玉英的年岁虽然小，并不示弱，一把把玉秀的筷子打在了地上。玉米放下手里的碗筷，替玉秀捡起筷子，放在自己的碗里，用粥搅和干净，递到玉秀的手上，小声告诫的却是玉英："玉英，不许和三姐闹。"玉米当着所有妹妹的面把玉秀叫做"三姐"，口气相当地珍重，很上规矩。玉秀得到了安抚，脸上又漂亮了。这一来委屈的自然是玉英。玉米知道玉英委屈，但是怪不得别人，在两强相争寻找平衡的阶段，委屈必然要落到另一些人的头上。

玉秀第一个吃完了。玉米用余光全看在眼里。狐狸精的气焰这一回彻底下去了。不要看狐狸精猖獗，狐狸精有狐狸精的软肋。狐狸精一是懒，二是喜欢欺负比她弱的人，这两点你都顺了她，她反而格外地听话了。所有的狐狸精全一个样儿。玉米要的其实只是听话。听了一次，就有两次，有了两次，就有三次。三次以后，她也就习惯了、自然了。所以第一次听话是最最要紧的。权力就是在别人听话的时候产生的，又通过要求别人听话而显示出来。放倒了玉秀，玉米意识到自己开始持家了，洗碗的时候就有一点喜上心头，当然，绝不会喜上眉梢的。心里的事发展到了脸上，那就不好了。

阴历的二月，也就是阳历的三月，玉米瘦去了一圈。她抱着王红兵四处转悠了。王红兵也就是小八子，但是，当着外人，玉米从来不说"小八子"，只说"王红兵"。村子里的男孩一般都不用大号，大号是学名，只有到了课堂上才会被老师们使用。玉米把没有牙齿的小弟弟说得有名有姓的，这一来特别地慎重、正规,和别人家的孩子区分开来了,有了不可相提并论的意思。玉米抱着王红兵的时候,说话的腔调和脸上的神色已经是一个老到的母亲了。其实也不是什么无师自通,都是她在巷口、地头、打谷场上从小嫂子们身上学来的。玉米是一个有心的人,不论什么事都是心里头先会了,然后才落实到手上。但是,玉米毕竟还是姑娘家,她的身上并没有小嫂子们的拉挂、邋遢,抱孩子抱得格外地好看。所以玉米的腔调和神色就不再是模仿而来的,有了玉米的特点,成了玉米的发明与创造。玉米带孩子的模样给了妇女们极为深刻的印象。她们看到的反而不是玉米抱孩子抱得如何好看,说来说去,还是玉米这丫头懂事早,人好。不过村子里的女人们马上看出了新苗头,玉米抱着王红兵四处转悠,不全是为了带孩子,还有另外一层更要紧的意思。玉米和人说着话,毫不经意地把王红兵抱到有些人的家门口,那些人家的女人肯定是和王连方上过床的。玉米站在他们家的门口,站住了,不走,一站就是好半天。其实是在替她的母亲争回脸上的光。富广家的显然还没有明白玉米的深刻用意,冒失了,她居然伸出胳膊想把王红兵从玉米的怀里接过去,嘴里还自称"姨娘",说:"姨娘抱抱嘛,肯不肯嘛?"玉米一样别别人说话,不看她,像是没有这个人,手里头抱得更紧了。富广家的拽了两下,有数了,玉米这丫头不会松手的。但是当着这么多的人,又是在自家的门口,富广家的脸上非常下不来。富广家的只好拿起王红兵的一只手,放到嘴边上,做出很香的样子,很好吃的样子。玉米把王红兵的手抢回来,把他的小指头含在嘴里,一根一根地咂干净,转脸吐在富广家的家门口,回过头去呵斥王红兵:"脏不脏！"王红兵笑得一嘴的牙床。富广家的脸却吓白了，又不能说什么。周围的人一肚子的数，当然也不好说什么了。玉米一家一家地站，其实是一家一家地揭发，一家一家地通告了。谁也别想漏网。那些和王连方睡过的女人一看见玉米的背影禁不住地心惊肉跳，这样的此地无声比用了高音喇叭还要惊心动魄。玉米不说一句话，却一点一点揭开了她们的脸面，活活地丢她们的人，现她们的眼。这在清白的女人这一边特别地大快人心，还特别地大长志气。她们看在眼里，格外地嫉妒施桂芳，这丫头是让施桂芳生着了！她们回到家里，更加严厉地训斥自己的孩子。她们告诫那些"不中用的东西"："你看看人家玉米！""你看看人家玉米"，这里头既有"不怕不识货，就怕货比货"的意思，更有一种树立人生典范的严肃性、迫切性。村子里的女人比以往的任何时候都更喜欢玉米了，她们在收工或上码头的路上时常围在玉米的身边，和玉米一起逗弄王红兵，逗弄完了，总要这样说："不知道哪个婆婆有福气，能讨上玉米这样的丫头做儿媳。"妇女们羡慕着一个虚无的女人，拐了一个弯子，最终还是把马屁结结实实地拍在玉米的身上。这样的话玉米当然不好随便接过来，并不说什么，而是偷偷看一眼天上，鼻尖都发亮了。

人家玉米已经快有婆家啦！你们还蒙在鼓里呢！玉米的婆家在哪里呢？远在天边，近在眼前，就在七里远外的彭家庄。"那个人"呢，反过来了，近在眼前，却又远在天边。这样的事玉米绝不会随随便便让外人知道的。

春节过后王连方多了一件事，一出去开会便到处托人——玉米是得有个婆家了。丫头越来越大了，留在村子里太不方便。

急归急,王连方告诉自己,一般的人家还是不行。女孩子要是下嫁了,委屈了孩子还在其次,丢人现眼的还是父母。依照王连方的意思,还是要按门当户对的准则找一个做官的人家,手里有权,这样的人家体大力不亏。王连方在四周的邻乡倒是打听到几个了。王连方让桂芳给玉米传了话,玉米那头没有一点动静。王连方猜得出,玉米这丫头心气旺得很,有他这样的老子,她对做官人家的男人肯定不放心。后来还是彭家庄的彭支书说话了,他们村子里的箍桶匠家有个小三子。王连方一听到"箍桶匠""小三子"就再也没有接话,不会是什么人高马大的人家。彭支书解释说:"就是前年验上飞行员的那个。全县才四个。"王连方咬紧了下嘴唇,"嘶"了一声。这一来不同寻常了。要是有一个飞行员做女婿,他王连方也等于上过一回天了,他王连方随便撒一泡尿其实就是一天的雨了。王连方马上把玉米的相片送到彭支书的手上,彭支书接过照片,说:"是个美人嘛。"王连方说:"要说最标致,还要数老三。"彭支书默无声息地笑了,说:"老三还太小。"

箍桶匠家的小三子把信回到彭支书那边去了。这封信连同他的相片经过王连方、施桂芳的手,最后压在了玉米的枕头底下。小伙子叫彭国梁,在名字上面就已经胜了一筹,因为他是飞行员,所以他用"国家的栋梁"做名字,并不显得假大空,反而有了名副其实的一面,顶着天,又立着地,听上去很不一般。从照片上看,彭国梁的长相不好。瘦,有些老相,滑边眼,眯眯的,眼皮还厚,看不出他的眼睛有什么本领,居然在天上还认得回家的路。嘴唇是紧抿的,因为过于努力,反而把门牙前倾这个毛病突现出来了，尽管是正面像，还是能看出拱嘴。然而，彭国梁穿着飞行服，相片又是在机场上拍摄的，画面上便有了常人难以想象的英武。彭国梁的身旁有一架银鹰，也就是飞机，衬托在那儿，相当容易激活人的想象力。玉米的心思跨过了彭国梁长相上的不足，心气已经去了大半，自卑了，无端端地自惭形秽。说到底人家是一个上天入地的人哪。

玉米恨不得一口就把这门亲事定下来。彭国梁在信封上写了一个详细到最小单位的地址，意思已经很明确了。玉米知道，她的终身大事现在完全取决于自己的回信了。这件事相当大，不能有半点马虎。玉米原计划到镇上再拍几张相片的，想了一想，彭国梁肯给彭支书回信，说明他对自己的长相已经满意了，没有必要节外生枝。现在的问题就是信本身了。彭国梁的信写得相当含混，口气虽然大，好像自己也不太有底。他只是强调自己"对家乡很有感情"，然后强调他在飞机上"恨不得飞到家乡，看看家乡的人民"，最露骨的一句话也只是表扬了"彭叔叔"，说"彭叔叔看上的人"，他"绝对信得过"。但是，到底没有把话挑破了，更没有完完全全地落实到玉米的身上。所以是不能一上来就由玉米挑破了的。那样太贱。不好。一点儿不说更不行，彭国梁要是误解了麻烦反而大了，挽回的余地都没有。彭国梁近在眼前，毕竟远在天边。遥远的距离让玉米自豪，到底也是伤神的地方。

玉米的信写得相当低调。玉米想来想去决定采取低调的办法。她简单地介绍了自己，用笔是那种适当的赞许。然而，笔锋一转，玉米说："我一点点也比（配）不上（你）。你们在天上，天上的先（仙）女才比（配）得上。我没有先（仙）女好，没有先（仙）女好看。"玉米的话说得一点都不失体面。一个人说自己没有仙女好看，毕竟是应该的。信的最后玉米说："我现在天天看天上，白天看，晚上看。天上是老样子，白天只有太阳，夜里只有月亮。"信写到这儿已经相当抒情了，关键是玉米的胸中凭空涌起万般眷恋，结结实实的，却又空无一物，很韧，很折磨人。玉米望着自己的字，竟难以掩抑，无声地落泪了，心中充满了委屈。玉米想说的话其实不是这些，她多想让彭国梁知道，自己对这一门亲事是多么满意。要是有一个人能替自己说，把彭国梁全说明白了，让彭国梁知道她的心思，那就太好了。玉米封好信，寄了出去。玉米在寄信的时候多了一份心思，她留的是王家庄小学的地址，"高素琴老师转"。信是寄出去了，玉米却活生生地瘦去了一圈。

有了儿子，王连方的内心松动多了。施桂芳他是不会再碰她的了，攒下来的力气都给了有庆家的。要是细说起来，王连方在外面弄女人的历史复杂而又漫长。第一次是在施桂芳怀上玉米的时候。老婆怀孕对男人来说的确是一件伤脑筋的事。施桂芳刚刚嫁过来的那几十天，两个人都相当地贪，满脑子都是熄灯上床。可是问题立即来了，第二个月桂芳居然不来红了。怎么说好景不长久的呢。桂芳自豪得很，她平躺在床上，两只手护着肚子，拿自己特别地当人，说："我这是坐上喜，就是的，我知道的，我肯定是坐上喜，就是的。"自豪归自豪，施桂芳并没有忘记给王连方颁布戒严令。施桂芳说："从今天起，我们不了。"王连方在黑暗中板起了面孔。他还以为结了婚了就能够甩开膀子七仰八叉的,原来不是,结婚只是老婆怀孕。施桂芳把王连方的手拉过来,放到自己的肚子上去。王连方无声地叹了一口气,指头却活动得很,在施桂芳的肚子上蠕动。蠕动了几下,手指头全挺起来了,忍不住往下面去。施桂芳抓住王连方的手,用力掐,是那种建功立业之后特有的放肆。王连方很急,却又找不到出路。这种急还不容易忍,你越忍它反而越是急,跳墙的心思都有。王连方忍了十来天。他再也没有料到自己会有胆量做那样的事,他在大队部居然把女会计摁在了地上,扒开来,睡了。王连方睡她的时候肯定急红了眼了,浑身都绷着力气,脑子里却一片空。相关的细节还是事后回忆起来的。王连方拿起了《红旗》杂志,开始回忆,后怕了。那是中午,他怎么突然起了这份心的?一点过渡都没有。女会计大他十多岁,长他一个辈分,该喊她婶子呢。女会计从地上爬起来,用揩布擦了擦自己,裤子提上来,系好,捋了捋头发,前前后后掸了掸,把揩布锁进了柜子,出去了。她的不动声色太没深没浅了。王连方怕的是出人命。一出人命他这个全公社最年轻的支书肯定当不成了。那天晚上王连方在村子里转到十一点钟,睁大了眼睛四处看,竖起了耳朵到处听。第二天他一大早就到大队部去了,把所有的屋梁都看了一遍,没有尸体挂在上面。还是不放心。大队部陆续来了一些人,到了九点多钟,女会计进门了,一进门客客气气的,眼皮并不红肿。王连方的心到了这个时候才算放下了,发了一圈香烟,开始了说笑。后来女会计走到了他的身边,递过一本账本,指头下面却压着一张纸条。小纸条说:"你出来,我有话说给你。"因为是写在纸上的,王连方听不出话里话外的语气,一点好歹都没有,刚刚放下来的心又一次提上去了,还咕咚咕咚的。王连方看着女会计出门,又隔着窗棂远远地看着女会计回家去了。王连方很不安。熬了十几分钟,很严肃地从抽屉里取出《红旗》,摊开来,拉长了脸用指头敲了几下桌面,示意人们学习,出去了。王连方一个人来到了女会计家。王连方作为男人的一生其实正是从走进女会计家的那一刻开始的。作为一个男人,他还嫩。女会计辅导着他,指引着他。王连方进入了前所未有的好光景,他算什么结了婚的男人?这里头绪多了。王连方和女会计开始了斗争,这斗争是漫长的、艰苦卓绝的、你死我活的、危机四伏的,最后却又是起死回生的。王连方迅速地成长了起来,女会计后来已经不能辅导了。她的脸色和声音都很惨。王连方听到了身体内部的坍塌声、撕裂声。

在斗争中,王连方最主要的收获是锻炼了胆量。他其实不需要害怕。怕什么呢?没有什么需要害怕的嘛。就算她们不愿意,说到底也不会怎么样。女会计在这个问题上倒是批评过王连方,女会计说:"不要一上来就拉女人的裤子,就好像人家真的不肯了。"女会计晃动着王连方裆里的东西,看着它,批评它说,"你呀,你是谁呀?就算不肯,打狗也要看主人呢,不看僧面看佛面呢。"

长期和复杂的斗争不只是让王连方有了收获,还让王连方看到了意义。王连方到底不同于一般的人,是懂得意义和善于挖掘意义的。王连方不仅要做播种机,还要做宣传队,他要让村里的女人们知道,上床之后连自己都冒进,可见所有的新郎官都冒进了。他们不懂得斗争的深入性和持久性,不懂得所有的斗争都必须进行到底。要是没有王连方,那些婆娘这一辈子都要蒙在鼓里。

关于王连方的斗争历史,这里头还有一个外部因素不能不涉及。十几年来,王连方的老婆施桂芳一直在怀孕,她一怀孕王连方只能"不了"。施桂芳动不动就要站在一棵树的下面,一手扶着树干,一手捂着腹部,把她不知好歹的干呕声传遍了全村。施桂芳十几年都这样,王连方听都听烦了。施桂芳呕得很丑,她干呕的声音是那样的空洞,没有观点,没有立场,咋咋呼呼,肆无忌惮,每一次都那样,所以有了八股腔。这是王连方极其不喜欢的。她的任务是赶紧生下一个儿子,又生不出来。光喊不干,扯他娘的淡。王连方不喜欢听施桂芳的干呕,她一呕王连方就要批评她:"又来作报告了。"

王连方虽然在家里"不了",但是并没有迷失了斗争的大方向。在这个问题上施桂芳倒是个明白人,其他的女人有时候反而不明白了。她们要么太拿自己当回事,要么太忸怩。王裕贵的老婆就是一个例子。王连方一共才睡了裕贵家的两回,裕贵家的忸怩了,还眼泪鼻涕的一把。裕贵家的光着屁股,捂着两只早就被人摸过的奶子,说:"支书,你都睡过了,你就省省,给我们家裕贵留一点吧。"王连方笑了。她的理论很怪,这是能省下来的吗?再说了,你那两只奶子有什么捂头?过门前的奶子是金奶子,过了门的奶子是银奶子,喂过奶的奶子是狗奶子。她还把她的两只狗奶子当做金疙瘩,紧紧地捂在胳膊弯里。很不好。王连方虎下了脸来,说:"随你,反正每年都有新娘嫁过来。"这个女人不行。后来连裕贵想睡她她都不肯,气得裕贵老是揍她。

深更半夜的,老是在床上被裕贵揉得鬼叫。王连方不会再管她了。她还想留一点给裕贵,看起来她什么也没有留。

十几年过去了,眼下的王家庄最得王连方欢心的还是有庆家的。除了把握村子里阶级方面的问题,王连方其余的心思全扑在有庆家的身上。十几年了,王连方这一回算是遇上真菩萨了。有庆家的上床之后浑身上下找不到一块骨头,软塌塌地就会放电。王连方这一回绝对遇上真菩萨了。一九七一年的春天,王连方的好事有点像老母猪下崽,一个跟着一个来。先是儿子落了地,后是玉米有了婆家,现在,又有了有庆家的这么一台发电机。

彭国梁回信了。信寄到了王家庄小学,经过高素琴,千里迢迢转到了玉米的手上。玉米接到回信的时候正在学校那边的码头上洗尿布。玉米以往洗尿布都是在自家的码头,现在不同,女孩子的心里一旦有了事,做任何事情都喜欢舍近求远了。玉米弯着身子,搓着那些尿布片。每一片尿布都软软的,很苍白,看上去忧心忡忡。玉米的手上在忙,心里想的其实还是彭国梁的回信。她一直在推测,彭国梁到底会在信上和她说些什么呢?玉米推测不出来。这是让玉米分外伤怀的地方,说到底命运捏在人家的手上,你永远不知道人家究竟会说什么。

高素琴后来过来了,她来汰衣裳。高素琴把木桶支在自己的胯部,顺着码头的石阶一级一级地往下走。她的步子很慢,有股子天知地知的派头。玉米一见到高老师便是一阵心慌,好像高老师捏着她的什么把柄了。高素琴俯视着玉米,只是笑。玉米看见高素琴的笑脸,预感到将要发生什么事。但是高老师光是笑,并不说什么。这一来还是什么事都没有了,相当地惆怅人。玉米也只能赔着笑,还能怎样呢。要是说起来,高老师是玉米最为佩服的一个人了。高老师能说普通话,她在阅读课文的时候,能把教室弄得像一个很大的收音机,她就待在收音机里头,把普通话一句一句播送到窗户外面。她还能在黑板上进行四则混合运算。玉米曾亲眼看见高老师把很长的题目写在黑板上,中间夹杂了许多加、减、乘、除的标记,还有圆括号和方括号。高老师一个步骤一个步骤地,一连写了七八个等于,结果出来了,是"○"。三姑奶奶说:"高老师怎么教这个东西,忙了半天,屁都没有。"玉米说:"怎么没有呢,不是零嘛。"三姑奶奶说:"你倒说说,零是多少?"玉米说:"零还是有的,就是这样一个结果。"

高老师现在就蹲在玉米的身边,微笑着,脸上的皱纹像一个又一个圆括号和方括号。玉米吃不准高老师的心里在怎样地加、减、乘、除,结果会不会也是"○"呢?

高老师终于说话了。高老师说:"玉米,你怎么这么沉得住气?"玉米一听这话心都快跳出嗓子了。玉米故意装着没有听懂,咽了一口,说:"沉什么气?"高老师微笑着从水里提起衣裳,直起身子,甩了甩手,把大拇指和食指伸进口袋里,捏住一样东西,慢慢拽出来。是一封信。玉米的脸吓得脱去了颜色。高老师说:"我们家小二子不懂事,都拆开了——我可是一个字都没敢看。"高素琴把信递到玉米的面前,信封的确是拆开了。玉米又是惊,又是羞,又是怒。更不知道说什么了。玉米在大腿上一正一反擦了两遍手,接过来,十个指头像长上了羽毛,不停地扑棱。这样的惊喜实在是难以自禁的。但是,这封宝贵的信到底被人拆开了,玉米在惊喜的同时又涌上了一阵彻骨的遗憾。

玉米走上岸,背过身去,一遍又一遍地读彭国梁的信。彭国梁称玉米"王玉米同志",这个称呼太过正规、太过高尚了,玉米其实是不敢当的。玉米第一次被人正经八百地称做"同志",内心涌起了一股难言的自爱,都近乎神圣了。玉米一看到"同志"这两个字已经喘息了,胸脯顶着前襟,不停地往外鼓。彭国梁后来介绍了他的使命,他的使命就是保卫祖国的蓝天,专门和帝修反作斗争。玉米读到这儿已经站不稳了,幸福得近乎崩溃。天一直在天上,太远了,其实和玉米没有半点关系。现在不同了,"天"和玉米捆绑起来了,成了她的一个部分,在她的心里,蓝蓝的,还越拉越长,越拉越远。她玉米都已经和蓝蓝的天空合在一起了。最让玉米感到震撼的还是"和帝修反作斗争"这句话,轻描淡写的,却又气壮如牛。帝、修、反,这可不是一般的地主富农,它太遥远、太厉害、太高级了,它既在明处,却又深不见底,可以说神秘莫测,你反而不知道他们究竟在哪里了。你听一听,那可是帝、修、反哪!如果没有飞机,就算你顿顿大鱼大肉你也看不见他们在哪儿。

彭国梁的信几乎全是理想和誓言、决心与仇恨。到了结尾的部分,彭国梁突然问:你愿意和我一起,手拉手,和帝修反作斗争吗?玉米好像遭到了一记闷棍,被这记闷棍打傻了。神圣感没有了,一点一点滋长起来的却是儿女情长。开始还点点滴滴的,一下子已经汹涌澎湃了。"手拉手",这三个字真的是一根棍子,是一根擀面杖,玉米每读一遍都要从她松软的身子上碾过一遍。玉米的身子几乎铺开来,十分被动却又十分心甘情愿地越来越轻、越来越薄。玉米已经没有一点力气了,面色苍白,扶在树干上吃力地喘息。彭国梁终于把话挑破了。这门亲事算是定下来了。玉米流出了热泪。玉米用冰凉的巴掌把滚烫的泪水往两只耳朵的方向抹。但是,抹不干。玉米泪如泉涌。抹干一片立即又潮湿了一片。后来玉米索性不抹了,她知道抹不完的。玉米干脆蹲下身去,把脸埋在肘弯里头,全心全意地往伤心里头哭。

高素琴早就汰好衣裳了。她依旧把木桶架在胯部,站在玉米的身后。高素琴说:"玉米,差不多了,你看看你。"高素琴向河边努了努嘴,说:"玉米,你看看,你的木桶都漂到哪里去了。"玉米站起来,木桶已经顺水漂出去十几丈远了。玉米看见了,但是视而不见,只是僵在那儿。高素琴说:"快下去追呀,晚了坐飞机都追不上了。"玉米缓过神来了,跑到水边,顺着风和波浪的方向追逐而去。

当天晚上玉米的亲事在村子里传开了。人们在私下里说的全是这件事。玉米"找了"一个飞行员,专门和帝修反作斗争的。玉米这样的姑娘能找到一个好婆家,村子里的人是有思想准备的,但是"那个人"是飞行员,还是大大超出了人们的预料。这天晚上,每一个姑娘和每一个小伙的脑子里都有了一架飞机,只有巴掌那么大,在遥远的高空,闪闪发亮,屁股后面还拖了一条长长的气尾巴。这件事太惊人了。只有飞机才能在蓝天上飞翔,你换一只老母猪试试?要不换一头老公牛试试?一只老母猪或一头老公牛无论如何也不能冲上云霄,变得只有巴掌那么大的。想都没法想。那架飞机不仅改变了玉米,肯定也改变了王连方。王连方过去很有势力,说到底只管着地上。现在,天上的事也归王连方管了。王连方公社里有人,县里头有人,如今天上也有人了。人家是够得上的。

玉米的"那个人"在千里之外,这一来玉米的"恋爱"里头就有了千山万水,不同寻常了。这是玉米的恋爱特别感人至深的地方。他们开始通信。信件的来往和面对面的接触到底不同,既是深入细致的,同时又是授受不亲的。一来一去使他们的关系笼罩了雅致和文化的色彩。不管怎么说,他们的恋爱是白纸黑字,一竖一横,一撇一捺的,这就更令人神往了。在大多数人的眼里,玉米的恋爱才更像恋爱,具有了示范性,却又无从模拟。一句话,玉米的恋爱实在是不可企及。

人们错了。没有人知道玉米现在的心境。玉米真是苦极了。信件现在是玉米的必需,同时也成了玉米没日没夜的焦虑。它是玉米的病。玉米倒是读完初小的,如果村子里有高小、初中,玉米当然也会一直读下去。村子里没有。玉米将将就就只读了小学三年级,正经八百地识字只有两年。过了这么多年,玉米一般地看看还行,写起来就特别地难了。谁知道恋爱不是光"谈",还是要"写"的呢。彭国梁一封一封地来,玉米当然要一封一封地回。这就难上加难了。玉米是一个多么内向的姑娘,内向的姑娘实际上多长了一双眼睛,专门是向内看的。向内看的眼睛能把自己的内心探照得一清二楚,所有的角落都无微不至。现在的问题是,玉米不能用写字的方式把自己表达在纸上。

玉米不能。那么多的字不会写,玉米的每一句话甚至每一个词都是词不达意的。又不好随便问人,这太急人了。玉米只有哭泣。要是彭国梁能在玉米的身边就好了,即使什么也不说,玉米会和他对视,用眼睛告诉他,用手指尖告诉他,甚至,用背影告诉他。玉米现在不能,只能把想象当中见面的场面压回到内心。玉米压抑住自己。她的一腔柔情像满天的月光,铺满了院子,清清楚楚,玉米一伸手地上就会有手的影子。但是,玉米逮不住它们,抓一把,张开来还是五根指头。玉米不能把满天的月光装到信封里去。玉米悄悄偷来了玉叶的《新华字典》,可是这又有什么用?字典就在手头,玉米却不会用它。那些不会写的字全是水里的鱼,你知道它们就在水的下面,可哪一条也不属于你。这是怎样的费心与伤神。玉米敲着自己的头,字呢?字呢!——我怎么就不会多写几个字的呢?写到无能为力的地方,玉米望着纸,望着笔,绝望了,一肚子的话慢慢变成了一脸的泪。她把双手合在胸前,说:"老天爷,可怜可怜我,你可怜可怜我吧!"

玉米抱起了王红兵,出去转几圈。家里是不能待的。一待在家里她总是忍不住在心里"写信",玉米恍惚得很,无力得很。"恋爱"到底是个什么东西?玉米想不出头绪。剩下来的只能是在心里头和他说话,可是,说得再好,又不能写到信上去,反而堵着自己,叫人分外难过。玉米越发不知道怎样好了。玉米就觉得愁得慌,急得慌,堵得慌,累得慌。好在玉米有不同一般的定力,并没有在外人面前流露过什么,人却是一天比一天瘦了。

玉米抱着王红兵来到了张如俊的家门口。如俊家的去年刚生了孩子，又是男孩，所以和玉米相当地谈得来。如俊家的长得很好，眼睛上头又有毛病，做支书的父亲是不会看上她的。这一点玉米有把握。一个女人和父亲有没有事，什么时候有的事，逃不出玉米的眼睛。如果哪个女人一见到玉米突然客气起来了，反而提醒了玉米，玉米会格外地警惕。那样的客气玉米见多了，既心虚，又巴结，既热情周到，又魂不附体。一边客气还要一边捋头发，做出很热的样子。关键还是眼珠子，会一下子活络起来，什么都想看，什么都不敢看，带着母老鼠的鼠相。玉米想，那你就客气吧，不打自招的下三烂！再客气你还是一个骚货加贱货。对那些骚货加贱货玉米绝不会给半点好脸的。说起来真是可笑，玉米越是不给她们好脸她们越是客气，你越客气玉米越是不肯给你好脸。你不配。个臭婊子！长得好看的女人没有一个好东西，王连方要不是在她们身上伤了元气，妈妈不可能生那么多的丫头。玉秀长得那么漂亮，虽说是嫡亲的姊妹，将来的裤带子也系不紧。人家如俊家的不一样，虽说长得差了点，可是周正，一举一动都是女人样，做什么事都得体大方，眼珠子从来不躲躲藏藏的，人又不笨，玉米才和她谈得来。玉米对如俊家的特别好还有另外的一层，如俊不姓王，姓张。王家村只有两个姓，一个王姓，一个张姓。玉米听爷爷说起过一次，王家和张家一直仇恨，打过好几回，都死过人。王连方有一次在家里和几个村干部喝酒，说起姓张的，王连方把桌子都拍了。王连方说："不是两个姓的问题，是两个阶级的问题。"当时玉米就在厨房里烧火，听得清清楚楚。姓王的和姓张的眼下并没有什么大的动静，风平浪静的，看不出什么，但是，毕竟死过人，可见不是一般的鸡毛蒜皮。死去的人总归是仇恨,进了土,会再一次长出仇恨来。表面上再风平浪静,再和风细雨,再一个劲儿地对着姓王的喊"支书",姓张的肯定有一股凶猛的劲道掩藏在深处。现在看不见,不等于没有。什么要紧的事要是都能看见,人就不是人了,那是猪狗。所以玉米平时对姓王的只是一般地招呼,而到了姓张的面前,玉米反而用"嫂子"和"大妈"称呼她们了。不是一家子,才要像一家子对待。

玉米抱着王红兵,站在张如俊的院子门口和如俊嫂子说话。如俊家的也抱着孩子,看见玉米过来了,把自己的孩子送进里屋,拿出了板凳,却把王红兵抱过去了。玉米不让,如俊家的说:"换换手,隔锅饭香呢。"玉米坐下了,向远处的巷头睃了几眼。如俊家的看在眼里,知道玉米这些日子肯到她这边来,其实是看中了她家的地段,好等邮递员送信呢。如俊家的并不点破,一个劲儿地夸耀王红兵。千错万错,夸孩子总是不错。扯了一会儿咸淡,如俊家的发现玉米直起了上身,目光从自己的头顶送了出去。如俊家的知道有人过来了,低了头仔细地听,没听到自行车链条的滚动声,知道不是邮递员,放心了。身后突然响起了一阵哄笑,如俊家的回过头,原来是几个年轻人过来了,他们把脑袋攒在一处,一边看着什么东西一边朝自己的这边来,样子很振奋,像看见了六碗八碟。慢慢来到了张如俊的家门口,小五子建国抬起了头,突然看见了玉米。小五子招了招手,说:"玉米,你过来,彭国梁来信了。"玉米有些将信将疑,走到他们的面前。小五子一手拿着信封,一手拿着信纸,高高兴兴地递到了玉米的面前。玉米看了一眼,上头全是彭国梁的笔迹。是自己的信。

是彭国梁的信。玉米的血冲上了头顶，羞得不知道怎样才好，好像自己被扒光了，被游了好几趟的街。玉米突然大声说："不要了！"小五子看了一眼玉米的脸色，连忙把信叠好了，装进了信封，再用舌头舔了舔，封好了递过去。玉米一把又把小五子手上的信打在了地上，小五子捡起来，解释说："是你的，不骗你，是彭国梁写给你的。"玉米抢过来，再一次扔在地上。玉米说："你们一家都死光！"巷子里僵持住了。玉米平时不这样，人们从来没有发现玉米动过这么大的脾气。事态已经很严重了。麻子大叔一定听到巷子里的动静，挺了一根指头，走到小五子的面前，捡起信，对着小五子拉下了脸。麻子大叔厉声说："唾沫怎么行？你看看，又炸口了！"麻子大叔用指头上的饭粒把信重新封好，递到玉米的面前，说："玉米，这下好了。"玉米说："他们看过了！"麻子大叔笑了，说："你兴旺大哥也在部队上，他来信了我还请人念呢。"玉米说不出话了，只是抖。麻子大叔说："再好的衣裳，上了身还是给人看。"麻子大叔说得在理，笑眯眯的，他一笑滚圆的麻子全成了椭圆的麻子。可是玉米的心碎了。高素琴老师拆过玉米的两封信，玉米关照过彭国梁，往后别再让高素琴转了。这有什么用？难怪最近一些人和自己说话总是怪声怪气的，一些话和信里的内容说得似是而非，玉米还以为自己多心了，看来不是。彭国梁的信总是全村先看了一遍，然后才轮到她玉米。别人的眼睛都长到玉米的肚脐眼上了，衣裳还有什么用？玉米小心掖着的秘密哪里还有一点秘密！麻子大叔宽慰了玉米几句，回去了。玉米的脸上已经了无血色，而两道泪光却格外的亮，在阳光下面像两道长长的刀疤。如俊家的都看在眼里，一下子不知所措,害怕了。连忙侧过身去,莫名其妙地解上衣的纽扣,刚露出自己的奶子,一把把王红兵的小嘴摁了上去。

有庆家的是从李明庄嫁过来的。李明庄原来叫柳河庄,一九四八年出了一个烈士,叫李明,后来国家便把柳河庄改成了李明庄。有庆家的姓柳,叫粉香,做姑娘的时候是相当有名气的。主要是嗓子好,能唱,再高的音都爬得上去。嗓子好了,笑起来当然就具有号召力,还有感染力。而她的长相则有另外一些特点,虽说皮肤黑了一些,不算太洋气,但是下巴那儿有一道浅浅的沟,嘴角的右下方还有一颗圆圆的黑痣,这一来她笑起来便有了几分的媚。最关键的是,她的目光不像乡下人那样讷,那样拙,活动得很,左顾右盼的时候带了一股眼风,有些招惹的意思。人们私下说,这是她在宣传队的戏台上落下的毛病。柳粉香微笑的时候先把眼睛闭上,然后,睫毛挑了那么一下,睁开了,侧过脸去接着笑。关于柳粉香的笑,李明庄的人们有个总结,叫做听起来浪,看上去骚,天生就是一个下作的坏子。柳粉香的名气大,不好的名声当然也跟着大。人们私下说:“这丫头不能惹。”话说得并不确切,反而让人浮想联翩,听上去黏糊得很,有了“母狗不下腰,公狗不上腔”的意思,也许还有摊上谁就是谁的味道。有些话就这样,不说则罢,只要说了,越看反而越像,一刀子能捅死人。不管怎么说,柳粉香是带着身子嫁到王家庄来的,这一点毋庸置疑。眼力老到的女人曾深刻地指出:“至少四个月!”屁股在那儿呢。柳粉香肚子里的孩子到底是谁的,不容易弄得清。尖锐的说法是,柳粉香自己也弄不清。那阵子柳粉香在各个公社四处会演，身子都让男人压扁了。身子扁了下去，肚子却鼓了起来。女人就这样，她们的肚子和她们的嘴巴一样，藏不住事。柳粉香被她的肚子弄得声名狼藉，赔大了。但是王家庄的王有庆却赚了，可以用喜从天降和喜出望外来双倍地形容。柳粉香办婚事的速度比她肚子的成长速度还要快，称得上雷厉风行，真是说时迟，那时快。才听说王有庆刚刚订了婚了，一转眼，柳河庄的柳粉香已经在王家庄变成有庆家的了。柳粉香连一套陪嫁的衣裳都没有捞到，就算王有庆置得起，以她现在的腰身，还浪费布票做什么。

有庆家的并没有把孩子生下来。她结结实实地摔了一跤，当晚见红，当夜小产了。据说，只能是据说了，谁也没有亲眼看见，是她的婆婆"一不小心撞了她的屁股"，把她从桥上推了下去。那还是有庆家的过门不久的日子，有庆家的和她的婆婆一起过桥，两个人在桥上说说笑笑的，像一对嫡亲的母女。快到岸边的时候，婆婆一个趔趄，冲到她的屁股上了。婆婆站稳了，有庆家的却栽了下去，一屁股坐在了河岸上。有庆家的一躺就是一个月，婆婆屋里屋外地伺候，有庆家的还吃了半斤红糖、一只鸡。婆婆对人说，"我们家的粉香把小腰闪了。"婆婆真是精明得过了分了，精明的人都有一个毛病，喜欢此地无银。谁还不知道有庆家的躺在床上坐小月子呢。不过有庆家的说起来也怪，带着身孕过门的，过了门之后却又怀不上了。转眼都快两年了，有庆家的越来越苗条。最先沉不住气的还是婆婆。婆婆相当地怨。她在有庆的面前嘟囔说："我算是看出来了，这丫头当着不着的，是个外勤内懒的货。"有庆听了这话不好交代，委屈得很，但是有庆太老实，只能在床上加倍地刻苦，加倍地努力。然而，忙不出东西。可是有庆他不该在老婆的面前搬弄母亲的话。有庆家的一听到"外勤内懒"这四个字脸都气白了，她认准了是婆婆在嚼舌头。有庆老实巴交的样子，放不出这样阴损毒辣的屁。有庆家的发了脾气，大骂有庆，一字一句却是指桑骂槐而去。有庆家的一不做，二不休，勒令王有庆和寡母分了家。"有她没我，有我没她。"有庆家的把婆婆扫地出门之前留下了一句狠话。"×老了，别想夹得死人！"其实婆婆说那句话是事出有因的，有庆家的总是生不出孩子，外面的话开始难听了，好多话都是冲着有庆去的。做母亲的怎么说也要偏着儿子，所以才对儿媳有怨气。外面是这样看待有庆的："有庆也不像是有种的样子。"

有庆家的心里头其实有一本明细账，她是生不出孩子来了。只不过有庆太死心眼，在床上又是那样的吃苦，不忍心告诉他罢了。她小产的那一次伤得太重，医生已经说得很明白了。有庆家的自己当然也不肯甘心，又连着吃了三四个月的中药，还是没有用。说起中药，有庆家的最怕了。倒不是怕中药的味道，而是别的。按照吃中药的规矩，药渣子要倒到大路的中央去，作践它，让千人踩，万人跨，这样药性才能起作用。有庆家的不想让人知道她在吃药，不想让人知道她有这样的把柄，很小心地瞒着。好在有庆家的在宣传队上宣传过唯物主义，并不迷信，她把药渣子倒进了河里。但是瞒不住，中药的气味太大，比煨了一只老母鸡味道还传得远。只要家里头一熬药，过不了多久，天井的门口肯定会伸头伸脑的，门缝里挤进来的目光绝对比砒霜还要毒。这一来有庆家的不像是吃药了,而像在家做贼,吃药的感觉上便多了一倍的苦。有庆家的后来放弃了,哑巴苦当然是不吃的好。

有庆家的和王连方的事并不像外面传说的那样。事实上,他们没有事。王连方真正爬上有庆家的身,还是在一九七一年的冬天。时间并不长。要是细说起来,有庆家的坐完小月子不久就和王连方在路口上认识了。王连方和蔼得很,目光甚至有点慈祥。但是有庆家的只看了他一眼,立即看出王连方的心思来了。有个一官半职的男人喜欢这样,用亲切微笑来表示他想上床。有庆家的对付这样的男人最有心得。她冲王连方很不好意思地笑了笑,知道被他睡是迟早的事,什么也挡不住的。有庆家的心里并不乱,反而提早有了打算。无论如何,这一次她一定要先怀上有庆的孩子,先替有庆把孩子生下来。这一条是基本原则。还有一点不能忘记,既然是迟早的事,迟一步要比早一步好。男人都是贼,进门越容易,走得越是快。有庆家的在这个问题上有教训,历史的经验不能忘。

但是王连方急。有庆家的认识王连方的时间不算长,已经感受到这一点了。他在寻找和创造与她单独见面的机会。不管怎么说,当着外人的面王连方还是不好太冒失。猫都知道等天黑,狗还知道找角落里呢。王连方要是逛到她家的天井里来了,有庆家的热情得很,嗓门扯得像报幕,还到隔壁去讨开水,高声说:"王支书来了,看我们呢。"王连方很窝火。但是你不能对人家的热情生气,只能亲切,再加上微笑。有庆家的大大方方的,把一切全做在明处。这和胆小慎为和时刻小心的女人大不相同了,你反而不好下手。你不能像公鸡那样爬上去就摁母鸡的脑袋。王连方有一次都跟她把话说破了,说:"有庆这个呆子,我哪一天才享到有庆那样的呆福。"有庆家的心口咯噔了一下,都有点心动了。但是有庆家的装出一脸的没心没肺,嗓门还是那么大,反而把王连方弄得提心吊胆了。不过有庆家的却拿捏着分寸,绝不会让王连方对她绝望。王连方要是对你绝望了,到头来你一定比他更绝望。有庆家的知道自己,懒。懒的人必须有靠山,没靠山只能是等死了。那一回生产队长已经摊派有庆家的沤肥去了。沤肥是一个又脏又累的活儿,工分又低。生产队长这样摊派有庆家的,显然是给她颜色了。有庆家的扛着钉耙,夹在男人堆里一路说说笑笑地向田里去。迎面却走来了王连方,一起招呼过了,走出去十来步,有庆家的却回过身,来到王连方的面前。她把王连方衣领上的头皮屑掸干净,随后扯出一根线头。有庆家的没有用手,而是把脸俯上去,用牙齿咬住了,咬断,在舌尖上打成结,很波俏地吐了出去。有庆家的小声说:"死样子,一点不像支书,替我沤肥去!"有庆家的没头没脑地丢下这句话,王连方被弄得魂不守舍,幸福得两眼茫茫。有庆家的当然没有和那些男人一起沤肥,她只是在地头站了一会儿,把绿格子方巾从头顶上摘下来,窝在手里头,说"不行",说她得"先回去"。有庆家的当着队长的面扛上钉耙打道回府了。屁股一扭一扭的,像拖拉机上的两只后轮。没有人敢拦她。谁知道她什么"不行"了呢?谁知道她"先回去"干什么呢?

　　到了一九七一年的冬天,有庆家的对自己彻底死了心了。她不可能再怀上。有庆似乎也放弃了努力,他忙不出什么头绪来。一赌气，有庆上了水利工地。大中午王连方来了。有庆家的刚刚哭过，想起自己的这一生，慢慢地有了酸楚。她不知道自己错在哪儿，怎么会落到这一步的。有庆家的当初是一个心气多旺的姑娘，风头正健，处处要强，现在却处处不甘，处处难如人意了，越想越觉得没有指望。王连方进门了，背着手，把门反掩上了。人是站在那儿，却好像已经上了床了。有庆家的并没有吃惊，立起身，心里想，他也不容易了，又不缺女人，惦记着自己这么久，对自己多少有些情意，也难为他了。再说了，作为男人，他到底还是王家庄最顺眼的，衣有衣样，鞋有鞋样，说出来的话一字一句都往人心里去，牙也干净，肯定是天天刷牙的。有庆家的这么一想，两只肩头松了下去，望着王连方，凄凉得很。眼泪无声地溢了出来。有庆家的慢慢转过身，走进屋里，侧着身子缓缓地拿屁股找床沿，揿下头，脖子拉得长长的，一颗一颗地解。解完了，有庆家的抬起头，说："上来吧。"

　　有庆家的到底是有庆家的，见过世面，不惧王连方。就凭这一点在床上就强出了其他女人。王连方最大的特点是所有的人都怕他。他喜欢人家怕他，不是嘴上怕，而是心底里怕。你要是咽不下去，王连方有王连方的办法，直到你真心害怕为止。但是让人害怕的副作用在床上表现出来了。那些女人上了床要不筛糠，要不就像死鱼一样躺着，不敢动，胳膊腿都收得紧紧的，好像王连方是杀猪匠，寡味得很。没想到有庆家的不怕，关键是，有庆家的自己也喜欢床上的事。有庆家的一上床便体现出她的主观能动性，要风就是风，要雨就是雨。没人敢做的动作她敢做，没人敢说的话她说得出，整个过程都惊天动地。做完了，还侧卧在那儿安安静静地流一会儿眼泪,特别地招人怜爱,特别地开人胃口。这些都是别别窍的地方。王连方一下子喜欢上这块肉了。王连方胃口大开,好上了这一口。

这一回王连方算是累坏了,最后趴在了有庆家的身上,睡了一小觉。醒来的时候在有庆家的腮帮子上留下了一摊口水。王连方拖过上衣,掏出小瓶子来,倒出一只白色的小药片。有庆家的看了一眼,心里想,准备工作倒是做得细,真是不打无准备之仗呢。王连方笑笑,说:"乖,吃一个,别弄出麻烦来。"有庆家的说:"凭什么我吃?我就是要给王家庄生一个小支书——你自己吃。"从来没有人敢对王连方说这样的话,王连方又笑,说:"个要死的东西。"有庆家的歪过了脑袋。不吃。无声地命令王连方吃。王连方看了看,很无奈,吃了一颗。有庆家的也吃了一颗。王连方看了看有庆家的,把药片吐出来了,放在了手上。接着笑。有庆家的抿了嘴,也是无声地笑,慢慢把嘴唇咧开,两排门牙的中间咬着一颗小白片。王连方很幸福地生气了,是那种做了长辈的男人才有的懊恼,说:"一天到晚和我闹。"赌气吃下去一颗,张开嘴,给她普查。有庆家的用舌尖把小白片舔进去,喉头滚动了一下,吐出长长的舌头,伸到王连方的面前,也让他普查。她的舌头红红的,尖尖的,像扒了皮的小狐狸,又顽皮又乖巧,挑逗得厉害。王连方很孟浪地搂住了有庆家的,一口咬住了。有庆家的抖了一下,小药瓶已经给打翻在地,碎了,白花花地散了一屋子,像夏夜的星斗。两个人都吓得不轻,有庆家的说:"才好。"王连方急吼吼的,却又开始了。有庆家的吐出嘴里的药片,心里想,我就不用吃它了,这辈子没那个福分了。这个突发的念头让有庆家的特别地心酸。是那种既对不起自己又对不起别人的酸楚。但是有庆家的立即赶走了这个念头，呼应了王连方。有庆家的一把勾紧了王连方的脖子，上身都悬空了，她对着王连方的耳朵，哀求说："连方，疼疼我!"王连方说："我在疼。"有庆家的流出了眼泪，说："你疼疼我吧!"王连方说："我在疼。"他们一直重复这句话，有庆家的已经泣不成声了，直到嘴里的字再也连不成句子。王连方快活得差一点发疯。

王连方尝到了甜头，像一个死心眼儿的驴，一心一意围着有庆家的这盘磨。有庆在水利工地，正是一寸光阴一寸金，寸金难买寸光阴。可是有些事情还真是人算不如天算，那一天中午偏偏出了意外，有庆居然回来了。有庆推开房门，他的老婆赤条条的，一条腿架在床框上，一条腿搁在马桶的盖子上，而王连方也是赤条条的，站在地上，身子紧贴着自己的老婆，气焰十分地嚣张。有庆立在门口，脑子转不过来，就那么看着，呆在那儿。王连方停止了动作，回过头，看了一眼有庆。王连方说："有庆哪，你在外头歇会儿，这边快了，就好了。"

有庆转身就走。王连方出门的时候房门、屋门和天井的大门都开在那儿。王连方一边往外走一边把门带上。王连方对自己说："这个有庆哪，门都不晓得带上。"

玉米现在的主攻目标是柳粉香，也就是有庆家的。有庆家的现在成了玉米的头号天敌。这个女人实在不像话了，把王连方弄得像新郎官似的，天天刮胡子，一出门还梳头。王连方在家里几乎都不和施桂芳说话了，他看施桂芳的眼神玉米看了都禁不住发冷。施桂芳天天在家门口嗑葵花子，而从骨子里看，施桂芳已经不是这个家的人了。在王连方的那一边，施桂芳一生下小八子这个世上就没有施桂芳这么一个人了。王连方有时候都在有庆家的那边过夜了。玉米替母亲寒心。但是这样的状况玉米只能看在眼里，不可以随便说。这一切都因为什么？就因为有了那只骚狐狸！这一切全是骚狐狸一手做的鬼！玉米对有庆家的已经不是一般的恨了。

　　关于有庆家的，玉米的感觉相当复杂。恨是恨，但还不只是恨。这个女人的身上的确有股子不同寻常的劲道。是村子里没有的，是其他的女人难以具备的。你能看得出来，但是你说不出来。就连王连方在她的面前都难免流露出贱相。这是她出众的地方、高人一头的地方。最气人的其实也正是这个地方。比方说，她说话的腔调或微笑的模样，村子里已经有不少姑娘慢慢地像她了。谁也不会点破，谁也不会提起。这里头无疑都是她的力量。也就是说，每个人的心里其实都有一个柳粉香。而男人们虽说在嘴上作践她，心里头到底喜欢，一和她说话嗓子都不对，老婆骂了也没用，不过夜的。玉米嘴上不说，心里还是特别地嫉妒她。这是玉米恨之入骨的最大缘由。玉米一直想把王红兵抱到她的家门口去，但是有庆家的并没有躲躲藏藏的，她和王连方的事都做在明处，还敢和王连方站在巷口说话，那样做就没什么意思了。这个女人的脸皮太厚，小来来羞辱不了她。不过玉米还是去了。玉米想，你生不出孩子，总是你的短处。你哪里疼我偏要往哪里戳。玉米抱上王红兵，慢悠悠地来到有庆家的门口。一起跟过来很多人。一些是无意的，一些是有意的。她们的神情相当紧张，又有些振奋。有庆家的看见玉米来了，并没有把门关上,而是大大方方地出来了。她的脸上并没有故作镇定,因为她的确很镇定。她马上站到这边和大家一起说话了。玉米不看她。她也不看玉米。甚至没有偷偷地睃玉米一眼。还是玉米忍不住偷偷瞄她了。玉米还没有开口,有庆家的已经和别人谈论起王红兵了。主要是王红兵的长相。有庆家的认为,王红兵的嘴巴主要还是像施桂芳,如果像王连方反而更好。她对王连方嘴巴的赞美是溢于言表的。不过长大了会好一点,有庆家的说,男孩子小时候像妈,到了岁数骨架子出来了,最终还是像老子。玉米都有点听不下去了。而王红兵的耳朵也有问题,有些招风。其实王红兵不招风,反而是有庆家的自己有点招风。玉米侧过身,看着她,毫不客气地对着她的脸说:"也不照照!"玉米的出手很重了,换了别的女人一定会惭愧得不成样子,笑得会比哭还难看。但是有庆家的没听见。话一出口玉米已经意识到上了这个女人的当了,是自己首先和她说话的。有庆家的还是不看她,和别人慢慢拉呱。这一回说的是玉米,反而像说别人。有庆家的说:"玉米这样漂亮的女孩子,就是嘴巴不饶人。"有庆家的没有说"漂亮的丫头"、"漂亮的姑娘",而是说"漂亮的女孩子",非常地文雅,听上去玉米绝对是鸡窝里飞出的金凤凰。她的话锋一转,却帮着玉米说话了,她说:"我要是玉米我也是这个样子。"她很认真地说了这句话。玉米没法再说什么了,反而觉得自己厉害得不讲方寸,像个泼妇了。而她偏偏就说玉米漂亮,她这么一说其实已经是定论了。有庆家的又和别人一起评价起玉秀的长相了,有庆家的最后说:"还是玉米大方。玉米耐看。"口气是一锤子定音的。玉米知道这是在拍自己的马屁,但她的脸上没有一点巴结玉米的神色,都没有看自己,完全是有一说一,有二说二的样子。看来是真心话。玉米其实蛮高兴的,这反而气人。玉米最不能接受的还是这个女人说话的语气,这个女人说起话来就好像她掌握着什么权力,说怎样只能是怎样,不可以讨价。这太气人了。她凭什么?她是什么破烂玩意儿!玉米"哼"了一声,挖苦说:"漂亮!"口气里头对"漂亮"进行了无情的打击,赋予了"漂亮"无限丰富和无限肮脏的潜台词。都是毁灭性的。玉米说完这句话走人了。这在看客的眼里不免有些寡味。玉米和有庆家的第一次交锋其实没有什么实质性的成绩,充其量也就是平手。不过玉米想,日子长呢,你反正是嫁过来的人。你有庆家的有把柄,你的小拇指永远夹在王家庄的门缝里头。

彭国梁原计划在夏忙的季节回家探亲,他的爷爷却没有等到那个时候,开春后匆匆地咽了气。真是黄泉路上不等人。一份电报过去,彭国梁探亲的日程只好提前。彭国梁已经回到彭家庄了,玉米的这边还没有半点消息。彭国梁没有能够和爷爷见上最后一面,他走进家门的时候爷爷做死人已经做到第三天了。爷爷入了殓,又过了四天,烧好头七,彭国梁摘了孝,传过话来,他要来相亲。

玉米失措得很。这件事是不好怪人家的。彭国梁这个时候回来,本来就是一件意外。问题是,玉米连一件合适的衣裳都没有。玉米打算穿上过年的新衣裳,试了一下,那是加在棉袄上的加褂,上身之后大了一号挂在身上,有点疯疯傻傻的,很不好看。

重做吧,还要到镇上扯料子,无论如何来不及了。玉米惆怅得很,心情相当地压抑,老是想哭,但到底心里头是欢喜,一直没哭出来。这反而更压抑了。

玉米没有料到有庆家的会把她拦在路口。看上去好像前几天她们一点也没有发生过什么事,都好像没有见过面。有庆家的把玉米叫住,还没等玉米开口,有庆家的先说话了。有庆家的说:"玉米,你恨我的吧。"玉米没有料到有庆家的先把话题挑开来,一时嘴更笨了。玉米想,这个女人的脸皮是厚,换了别人把裤子穿在脸上也不敢这样说话。有庆家的说:"飞行员快来相亲了,你这身衣裳怎么穿得出去。"玉米盯着有庆家的,想一想,说:"你都有人要,我怎么会嫁不出去。"有庆家的显然没想到玉米说出这样的话。这句话打脸了。玉米自己都觉得过分了。但这个女人脸太厚,不这样不足以平民愤。有庆家的从胳肢窝里取下小布包,用方巾裹着,递到玉米的手上。她一定预备了好多话的,但是玉米的话究竟让有庆家的有些乱,一时忘了想说的东西,所以手上的动作分外地快。有庆家的说:"这件衣裳是我在宣传队上报幕时穿的,没用处了。"这个举动大大出乎玉米的意料。有些出格。但是不管她是什么用意,她的东西玉米怎么可能要。玉米没有打开,推了回去。有庆家的说:"玉米,做女人的可以心高,却不能气傲,天大的本事也只有嫁人这么一个机会,你要把握好。可别像我。""天大的本事也只有嫁人这么一个机会",这句话玉米听进耳朵里去了。有庆家的又把包裹塞到玉米的怀里,回头便走。走出去四五步,有庆家的突然回过头,冲着玉米笑。她的眼眶里头早就贮满泪光了,闪闪烁烁的,心碎的样子。"可别像我。"玉米没有想到有庆家的会说这样的话。看起来这个女人并不气盛,没想到她对自己的评价这样低。玉米再也没有料到这个女人心中盘着那样的怨结,差一点心软了。有庆家的这一个回头给了玉米极其疼痛的印象。玉米这一回算是大胜了有庆家的,但是胜得有点寡味,不知道是哪里出了毛病了。玉米站在那儿,望着手里的衣裳,脑子里一直翻卷的都是有庆家的那句话:"你要把握好,可别像我。"

玉米想扔了的,但是,毕竟是有庆家的"报幕"时穿的,这件衣裳一下子有了特殊的诱惑。这是一件小开领的春秋衫,收了一点腰身。虽说玉米的体形和有庆家的有点类似,可是玉米还是觉得紧了一些。玉米走到大镜子前,吓了自己一大跳。自己什么时候这样洋气、这样漂亮过?乡下的女孩子大多挑过重担,压得久了,背部会有点弯,含着胸,盆骨那儿却又特别地侉。玉米不同,她的身体很直,又饱满,好衣服一上身自然会格外地挺拔,身体和面料相互依偎,一副体贴谦让又相互帮衬的样子。怎么说人靠衣裳马靠鞍呢。最惊心动魄的还在胸脯的那一把,凸是凸,凹是凹,比不穿衣服还显得起伏,挺在那儿,像是给全村的社员喂奶。柳粉香当年肯定正是那样,挺拔四方,漂亮得不像样子。玉米无法驱散对柳粉香当年的设想,可是,设想到最后,玉米却设想到自己的头上去了。这个念头极其危险了。玉米相当伤感地把衣服脱了下来,正正反反又看了几回。想扔,舍不得。玉米都有点恨自己了,什么事她都狠得下心,为什么在一件衣裳面前她反而软了?玉米想,那就放在那儿,绝对不可以上身。

彭国梁被彭支书领着,来到了玉米家的大门口,施桂芳正站在门框旁边,看见彭支书领着一个当兵的冲着自己的大门走来,心里有数了。她把葵花子放进口袋,做出站相,微笑也预备好了。彭支书来到施桂芳的面前,喊过"嫂子",彭国梁跨上来一步,立正,"啪",一个军礼。施桂芳的胳膊一阵乱动,把客人请进了堂屋。施桂芳很欢喜,只是毛脚女婿的军礼让她觉得事态过于重大了,光会赔笑,不会说话了。好在施桂芳是支书的娘子,处惊不乱。她打开广播,对着话筒说:"王连方,请你立即回到家里来,家里来了解放军!请你立即回到家里来,家里来了解放军!"

广播也就是通知。只是一会儿工夫,玉米家的大门口立即挤满了人,男男女女老老少少高高矮矮胖胖瘦瘦的。"解放军"是什么意思,不用多说了。后来王连方过来了,大步流星,一边走一边系下巴底下的风纪扣。人们让开了一条道。王连方来到彭支书的面前,握过手。彭国梁起立,立正,"啪",再一个军礼。王连方掏出香烟,给了彭支书一根,也给了彭国梁一根。彭国梁再一次起立,立正,"啪",又一个军礼。彭国梁说:"报告首长,彭国梁不吸烟。"王连方笑起来,说:"好。好。"气氛相当客气,但是有点肃穆,甚至紧张。王连方大声说:"你回来啦?"这句话其实是废话。彭国梁说:"是。"门外围观的人们似乎也受到了感染,他们不说话。他们相当崇拜彭国梁的军礼,他的军礼很帅,行云流水,却又斩钉截铁。

玉米的到来把故事推向了高潮。玉米被人们拖回来了。王红兵早就被女人们抢过去抱走了。人们同样给玉米让开了一道缝隙。这一幕人们盼望已久了。只有这一幕看到了,大伙儿才能够放心。玉米被人拥着,推着两条腿一左一右地在地上走,其实是别人的力量,她的身子几乎后仰了。到了家门口,玉米胆怯了,不走。两个胆子大的闺女把玉米一直推到彭国梁的面前,人们以为彭国梁又要给玉米敬军礼了,没有。四周静悄悄的。彭国梁不仅没有敬礼,甚至没有立正,差不多也没了站相,只是不停地咧嘴,又不停地吃力地抿上。玉米迅速地瞥了一眼彭国梁,看到了他的神情,玉米放心了,但是人已经羞得不成样子。腰那一把像蛇。玉米的脸庞红彤彤的,把眼珠子衬得更黑,亮闪闪的到处躲。可怜极了。门外的人再也没有想到玉米会这样扭捏,一点都不像玉米。他们想,到底还是个姑娘家。门外的人一起哄了几声,高潮过去了,气氛轻松下来了。他们为彭国梁高兴,但主要的还是为了玉米。

王连方来到门口敬烟,是男人都有份儿。王连方最后给张如俊的儿子也敬了一根,如俊的儿子被如俊家的抱在怀里,傻头傻脑的。王连方把香烟夹到他的耳朵上,说:"带回去给你老子抽。"人们没有想到王支书这样客气,都说笑话了。门口响起了一阵大笑。气氛相当地好。王连方对着门外掸了掸手,人们散去了。王连方关上门,深深地吸了一口气。

施桂芳安排彭国梁和玉米烧水去了。作为一个过来人,施桂芳知道厨房对于年轻男女的重要意义。初次见面的男女都这样,生疏得很,拘谨得很,两个人一同坐到灶台的后面,一个拉风箱,一个添柴火,炉膛里的火把两个人烤得红红的,慢慢会活络的。施桂芳带上厨房的门,把玉英玉秀她们都哄了出去。这几个丫头不能留在家里,她的七个女儿,除了玉米,别的都是人来疯。

　　玉米烧火的时候彭国梁给了玉米第二份见面礼。第一份是按照祖传的旧规矩预备的,无非是面料和毛线那一路的东西。彭国梁到底有不同凡俗的地方,另外又准备了一份。一支红管英雄牌铱金笔,一瓶英雄牌蓝黑墨水,一札四十克信笺,二十五只信封,外加领袖的夜光像章一枚。这一份礼物更有了私密性,同时兼备了文化和进步的特征。彭国梁把它们放在风箱上,旁边还有他的军帽。军帽上有一颗红色五角星,鲜红鲜红的,发亮,是闪闪的红星。这几样东西组合在一起,此时无声胜有声了。彭国梁拉着风箱,他的每一个动作都要反映到炉膛里的火苗上。在他做推手的动作时,东倒西歪的火苗立即竖了起来,像一根柱子,相当有支撑力。玉米则把稻草架到那根火柱子上,这一来他们的手脚暗地里有了配合,有了默契,分外地感人。稻草被火钳架到火柱子上去,跳跃了一下,柔软了,透明了,鲜艳了,变成了光与热,两个人的脸庞和胸口都被炉膛里的火苗有节奏地映红了,他们的喘息和胸部的起伏也有了节奏,需要额外地调整与控制。空气烫得很,晃动得很,就好像两个人的头顶分别挂了一颗大太阳,有点烤,但是特别的喜庆,是那种发烫的温馨。就是有点乱,还有一点催人泪下的成分,不时在胸口一进一出的。玉米知道,自己恋爱了。玉米望着火,禁不住流下了热泪。彭国梁显然看见了,还是不说什么,只是掏出了他的手帕,放在玉米的膝盖上。玉米拿起来,没有擦眼泪,却捂住了鼻子。手帕有一股香皂的气味,玉米一闻到这股气味差一点哭出了声音。

好在玉米即刻忍住了。泪水却是越忍越多。他们到现在都没有说一句话,没有碰一下手指头。玉米想,这就对了,恋爱就是这样的,无声地坐在一起,有些陌生,但是默契;近在咫尺,却一心一意地向遥远的地方憧憬、缅怀。就是这样的。

玉米望着彭国梁的脚,知道了是四十二码的尺寸。这个不会错。玉米知道了彭国梁所有的尺寸。女孩子的心里一旦有了心上人,眼睛就成了卷尺,目光一拉出去就能量,量完了呼啦一下又能自动收进来。

按照旧规矩,玉米过门以前,彭国梁不能在王家庄这边住下来。但是王连方破字当头,主张移风易俗。王连方发话了,住。王连方实在是喜欢彭国梁在他的院子里进进出出的,总觉得这样一来他的院子里就有了威武之气,特别地无上光荣。施桂芳小声说:"还是不妥当。"王连方瞪了施桂芳一眼,极其严肃地指出:"形而上学。"

彭国梁在玉米的家里住下了。不过哪里也没有去。除了吃饭和睡觉,几乎都是和玉米待在了灶台后面。灶台的背后真是一个好地方。是乡村爱情的圣地。玉米和彭国梁已经开始交谈了,玉米有些吃力,因为彭国梁的口音里头已经夹杂了一些普通话了。这是玉米很喜欢的。玉米自己说不来,可是玉米喜欢普通话。夹杂了普通话的交谈无端端地带上了远方的气息,更适合于爱情,是另一种天上人间。炉膛里的火苗一点一点暗淡下去。黑暗轻手轻脚地笼罩了他们。玉米开始恐惧了,这种恐惧里头又多了一分难言的企盼与焦虑。当爱情第一次被黑暗包裹时,因为不知后事如何,必然会带来万事开头难这样的窘境。两个人都相当地肃穆，就生怕哪儿碰到对方的哪儿。是那种全神贯注的担忧。

彭国梁握住了玉米的手。玉米终于和彭国梁"手拉手"了。虽说有些害怕，玉米等待的到底还是这个。玉米的手被彭国梁"拉"着，有了大功告成的满足。玉米在内心的最深处彻底松了一口气。玉米其实也没有拉着，只是伸在那儿，或者说，被彭国梁拽在那儿。彭国梁的手指开始很僵，慢慢地活了，一活过来就显得相当地犟。它们一次又一次地往玉米的手指缝里抠，而每一次似乎又是无功而返的，因为不甘，所以再重来。切肤的举动到底不同一般，玉米的喘息相当困难了。彭国梁突然搂住玉米，把嘴唇贴在了玉米的嘴唇上。彭国梁的举动过于突然，玉米明白过来的时候已经晚了，赶紧把嘴唇紧紧地抿上。玉米想，这一下完蛋了，嘴都让他亲了。但是玉米的身上一下子通了电，人像是浮在了水面上，毫无道理地荡漾起来，失去了重量，只剩下浮力，四面不靠，却又四面包围。玉米企图挣开，但是彭国梁的胳膊把她箍得那样紧，玉米也只好死心了。玉米相当害怕，却反而特别地放心了。玉米渐渐把持不住了，抿紧的双唇失去了力量，让开了一道缝，冷冷的，禁不住地抖。这股抖动很快传遍全身了，甚至传染给了彭国梁，他们搅在一起抖动，越吻越觉得吻的不是地方，只好闷着头到处找。其实什么也没有找到。自己的嘴唇还在自己的嘴上。这个吻差不多和傍晚一样长，施桂芳突然在天井里喊："玉米，吃晚饭了哇！"玉米慌忙答应了一声，吻才算停住了。玉米愣了好大一会儿，调息过来了。抿着嘴，无声地笑，就好像他们的举动因为特别地隐蔽，已经神不知鬼不觉了。两个人从稻草堆上站起身,玉米的膝盖软了一下,差一点没站住。玉米捶了捶腿,装着像是腿麻了,心里想,恋爱也是个体力活儿呢。玉米和彭国梁挪到稍亮一点的地方,相互为对方掸草屑。玉米掸得格外仔细,一丝一毫都不肯放过,玉米不能答应彭国梁的军服上有半根草屑。掸完了,玉米从彭国梁的身后把他抱住了,整个人像是贮满了神秘的液体,在体内到处流动,四处岔。人都近乎伤感了。玉米认定自己已经是这个男人的女人了。都被他亲了嘴了,是他的人,是他的女人了。玉米想,都要死了,都已经是"国梁家的"了。

　　第二天的下午彭国梁突然把手伸进玉米的衣襟。玉米不知道彭国梁想干什么,彭国梁的手已经抚住玉米的乳房了。虽说隔着一层衬衫,玉米还是吓得不轻,觉得自己实在是胆大了。玉米和他僵持了一会儿,但是,彭国梁的手能把飞机开到天上去,还有什么能挡得住?彭国梁的搓揉差点要了玉米的命,玉米搂紧了彭国梁的脖子,几乎是吊在彭国梁的脖子上,透不过气来。可是彭国梁的指头又爬进玉米的衬衫,直接和玉米的乳房肌肤相亲了。玉米立即摁住彭国梁的手,央求说:"不能,不能啊。"彭国梁停了一会儿,对着玉米的耳朵说:"好玉米,下一次见面还不知道是哪一年呢。"这句话把玉米的心说软了,说酸了。一股悲恸涌冲进了玉米的心窝,无声地汹涌了。玉米失声痛哭。顺着那声痛哭脱口喊了一声"哥哥"。这样的称呼换了平时玉米不可能叫出口,而现在完全是水到渠成了。玉米松开手,说:"哥哥,你千万不能不要我。"彭国梁也流下了眼泪,彭国梁说:"好妹子,你千万不能不要我。"虽说只是重复了玉米的一句话,但是那句话由彭国梁说出来,伤心的程度上却完全不同了,玉米听了都揪心。玉米直起身,安静地贴了上来。给他。彭国梁撩起玉米的衬衫,玉米圆溜溜的乳房十分光洁地挺在了他的面前。彭国梁含住了玉米的左乳。咸咸的。玉米突然张大了嘴巴,反弓起身子,一把揪紧了彭国梁的头发。

　　最后的一个夜晚了。第二天的一早彭国梁要回到彭家庄去,而下午他就要踏上返回部队的路。玉米和彭国梁一直吻着,全心全意地抚摸,绝望得不行了。他们的身体紧紧地贴在一起,困苦地扭动。这几天里,彭国梁与玉米所做的事其实就是身体的进攻与防守。玉米算是明白了,恋爱不是由嘴巴来"谈"的,而是两个人的身子"做"出来的,先是手拉手,后是唇对唇,后来发展到胸脯,现在已经是无遮无掩的了。玉米步步为营,彭国梁得寸进尺,玉米再节节退让。说到底玉米还是心甘情愿的。这是怎样的欲罢不能,欲罢不能哪。彭国梁终于提出来了,他要和玉米"那个"。玉米早已是临近晕厥,但是,到了这个节骨眼上,玉米的清醒与坚决却表现出来了。玉米死死按住了彭国梁的手腕。他们的手双双在玉米的腹部痛苦地拉锯。"我难受啊。"彭国梁说。玉米说:"我也难受啊。""好妹子,你知道吗?""好哥哥,我怎么能不知道。"彭国梁快崩溃了,玉米也快崩溃了。但是玉米说什么也不能答应。这一道关口她一定要守住。除了这一道关口,玉米什么都没有了。她要想拴住这个男人,一定要给他留下一个想头。玉米抱着彭国梁的脑袋,亲他的头发。玉米说:"哥,你不能恨我。"彭国梁说:"我没有恨你。"玉米说到第二遍的时候已经哭出声音了,玉米说:"哥你千万不能恨我。"彭国梁抬起头,想说什么,最后说:"玉米。"

玉米摇了摇头。

彭国梁最后给玉米行了一个军礼,走了。他的背影像远去的飞机,万里无云,却杳无踪影。直到彭国梁的身影在土圩子的那头彻底消失,玉米才犯过想来,彭国梁,他走了。刚刚见面了,刚刚认识了,又走了。玉米刚才一直都傻着,现在,胸口一点一点地活动了。动静越来越大,越闹越凶,有了抵挡不住的执拗。但是玉米没有流泪,眼眶里空得很,真的是万里无云。她只是恨自己,后悔得心碎。说什么她也应当答应国梁、给了国梁的。守着那一道关口做什么?白白地留着身子做什么?还能给谁?肉烂在自家的锅里,盛在哪一只碗里还不都一样?"我怎么就那么傻?"玉米问自己,"国梁难受成那样,我为什么要对他守着?"玉米又一次回过头,庄稼是绿的,树是枯的,路是黄的。"我怎么就这么傻。"

有庆家的这两天有点不舒服,说不出来是哪儿,只是闷。只好一件一件地洗衣裳,靠搓洗衣裳来打发光阴。衣裳洗完了,又洗床单,床单洗完了,再洗枕头套。有庆家的还是想洗,连夏天的方口鞋都翻出来了,一左一右地刷。刷好了,有庆家的懒了下来,却又不想动了。这一来更加无聊了。王连方又不在家,彭国梁前脚离开,他后脚就要开会去。他要是在家或许要好一点。有庆家的以往都是这样,再无聊,再郁闷,只要和王连方睡一下,总能顺畅一点。有庆现在不碰她,都不愿意和她在一张床上睡。

村里的女人没有一个愿意和她搭讪,有庆家的现在什么都没有,反而只剩下王连方了。有时候有庆家的再偷一个男人的心思都有,但是不敢。王连方的醋劲大得很。有庆家的和别人说几句笑话王连方都要摆脸色。那可是王连方的脸色。你说女人活着为什么?还有什么意思?就剩下床上那么一点乐趣。说到底床上的乐趣也不是女人的,它完全取决于男人在什么时候心血来潮。

有庆家的望着洗好的东西,一大堆,又发愁了。她必须汰一遍。可她实在弯不下腰了。腰酸得很。有庆家的只好打起精神,拿了几件换身的衣裳,来到了码头。刚刚汰好有庆的加裈,有庆家的发现玉米从水泥桥上走了过来。从玉米走路的样子上来看,肯定是刚刚送走了彭国梁。玉米恍惚得很,脸上也脱了色。她行走在桥面上,像墙上的影子,一点重量都没有。玉米也真是好本事,她那样过桥居然没有飘到河里去。有庆家的想,玉米这样不行,会弄出毛病来的。有庆家的爬上岸,守候在水泥桥头。玉米过来了,有庆家的堆上笑,说:"走啦?"玉米望着有庆家的,目光像烟那样,风一吹都能拐弯。玉米冷得很,不过总算给了有庆家的一点面子,她对着有庆家的点一下头,过去了。有庆家的一心想宽慰玉米几句,但是玉米显然没有心思领她的这份情。有庆家的一个人侧在那儿,瞅着玉米的背影,她的背影像一个晃动的黑窟窿。有庆家的慢慢失神了,对自己说,你还想安慰人家,再怎么说,人家有飞行员做女婿——离别的伤心再咬人,说到底也是女人的一份成绩,一份运气,是女人别样的福。你有什么?你就省下这份心吧,歇歇吧,拉倒吧你。

玉米离开之后有庆家的跑到猪圈的后面,弯下身子一顿狂呕。汤汤水水的,竟比早上吃下去的还要多。有庆家的贴在猪圈的墙上,睁开眼,眼睫挂了细碎的泪。有庆家的想,看来还是病了,不该这么恶心。这么一想有庆家的反而想起来了,这两天这么不舒服,其实正是想吐。有庆家的弯下腰,又呕出一嘴的苦。有庆家的闭上眼,兀自笑了笑,心里说,个破烂货,你还弄得像怀上小支书似的。这句作践自己的话却把有庆家的说醒了,两个多月了,她的亲戚还真是没有来过,只不过没敢往那上头想罢了。转一想,有庆家的却又笑了,挖苦自己说,拉倒吧你,你还真是一个外勤内懒的货不成。

医生说,是。有庆家的说,这怎么可能。医生笑了,说你这个女的少有,这要问你们家男人。有庆家的又推算了一次日子,那个月有庆在水利工地上呢。有庆家的眼睛直了,有庆再木咕,但终究不是二憨子,这件事瞒得过天,瞒得过地,最终瞒不过有庆。要还是不要。有庆家的必须给自己拿主张。

有庆家的炒了一碗蛋炒饭,看着有庆吃下去。掩好门,顺手从门后拿起了捣衣棒。有庆家的把捣衣棒放在桌面上。有庆家的说:"有庆,我能怀的。"有庆还在扒饭,没有听明白。有庆家的说:"有庆,我怀上了。"有庆家的说,"是王连方的。"有庆听明白了。有庆家的说:"我不敢再堕胎了,再堕胎我恐怕真的生不出你的骨肉了。"有庆家的说,"有庆,我想生下来。"有庆家的说,"有庆,你要是不答应,我死无怨言。"有庆家的看着桌面上的捣衣棒,说,"你要是咽不下去,你打死我。"有庆最后一口饭还含在嘴里,他把筷子拍在了桌子上,脖子和目光一起梗了。有庆站起身,拿起捣衣棒。有庆把捣衣棒握在掌心,胳膊比捣衣棒还要粗,还要硬。有庆家的闭上了眼睛。再睁开的时候有庆已经不在了。有庆家的慌了,出了门四处找。最后却在婆婆的茅棚里找到了。有庆家的追到茅棚的门口,看见有庆跪在婆婆的面前,有庆说:"我对不起祖宗,我比不上人家有种。"有庆嘴里的那口蛋炒饭还含在嘴里,这刻儿黄灿灿的喷得一地。有庆家的身子骨都凉了,和婆婆对视了一眼,退了回来。回到家,从笸斗里翻出一条旧麻绳,打好活扣,扔到屋梁上去。有庆家的拽了拽,手里的麻绳很有筋骨。放心了。有庆家的把活扣套上脖上,一脚蹬开脚下的长凳。

婆婆却冲开门进来了。婆婆多亮堂的女人,一看见儿媳的眼神立即知道要出大事了。婆婆一把抱住有庆家的双腿,往上顶。婆婆喊道:"有庆哪,快,快!"有庆已经被眼前的景象弄呆了,不知道前后的几分钟里他都经历了什么。木头木脑的,四处看。有庆把媳妇从屋梁上割下来,婆婆立即关上了屋门。老母亲兴奋异常,弯着腿,张开胳膊,两只胳膊像飞动的喜鹊不停地拍打屁股。她压低了嗓子,对儿媳说:"怀上就好,你先孵着这个,能怀上就好了哇!"

春风到底是春风,野得很。老话说"春风裂石头,不戴帽子裂额头",说的正是春风的厉害。一年四季要是说起冷,其实倒不在三九和四九,而在深秋和春后。三九四九里头,虽说天冻地冻,但总归有老棉袄老棉裤裹在身上。又不怎么下地,反而不觉得什么。深秋和春后不一样,手脚都有手脚的事,老棉袄老棉裤绑在身上到底不麻利,忙起来又是一身汗,穿戴上难免要薄。深秋倒是没什么风,但是起早贪黑的时候大地上会带上露水的寒气,秋寒不动声色,却是别样的凛冽。春后又不一样了,主要是风。春风并不特别的刺骨,然而有势头,主要是有耐心,把每一个光秃秃的枝头都弄出哨声,像嚎丧,从早嚎到晚,好端端的一棵树像一大堆的新寡妇。春寒的那股子料峭,全是春风捣的乱。

麦子都返青了。它们一望无际,显得生机勃勃。不过细看起来,每一片叶子都瑟瑟抖抖的,透出来的还是寒气。春天里最怕的还是霜。只要有了春霜,最多三天,必然会有一场春雨。所以老人们说,"春霜不隔三朝雨"。虽说春雨贵如油,那是说庄稼,人可是要遭罪。雨一下就是几天,还不好好下,雾那样,没有瓢泼的劲头,细细密密地缠着你,躲都躲不掉。天上地下都是湿漉漉的,连枕头上都带着一股水汽,把你的日子弄得又脏又寒。

王家庄弥漫着水汽,相当濡。风一直在吹。人们睡得早,起得迟,会过日子的人家赶上这样的光景一天只吃两顿。这也是先辈的老传统了。青黄不接的时候,多睡觉,横着比竖着扛饿。吃得少,人当然要懈怠了,这就苦了猪圈里的猪。它们要是饿了不可能躺下来好好睡觉的,它们会不停地喊。猪喊得很难听,不像鸡,叫起来喜喜庆庆的,也不像狗,狗的叫声多少有那么一点安详,远远地听上来让人很心安。猪让人烦,天下所有的猪都是饿死鬼投的胎。一天到晚就知道喊冤。

天上没有太阳。没有月亮。天黑了,王家庄宁静下来了。天又黑了,王家庄又宁静下来了。

出大事了。

王连方被堵在秦红霞的床上事先没有一点预兆。王家庄静悄悄的,只有公猪母猪的饿叫声。烧晚饭的光景,家家户户的屋顶上都冒着炊烟,炊烟缠绕在傍晚的雾气里头,树巅的枝杈上都像冒着热气。其实蛮祥和的。突然来了动静,王连方和秦红霞一起被堵在了床上。怪只怪秦红霞的婆婆不懂事,事后人们都说,秦红霞的婆婆二百五,真是少一窍!你喊什么?喊就喊了,你喊"杀人"做什么?王连方要是碰上一个聪明的女人,肯定过去了,偏偏碰上了这样一个二百五。一切都好好的,秦红霞的婆婆突然喊:"杀人啦,杀人啦!"村子里的水汽重,叫喊的声音传得格外远,分外地清晰。左邻右舍操起了家伙,一起冲进了秦红霞的天井。秦红霞的男将张常军在河南当炮兵,去年秋天在部队上解决了组织问题,到了今年秋天差不多该退伍了。张常军不在,邻居们平时对红霞一家还是相当照顾的,她的婆婆喊"杀人",这样重大的事,不能不出面。秦红霞的婆婆站在天井的中央,上气不接下气,光会用手指头指窗户。窗户已经被秦红霞的婆婆拉开了,半开着,门却捂得极死。天井里站的全是人。拿扁担的小心翼翼地来到了窗户跟前,而扛着钉耙的急不可耐,一脚把门踹开了。王连方和秦红霞正在穿戴,手上忙得很,却是徒劳,没有一个纽扣扣得是地方。王连方虽说还能故作镇静,到底断了箍,散了板了。他掏出飞马香烟,说:"抽烟,大家抽。"

　　这怎么抽。

　　形势很严峻。平时人家给王连方敬烟,王连方还要看看牌子。现在王连方给别人敬的是飞马,他们都不抽。形势很严峻了。

当天晚上王家庄像乱葬岗一样寂静，真的像杀了人了，杀光了那样。而王连方已经来到了镇上，站在公社书记的办公桌前。公社的王书记很生气。王书记平时和王连方的关系相当不一般，但是现在，他对着王连方拍起了桌子："怎么搞的！弄成这样嘛！幼稚嘛！"王连方很软了，双眼皮耷拉下来，从头到脚都不景气。王连方很小心地说："要不，就察看吧。"王书记正在气头上，又拍桌子："你呕屎！军婚，现役嘛！高压线嘛！要法办的！"形势更严峻了。王连方不是不知道，这件事弄不好就"要法办的"，但是第一次没有事，第二次也没有事，最终到底出事了。现在王书记亲自说出"要法办的"，性质已经变了。王书记解开了中山装，双手叉腰，两只胳膊弯把中山装的后襟撑得老高。这是当领导的到了危急关头极其严峻的模样，连电影上都是这样。王连方望着王书记的背影，王书记一推窗户，对着窗外摊开了胳膊："都被人看见了，你说说，怎么办？怎么办嘛！"

事情来得快，处理得也快。王连方双开除，张卫军担任新支书。这个决定相当英明，姓王的没有说什么，姓张的也不好再说什么。

日子并不是按部就班地过，它该慢的时候才慢，该快的时候却飞快。这才几天，王连方的家就这么倒了。表面上当然看不出什么，一砖一瓦都在房上，一针一线都在床上，但是玉米知道，她的家倒了。好在施桂芳从头到尾对王连方的事都没有说过什么。施桂芳什么都没有说，只是不停地打嗝。作为一个女人，施桂芳这一回丢了两层的脸面。她睡了好几天，起床之后人都散了。这一回的散和刚刚出了月子的那种散到底不同,那种散毕竟有炫耀的成分,是自己把自己弄散的,顺水而去的;现在则有了逆水行舟的味道,反而需要强打起精神头,只不过吃力得很,勉强得很,像她开口说话嘴里多出来的那股子馊味。

玉米现在最怕的就是和母亲说话。她说出来的话像打出来的嗝,一定是沤得太久了。让玉米心寒的还有玉穗,小婊子太贱,都这个岁数了,还有脸和张卫军的女儿在一起踢毽子,每一回都输给人家。张卫军的女儿小小的一个人,小小的一张脸,小鼻子小眼的,小嘴唇又薄又嚣。姓张的的确没一个好货。她踢的毽子那还能算毽子?草鸡毛罢了。玉穗肯输给她,看来天生就是吃里爬外的坯子。玉米算是看透她了。

玉米把一切都看在眼里,反而比往常更沉得住。就算彭国梁没有在天上开着解放军的飞机,她玉米也长不出玉穗那样的贱骨头。被人瞧不起都是自找的。玉米走得正,行得正,连彭国梁的面前她都能守得住那道关,还怕别人不成?玉米照样抱着王红兵,整天在村子里转。王连方当支书的时候别人怎么过,她玉米就能怎么过。王玉米的"王"摆到哪儿都是三横加一竖,过去不出头,现在也不掉尾巴。

最让玉米瞧不起的还是那几个臭婆娘,过去父亲睡她们的时候,她们全像臭豆腐,筷子一戳一个洞。现在倒好,一个个格格正正的,都拿了自己当红烧肉了。秦红霞回来了,小骚货出事之后带着孩子回娘家去了,一去就是十来天。返村的时候秦红霞的脸上要红有红,要白有白,弄得跟回娘家坐月子似的。她还有脸回来!河面上又没有盖子,她硬是没那个血性往下跳,做做样子都不敢。秦红霞走在桥上,还弄出不好意思的样子,好像全村的男人一起娶她了。秦红霞快下桥口的时候不少妇女都在暗地里看玉米,玉米知道,她们在看她。她们想看看玉米怎么面对这件事,怎么面对那个人。秦红霞过来了,玉米抱着王红兵,站起来,换了一下手,主动迎了上去。玉米笑着,大声说:"红霞姨,回来啦!"所有的人都听到了。过去玉米一直喊秦红霞"红霞姐",现在喊她"姨",意味格外地深长了,有了难以启齿的暗示性。妇女们开始还不明白,但是,只看了一眼秦红霞的脸色,就领略了玉米的促狭和老到。又是滴水不漏的。秦红霞对着玉米笑得十分别扭,相当地难看。一个不缺心眼的女人永远不会那样笑的。

王连方打算学一门手艺。一家子老老少少,十来张嘴呢。从今年的秋后开始,不会再有往年那样的分红了。和社员们一起做农活,王连方没有那个身板了,主要还是丢不下那个脸面。王连方对自己有一个基本的认识,虽说支书不当了,但他这一辈子睡过那么多的女人,够本了,值得。回过头来再和自己的老部下一起挑大粪、挖墒沟、插秧割麦,很不成体统。妥当的办法是赶紧学一门手艺。王连方做过很周密的思考,他时常一手执烟,一手叉腰,站到《世界地图》和《中华人民共和国地图》的面前,把箍桶匠、杀猪匠、鞋匠、篾匠、铁匠、铜匠、锡匠、木匠、瓦匠放在一起,进行综合、比较、分析、研究,经过去粗取精、去伪存真、由里而外、由现象到本质,再联系上自己的身体、年纪、精力、威望等实际,决定做漆匠。漆匠有这样几个好处:一、不太费力气,自己还吃得消;二、技术上不算太难,只要大红大绿地涂抹上去,别露出木头,终究难不到哪里;三、成本低,就一把刷子,不像木匠,锯、刨、斧、凿、锤,一套一套的,办齐全了有几十件;四、学会了手艺,整天在外面讨生活,不用待在王家庄,眼不见为净,心情上好对付一些;五、漆匠总归还算体面,像他这样的身份,做杀猪那样的脏事,老百姓看了也会寒心,漆匠到底不同,一刷子红,一刷子绿,远远地看上去很像从事宣传工作。主意定下来,王连方觉得自己的方针还是比较接近唯物主义的。

有庆家的这边王连方有些日子不来了。时间虽说不长,毕竟是风云变幻了。王连方中午喝了一顿闷酒,一直喝到下午两三点钟。王连方站起来,决定在离家之前再到有庆家的身上疏通一回。别的女人现在还肯不肯,王连方心里没底。不过有庆家的是王连方的自留地,他至少还可以享一享有庆的呆福。王连方推开有庆家的门,有庆家的正在偷嘴,嚼萝卜干。有庆家的背过身,已经闻到了王连方一身的酒气。王连方大声说:"粉香啊,我现在只有你啦。"话说得虽然凄凉,但在有庆家的这边还是有几分感动人心的,反而有了几分温暖了。王连方说:"粉香啊,下次回来的时候你就喊我王漆匠吧。"有庆家的转过脸,王连方的脸上有了七分醉了,特别地颓唐,有庆家的想安慰他几句,却不知从哪里说起。虽说秦红霞的事伤了她的心,到底还是不忍看见王连方这副落魄的样子。有庆家的当然知道他来做什么。如果不是有了身孕,有庆家的肯定会陪他上床散散心的。但现在不行。绝对不行。有庆家的正色说:"连方,我们不要那样了——你还是出去吧。"王连方却没有听见,直接走进西厢房,一个人解,一个人脱,一个人钻进了被窝。等了半天,王连方说:"喂!"又等了半天,王连方说:"——喂!"王连方一直听不到动静,只好提着裤子,到堂屋里找。有庆家的早已经不在了。王连方再也没有料到这样的结果,两只手拎着裤带,酒也醒了,心里滚过的却是世态炎凉。王连方想,好,你还在我这里立牌坊,早不立,晚不立,偏偏在这个时候立,你行。王连方一阵冷笑,自语说:"妈个巴子的!"回到西厢房,再一次扒光了,王连方重新爬进被窝,突然扯开了嗓子。王连方吼起了样板戏。是《沙家浜》。王连方睡在床上,一个人扮演起阿庆嫂、胡传魁和刁德一。他的嗓门那么大,那么粗,而他在扮演阿庆嫂的时候嗓子居然捏得那么尖,那么细,直到很高的高音,实在爬不上去了,又恢复到胡传魁的嗓音。王连方的演唱响遍了全村,所有的人都听到了,但是没有一个人过来,好像谁都没有听见。王连方把《智斗》这场戏原封不动地搬到了有庆的床上,一字不差,一句不漏。唱完了,王连方用嘴巴敲了一阵锣鼓,穿好衣裳,走人。

其实有庆家的哪里也没有去。她进了厨房,站在厨房的门后面。有庆家的再也想不到王连方会来这一手,吓得魂都掉了。稍稍镇定下来,有庆家的涌上了一股彻骨的悲伤,只觉得自己这半年的好光景还是让狗过了。有庆家的手脚一起凉了。她摸着自己的腹部,恨不得用指头把肚子里的东西挖出来。可又不忍。有庆家的颤抖了,她低下头,看着自己的肚子,对自己的肚子说:"狗杂种,狗杂种,狗杂种,个狗杂种啊!"

王连方四十二岁出门远行,出去学手艺去了。一个家其实就交到了玉米的手上。家长不好做。不做当家人，不知柴米贵，玉米现在算是知道这句话的厉害了。当家难在大处，说起来却也是难在小处。小处琐碎，缠人，零打碎敲，鸡毛蒜皮，可是你没有一样能逃得过去，你必须面对面，屁大的事你都不能拍拍屁股掉过脸去走人。就说玉叶，虚岁才十一岁的小东西，前几天刚刚在学校里头砸烂了一块玻璃，老师要喊家长；现在又把同学的墨水瓶给打散了，泼得人家一脸的黑，老师又要喊家长了。玉叶看上去没什么动静，嘴巴慢，手脚却凌厉，有些嘎小子的特征。这样的事要是换了过去，老师们会本着一分为二的精神来看待玉叶的。现在有点不好办，老师毕竟也有老师的难处。玉米是作为"家长"被请到学校里去的，第一次玉米没说什么，只是不停地点头，回家抓了十个鸡蛋放了老师的办公桌上。第二次玉米又被老师们请来了，玉米听完了，把玉叶的耳朵一直拎到办公室，当着所有老师的面给了玉叶一嘴巴。玉米的出手很重，玉叶对称的小脸即刻不对称了。玉米这一次没有把鸡蛋抱到学校，却把猪圈里的乌克兰白猪赶过来了。事情弄大了，校长只好出面。校长是王连方多年的朋友，看了看老师，又看了看玉米，手心手背都不好说什么。校长只好看着猪，笑起来，说："玉米呀，这是做什么，给猪上体育课哪？"撅着嘴让工友把乌克兰猪赶回去了。玉米看着校长和蔼可亲的样子，也客气起来，说："等杀了猪，我请叔叔吃猪肝。"校长慢腾腾地说："那怎么行呢。"玉米说："怎么不行，老师能吃鸡蛋，校长怎么不能吃猪肝？"话刚刚出口，玉叶老师的眼睛顿时变成了鸡蛋，而一张脸却早已变成猪肝了。

玉米一到家就摊开了四十克信笺,她要把满腔的委屈向彭国梁诉说。玉米现在所有的指望都在彭国梁那儿了。玉米没有把家里的变故告诉彭国梁,那件事玉米不会向彭国梁吐露半个字的。玉米不能让彭国梁看扁了这个家。这上头不能有半点闪失。只要国梁在部队上出息了,她的家一定能够从头再来,玉米对着信笺说:"国梁,你要提干。"玉米看了看,觉得这样太露骨,不妥当。玉米把信撕了,千叮咛、万嘱咐,最后变成了这样一句话:"国梁,好好听首长话,要求进步!"

　　公社的放映队又来了。这些天施桂芳老是喊心窝子疼,玉米不打算看电影去了。玉米其实是爱看电影的,母亲倒是从来不看。那时候玉米还在心里头嘀咕,怎么人到了岁数连电影都不想看了呢?现在玉米算是明白了,母亲不愿意往人多的地方去,再说了,电影也实在是假得很,那么多的人挤在一块白布里头过日子,就一块白布,它知道什么是暖,什么是冷?这么一想玉米也觉得自己到了岁数了,只是觉得自己的心也冷了。心冷一次岁数自然要长一次。人就是以这种方式一次又一次地长大的,心同样也是这样一次又一次地死掉的。这和年月反而没有什么关系了。

　　刚吃过晚饭,玉秀偷了一把葵花子想早点出去,玉米把她拦住了。玉米不让玉秀这么早出去有玉米的道理,以往放电影,玉秀都要去抢位置。大白布还没有扯上去,玉秀扛着板凳已经把放映机前最好的位置抢下来了。玉秀每次能抢到地盘,当然不是玉秀的能耐,说到底还是人家让着她。现在玉秀再指望有人让她显然就太不知趣了,弄不好又是一番口舌。玉米不怕口舌,可是以现在的光景,多一事当然不如少一事。玉米得拦着,不要找不自在。玉秀没有听玉米的,却撅过来一句话,说:"你烦不烦,你看看我有没有带板凳?"玉秀是个聪明人,这丫头还是知道深浅的。玉米说:"那你也得把玉叶带上。"玉秀说:"我不带,她自己又不是没长腿。"玉米说:"你带不带? 要不哪里也别想去。"玉米现在绝对是家长了,声音一大肯定是说一不二。玉秀这一回没有顶嘴,顺手又多抓了两把葵花子。老三玉秀带着老五玉叶,老二玉穗带着老六玉苗,老四玉英自顾自,老七玉秧留在家里睡觉。这样安顿完了,玉米点上煤油灯,抱着王红兵来到了母亲的床前。母亲瘦了,然而,这种瘦倒没有体现在脸盘的大小上,而是反映在面部的皱纹上。施桂芳脸上的皱纹一条一条地都挂了下来,呈现出水往低处流的格局。一句话,一副哭丧相。玉米把新炒的葵花子端到母亲的面前,施桂芳说:"玉米,往后别炒了。"玉米说:"为什么?"施桂芳说:"别丢那个人了。"玉米看着自己的母亲,厉声说:"妈,你不能不吃。"母亲说:"这是怎么说的?"玉米说:"吃给别人看。"施桂芳笑笑,想说什么,但终于没有开口,只是把手放在了玉米的手背上,拍了两下。玉米感觉出来了,母亲的拍打有劝解的意思,更多的却还是认命的意思。玉米站起来了,说:"妈,为了我们,你就当药吃。"施桂芳拍了拍床沿,示意玉米坐下来。虽说天天在一个屋子里头,但是这样安心地和玉米说说话,还真是少有的光景。再怎么说,有这样一个女儿和自己说说话,打通打通心里的关节,多少能够去痰化瘀。夜很静了,是那种清心寡欲的静,施桂芳听了一会儿,却听出了孤儿寡母的那种静。王红兵已经睡着了,在玉米的怀里乖巧得很。施桂芳接过来,端详了好大的工夫,他倒是睡得安稳,没心没肺的憨样。施桂芳抬起头来再看玉米。灯芯照亮了玉米的半张脸,玉米的半个侧面被油灯出落得格外标致,只不过另外的半张脸却陷入了暗处,使玉米的神情失去了完整性,有了见首不见尾的深不可测。这时候外面吹过了一阵风,把电影里枪炮的声音吹到这边来了。玉米伸长了脖子,侧着耳朵,十分仔细地从枪炮声中分辨飞机俯冲的声音。施桂芳猜得出玉米这一刻的心思,说:"去看看吧。"玉米没有动,只是望着灯芯,目光专注而又恍惚。施桂芳长长地叹了一口气,灯芯顺着施桂芳的叹息扭了一下腰肢,好像也躲着她了,心思早已经坐飞机了。房间里黯淡了一下,玉米半张明亮的脸即刻也暗淡下去了。施桂芳突然直起了上身,打了一连串的馊嗝,同时用力拍打着床面,说:"还是这样好,还是这样好哇。"母亲的突发性举动没有一点由头,没有一点过渡,吓了玉米一跳。玉米看了看母亲,"呼"的一下吹灭了煤油灯,说:"早点睡吧。"

　　玉穗带着玉苗回家的时候玉米已经偎在枕边睡了一小觉了。接下来回家的是玉英。玉米坐在床沿,关照她们几个用水。玉米要等的其实是玉叶,玉叶这丫头真是个假小子,懒得很,你要是不逼着她她就是不肯用水,钻进被窝一焐,一双脚臭得要了命,身上还臊烘烘的。玉叶由玉米带着睡,除了玉米,谁还肯和玉叶的那双臭脚裹一个被窝?电影已经散了,玉叶还不回来,一定是玉秀拉着玉叶在外头疯。玉米知道玉秀的心思,有玉叶陪着,回家之后她才好把屎盆子往别人的头上扣。等了一会儿,外面已经没什么动静了,玉秀和玉叶还没有回来。玉米生气了。玉米披上棉袄,拔上两只鞋后跟,怒冲冲地出门去了。

玉米最后在打谷场的大草垛旁边找到玉秀和玉叶,电影早就散场了,大草垛的旁边围了一些人,还亮着一盏马灯。玉米大声喊:"玉秀!玉叶!"没有声音回应。草垛旁边的脑袋却一起转了过来。四周黑漆漆的,只有转过来的脸被马灯的光芒自下而上照亮了,悬浮在半空,呈现出古怪的明暗关系。他们不说话,几张脸就那么毫无表情地嵌在夜色之中,鬼气森森的。玉米怔了一下,一股不祥的预感在胸口迅速地飞窜。玉米走上去,人们让开了,玉秀和玉叶的下身一丝不挂,傻乎乎地坐在稻草上。玉秀玉叶的身上到处都是草屑,草屑缀满了乱发、牙缝和嘴角。玉秀一动不动,眼睛在眨巴,但目光却已经死了。玉米已经明白发生什么了,张大了嘴巴,望着她的两个妹妹。围在旁边的人看了看玉米,丢下马灯,一个又一个离开了。他们的背影融入了夜色。夜色里空无一人,但更像站满了人。

玉米跪在地上,给她们穿上裤子。玉秀和玉叶的裆部全是血,外加许多黏稠的液汁。她们的裤子上洋溢着一股陌生而又古怪的气味。玉米用稻草帮她们擦干净,拉紧她们的手,左手一个,右手一个。玉米拽着自己的两个妹妹,在黑色的夜里往回走。马灯还放在原来的地方。漆黑的夜色中,巨大的草垛被马灯照出了一轮金色的光轮。一阵夜风吹了过来,吹乱了玉米的头发,几乎盖在了脸上。玉秀和玉叶都哆嗦了一下。她们在夜风的吹拂下像两个摇摆的稻草人。玉米突然立住,蹲在玉秀的面前,一把揪紧了玉秀的双肩。

玉米问:"告诉我,谁?"玉米扳着玉秀的肩头,拼命摇晃,大声问:"是谁?"玉米摇晃玉秀的时候自己的头发却汹涌澎湃,玉米吼道:"谁?!"

玉叶接过了问话,玉叶说:"不知道。好多。"

玉米一屁股坐在了地上。

彭国梁远在千里之外,然而,村子里的事显然没有瞒得过彭国梁。彭国梁来信了,他的来信只有一句话,"告诉我,你是不是被人睡了?!"虽然远隔千里,玉米还是感受到了彭国梁失控的体气,空气在晃动。玉米差不多被这句话击倒了,全身透凉,没有了力气。玉米无端地恐惧了。玉米看到了一只手,这只手绕过了玉秀还有玉叶,慢慢伸向她玉米了。阳光普照,但那只手却伸手不见五指。玉米知道了,村子里的人不仅替玉米看彭国梁的信,还在替玉米给彭国梁写信。玉米怎么回答彭国梁呢?这样的问题玉米如何说得出口呢? 玉米实在不知道怎样回答这个问题。人都想呆了。彭国梁现在是玉米和玉米家最后的一根支柱,他这架飞机要是飞远了,玉米的天空真是塌下来了。玉米把四十克信笺摊在桌面上,团了好几张,又撕了好几张。玉米发现这一刻自己只是一张纸,飘飞在空中,无论风把她抛到哪儿,结果都是一样的,不是被撕毁,就是被踩满了脚印。哪一只脚能放过地上的一张纸呢。脚的好奇心决定了纸的命运。夜深人静了,玉米把红管英雄牌铱金笔捏在手上,她其实并不想写信,只是以这种空洞的方式和彭国梁说说话。玉米憋了很久,却发现信笺上已经写着一行话了,这句话把玉米自己都吓了一跳。玉米自己也不知道是什么时候写的,特别地大胆,特别地放纵。信笺上写道:"国梁哥,我的心上人,你是我最亲最爱的人。"玉米只觉得自己的脸皮也已经厚了,这样的话也有胆子说了。玉米想了想,壮起胆子,又写下了一行:"国梁哥,我的心上人,我的亲人,你是我最亲最爱的人。"写到第二遍,玉米的胸脯拼命地向外鼓了。她望着灯芯,拿灯芯当彭国梁,好让彭国梁亮亮地、暖暖地在她的面前立正。玉米又写了一行:"国梁哥,我的心上人,我的亲人,你是我最亲最爱的人。"玉米说不出别的什么来了,前前后后就是这一句。这是玉米心中藏得最深的一句,需要加倍地吃力才敢说得出。玉米从来没敢说过,玉米终于把它说出来了。别的还有什么呢?就是从头再说,玉米还是这一句,只有这一句,就是这一句。玉米一口气写了五页纸,因为信笺只有最后的五页了。五页纸上写的全是同样的一句话。第二天的上午玉米把这五页纸横着竖着又看了几遍,看到最后玉米自己都不敢再看了,一页一页的泪。玉米告诉自己,要是心底的话国梁哥还是听不见,那只能是山太高,水太长,说什么也是白说了。玉米把信寄了出去。信件寄出去之后玉米还想找点什么事情做做,但是没有找到。那就坐下来歇歇吧。玉米坐在那儿,后来睡着了。玉米睡着了,坐在那儿。

等信的那几天玉米把王红兵交给了玉穗,她要亲自到桥头慢慢地等候。她现在对彭国梁的回信没有一点把握。要是彭国梁不要她了,说什么也不能让这封信丢到别人的手上。玉米丢不起那个人,谁要是有胆子把玉米的这封信拆开来,玉米会让他吃刀子,玉米守在桥头,等,没有等到彭国梁的来信,却等来了一个包裹。那是玉米的相片，还有玉米写给彭国梁的所有信件。全是玉米的笔迹，很难看。玉米望着自己的相片、自己的笔迹，不知道怎么弄的，并没有预想的那样难过，却特别地难为情。不知道怎么弄的，特别地难为情。太难为情了，就想一头撞死。

有庆家的偏偏在这个时候出现了。玉米想把手里的东西掖紧一些，一不小心却弄掉了一样东西，是玉米的相片。相片躺在地上，一副不知好歹的下作相，居然还有脸面笑。玉米想用脚踩住，还是迟了，有庆家的已经看在了眼里，她的脸上已经明白了。玉米羞愧得连有庆家的都不敢看了。有庆家的捡起相片，一抬头便从玉米的眼里看到了危险。玉米的眼睛特别地坚决，是那种随时都可以面对生死才有的沉着和坚定。有庆家的一把抓住了玉米的胳膊，拽起来就往自己的家里跑。有庆家的把玉米一直带进自己的卧房，卧房的光线很不好，但是玉米的目光却出奇地亮，出奇地硬。然而配着一脸的痴，那种亮和硬分外地吓人了。有庆家的拉过玉米的手，央求说："玉米，你要是还拿我当人，你就哭！"

这句话把玉米的目光说松动了，玉米的目光一点一点地移过来，望着有庆家的，嘴角撇了两下，轻声说："粉香姐。"玉米的声音并不大，听上去却像是喷涌出来的，带着血又连着肉，给人以血光如注的错觉，有庆家的呆住了，她再也没有料到玉米会喊她"粉香姐"。嫁到王家庄这么长时间了，她有庆家的算什么？一条母猪、母狗。谁拿她当过人？有庆家的被玉米的"粉香姐"打翻了五味瓶，竟比玉米还要揪心了。有庆家的没有能够憋住，一口放开了嗓子。有庆家的一把扑在了玉米的肩头，顺便把嘴巴捂在了玉米的胸前。这时候她的肚子里面却是一阵动,有庆家的感觉到了,那是小王连方在踢她的肚子了。有庆家的一想起自己的肚子气又短了,不敢再出声了——要是没有王连方,她和玉米不知道会成为多好的姊妹。可她偏偏就是王连方的大女儿。这个想法把有庆家的塞住了,说都没法说。有庆家的调息了半天,总算把自己收拢回来了。

有庆家的抬起头,抹去了眼泪,却发现玉米已经在看着她。没事的样子。又吓了有庆家的一跳。玉米的脸上虽然没有一点血色,可神情已经恢复得近乎平常了。有庆家的有些不相信,可玉米的样子在那儿呢,这是装不出来的。有庆家的到底不放心,小心地说:"玉米。"玉米的头让开了,说:"我不会去死。我倒要好好看看——你别给我说出去,就算帮过我了。"玉米说这句话的时候居然还笑了一下,虽说不太像,但是嘲讽的意思全有了。有庆家的想,玉米这是怨我多事了。玉米脱下自己的上衣,把相片与信件包裹起来,什么也没有说,开门出去了。有庆家的一个人被丢在卧房里,僵在那儿。有庆家的想,这下好了,多事有事,这件事要是传出去,玉米又要恨自己一个洞。

玉米睡了一个下午,夜深人静时分,玉米来到了厨房,一个人躺在了灶台后面。她把自己解开来了,轻轻地抚摸自己的乳房。手虽然是玉米自己的,但是,那种感受和国梁给她的并无差异。就是手是自己的,这一点太遗憾了。玉米的手慢慢滑向了下身,当初国梁的手正是到了这儿被玉米挡住的,现在,玉米要替国梁哥做他最想做的事。玉米无力地瘫在了稻草上,身子慢慢地烫了,越来越烫,难以按捺,只好吃力地扭动。但是不管怎样扭,总觉得哪儿不对,特别地心愿难遂,更需要加倍地扭动了。玉米的手指再怎么努力都是无功而返,就渴望有个男人来填充自己,同时也了断自己。不管他是谁,是个男人就可以了。夜深人静,后悔再一次塞满了玉米。玉米在悔恨交加之中突然把手指头抠进了自己。玉米感到一阵疼,疼得却特别地安慰。大腿的内侧热了,在很缓慢地流淌。玉米想,没人要的×,你还想留给洞房呢!

　　不幸的女人都有一个标志,她们的婚姻都是突如其来的。正是三夏大忙的时候,农民们都在和土地争抢光阴。谁也没有料到玉米会把她的喜事办在这个节骨眼儿上。麦子大片大片地黄在田里,金光灿烂的,每一颗麦粒上都立着一根麦芒,这一来每一支麦穗都光芒四射,呈现出静态的喷涌之势。这个时节的阳光都是香的,它们带着麦子的气味,照耀在大地上,笼罩在村庄上。但是农民们在这个时候顾不上喜悦,因为这个时候的大地丰乳肥臀,洋溢着排卵期的孕育热情。它们按捺不住,它们在阳光下面松软开来了,一阵又一阵地发出厚实而又圆润的体气,它们渴望着借助于铁犁翻个身,换个体位,让初夏的水弥漫自己,覆盖自己。它们在得到灌溉的刹那发出欢娱的呻吟,慢慢失去了筋骨,满足了,安宁了,在百般的疲惫中露出了回味的憨眠。土地换了一副面孔,它们是水做的新媳妇,它们闭着眼睛,脸上的红润潮起潮落,这是无声的命令,这还是无声的祈求:"来,还要,还要。"农民不敢懈怠,他们的头发、衣襟和口腔里全是新麦的气味。他们把新麦的气味放在一边,欢欣鼓舞,强打精神,手忙脚乱,他们捏住了秧苗,一棵一棵地,按照土地的意愿把秧苗插到土地最称心如意的地方。农民们弓着身子,这里面没有偷工减料,每一棵秧苗的插入都要落实到农民的每一个动作上。十亩,百亩,千亩,秧苗一大片一大片的,起先是蔫蔫的,软软的,羞答答的,在水中顾影自怜。而用不了几天大地就感受到身体的秘密了。大地这一回彻底安静了,懒散了,不声不响地打起了它的小呼噜。

就在这个手忙脚乱的时候玉米办起了喜事。回过头来看看,玉米把自己嫁出去实在是太过匆忙了,就像柳粉香当初那样。不过玉米婚礼的排场柳粉香就不能比了,玉米是被公社干部专用的小快艇接走的,驾驶舱的玻璃上贴着两个鲜红的纸剪双喜。

说起来给玉米做媒的还是她的老子王连方。清明节刚刚过去,天气慢慢返暖了,正是庄稼人浸种的时刻,王连方从外面回到王家庄,他要拿几件换身的衣裳。王连方吃过晚饭,一时想不起去处,坐在那儿点香烟。玉米站在厨房的门口把王连方叫出来了。玉米没有喊"爸爸",而是直呼其名,喊了一声"王连方"。

王连方听见了玉米的叫喊声,他听到了"王连方",心里头怪怪的。掐掉烟,王连方慢悠悠地走进厨房。玉米低了眼皮,只是看地,两只手背在背后,贴住墙。王连方找了一张小凳子,坐下来,重新点上一根烟,说:"你说说,什么形势?"玉米静了好半天,说:"给我说个男人。"王连方闷下头。知道了玉米那边所有的变故,不说话了,一连吸了七八口香烟,每吸一口,香烟上的红色火头都要狠狠地后退一大步,烟灰翘在那儿,越拉越长。玉米仰起脸,说:"不管什么样的,只有一条,手里要有权。要不然我宁可不嫁!"

玉米的相亲进行得十分保密,款式也相当新鲜,选择在县城的电影院,一上来便有了非同一般的一面。傍晚时分玉米被公社的小汽艇给接走了,王家庄的许多人都在石码头上看到了这个壮丽景象。小汽艇推过来的波浪十分地疯狂,一副敢惹是、敢生非的模样,没头没脑地拍打王家庄的河岸,把那些可怜的小农船推搡得东倒西歪的。因为这条小汽艇,玉米走得相当招摇,但是她出去做什么,谁也弄不清。王家庄的人只是知道,玉米"到县里去了"。

玉米到县城里相亲来了。她要见的人其实不在县里工作,而是在公社。姓郭,名家兴,是分管人武的革委会副主任,职务相当的高了。玉米在小汽艇上想,幸亏她在父亲的面前发了那样的毒誓,要是按照一般的常规,她玉米绝不会有这样的机会的。玉米肯定是补房,郭家兴的年纪肯定也不会小了,这一点玉米有准备。刀子没有两面光,甘蔗没有两头甜,玉米无所谓。为了自己,玉米舍得。过日子不能没有权。只要男人有了权,她玉米的一家还可以从头再来,到了那个时候,王家庄的人谁也别想把屁往玉米的脸上放。在这一点上玉米表现得比王连方更为坚决。王连方肯定是过分考虑了年龄方面的问题了,他在玉米的面前显得吞吞吐吐的,有些欲言又止的样子。玉米把王连方想说的话拦在了嘴里。他要说什么,玉米肚子里亮堂。说什么都是放屁。

玉米第一次踏进县城，已经天黑了，马路的两侧全是路灯，尽管是晚上，还是欣欣向荣的好景象。玉米走在路上，心里相当地杂，有点像无头的苍蝇。玉米对自己没有一点信心，但是无论如何，玉米要拼打一回，争取一回，努力一回。说到底现在的玉米不是那时的玉米了，心气已经大不如过去，但是，却比以往更坚决、更犟。路过一家水果店的时候，玉米站住了，水果们一个个半悬在空中，却没有滚下来。玉米愣了半天总算弄明白了，是镜子斜放在上面，悬挂在上面的都是水果的影子。但是玉米马上从镜子中间看到了自己，玉米的穿戴土得很，在营业员的面前一比较全出来了。玉米真是后悔，说什么也应该把柳粉香的那一身演出服穿出来的。司机看了一眼玉米，以为玉米想吃水果，抢了要买。玉米一把把他拉回来。司机笑着说："你这位小社员力气大得很嘛。"

　　关键时刻再一次来到了。玉米来到了新华电影院的门口。电影院的高墙上挂着一幅红色的横幅，"热烈祝贺全县人武工作会议胜利召开！"玉米知道了，原来郭家兴是在县里头开会呢。司机把电影票交到玉米的手上，说："我在外面等你。"玉米想，你真是会拍领导的马屁，要你等什么？我还没嫁过来呢。不过玉米转又想，你想等那就等，有机会我会给你说几句好话的。电影已经开映了，玉米掀开布帘，放映大厅里黑咕隆咚的，彩色宽银幕却大得吓人，一个公安员正在银幕上吸烟，他的鼻孔比井口还要大。电影真是不可相信，一个人想大就大，想小就小，哪里有这样便宜的事。玉米捏着票，四处看了几眼，有点紧张了，不知道下一步要做什么。好在过来了一个女的，她拿着一把手电,把玉米送到座位上去了。

玉米的心口疯狂地跳跃了。好在玉米有过相亲的经验,很快把自己稳住,坐了下来。左边是一个男的,五十多岁;右边也是一个男的,六十多岁。两个人都在看电影。玉米不敢动,弄不清一左一右到底是哪一个,又不好乱看。玉米想,到底是公社的领导,在女人的面前就是沉得住气。王连方要是有这样的定力,何至于落到这般田地。玉米告诉自己,郭家兴不愿在这样的地方和自己说话,肯定有他的道理。还是不要东张西望的好。

玉米的这场电影看得真是活受罪,有一搭没一搭的。好在光线很暗,她可以不停地用余光察看左右。总的说来,玉米对五十多岁的那一个印象要稍好一些。如果玉米能够选择,玉米还是希望郭家兴是年轻的这一个。但是他的那一头一直没有动静。他哪怕用脚碰一碰玉米也好哇,那样玉米也好有个数。玉米望着彩色宽银幕,心里头没有一点底,又慌又急。玉米想,你就碰一碰我又怎么样?不能算什么作风问题。但是不管怎么说,要是郭家兴是六十多岁的那个,玉米也还是会答应的。过了这个村就没这个店了。做官的男人打光棍的可不多。不过呢,总还是五十多岁的好一些。玉米就像摸彩的时候等手气那样看完了整场电影,累得想喘。电影上说了什么,玉米一点都不知道。反正结尾也不复杂,就是那个最像坏人的人终究不是好人,被公安局拉走了。

灯亮了,电影结束了。五十多岁的向左走,六十多岁的向右走,玉米被丢在了座位上。这样的结果玉米始料未及。怎么连一声招呼都没有。玉米突然明白过来了,人家第一眼就没有看上自己,自己还在这儿挑,还在这儿东一榔头西一棒槌呢。玉米羞愧万分。难怪司机都要说在外面等着她,人家司机早都看出来了。

玉米一个人走出电影院,自尊心又扒光了一回。司机一直守候在柱子旁边。玉米再也不好意思看司机了。司机说:"都给你安排好了。"玉米相当疲惫,只想早一点躺下来,玉米厚着脸对司机说:"你还是送我回家吧。"司机没有表情,说:"郭主任怎么说,我怎么做。"

玉米躺在人民旅社的 315 房间。玉米恍恍惚惚的,早就睡下了。好像睡着了,又好像一直没有睡。要不就是在做梦。大约十点钟的光景,房门响了。外面说:"在吗?我姓郭。"玉米被吓得不轻,有些疑神疑鬼的。门又响了。玉米不敢迟疑,打开灯,小心翼翼地拉开一道门缝。一个陌生的男人已经推着门进来了,一脸的寒气,没有任何表情。好在玉米已经看见他胸前的会议出入证了,上面有他的名字:郭家兴。玉米一阵狂喜,既像绝处逢生,又像劫后余生,原来郭家兴没有去看电影哪。玉米低下头,这才想起来还没有穿外衣呢。玉米瞥了一眼郭家兴,刚想穿衣服,但是郭家兴的脸色立即让玉米不踏实了,郭家兴从头到脚看不出"相亲"的风吹草动,像一个路过客人。玉米的心提上来了,在嗓子那儿跳。郭家兴坐到椅子上,说:"倒杯水。"玉米一时没有了主张,因为没有了主张,所以格外地听从指挥。郭家兴接过水,玉米傻站在郭家兴对面,忘了穿了。郭家兴端着杯子,目光既不看玉米,也不回避玉米。玉米注意到他的眼珠子是褐色的,对着正前方,看,十分地专注,却又十分地漠然。郭家兴一口一口地喝,喝完了,玉米说:"还要不要?"郭家兴没有接玉米的话,而是把杯子放在了桌面上,这就是不要了。因为找不到合适的话,玉米只好继续站在郭家兴的跟前,反而拿不定是穿还是不穿。他怎么这么冷静?他怎么就这么镇定?什么也不说,什么也不做,脸上布置得像一个会场。玉米禁不住紧张了。玉米想,完了,人家没看上。可是也不对。郭家兴的脸上没有满意,说到底也没有不满意。或许他觉得这门亲事已经妥当了呢?这应该是领导的作风,不管什么事,只要他觉得行,事情就定下来了,没有必要再咋咋呼呼。这就更不像了,玉米好歹还是个姑娘,哪里是木头?这里又没有人,他不该一点动静都没有的。玉米傻站了半天,居然也冷静下来了。玉米自己也觉得奇怪,怎么自己也这么冷静,像是参加人武会议了。但是冷静归冷静,玉米实实在在已经害怕了郭家兴了。

郭家兴说:"休息吧。"

郭家兴站起身,开始解自己的衣裳。郭家兴好像是在自己的家里面,面对的只是自己的家人。郭家兴说:"休息吧。"玉米明白过来了,他已经坐到床上了。玉米这一下子更慌神了,脑子却转得飞快,但是不管什么样的决定都是不妥当的。郭家兴虽说解得很慢,毕竟就是几件衣服,已经解完了。郭家兴上了床,是玉米刚才睡的那张床,是玉米刚才睡的那个地方。玉米还是站在那儿。郭家兴说:"休息吧。"口气是一样的,但是玉米听得出,有了催促的意思。玉米不知道该怎么弄。玉米这一刻只盼望着郭家兴扑过来,把她撕了,就是被强奸了也比这样好哇。玉米还是个姑娘,为了嫁给这个人,总不能自己把自己扒光了,再自己爬上床——这怎么做得出来呀?

郭家兴看着玉米,最后还是玉米自己扒光了,自己爬进了被窝。玉米觉得自己扒开的不是衣裳,而是自己的皮。只能这样。柳粉香说过,女人可以心高,但女人不可以气傲。玉米赤条条的,郭家兴也赤条条的。他的身上散发出淡淡的酒精味,像是医院里的那种。玉米侧卧在郭家兴的身边,郭家兴用下巴示意她躺开。玉米躺开了,他们开始了。玉米紧张得厉害,不敢动,随他弄。起初玉米有一点疼,不过一会儿又好了,顺畅了。看来郭家兴对玉米还是满意了。他在半路上说了一句话,他说:"好。"到了最后他又重复了一遍:"好。"玉米这下放心了。不过事情有了一些周折,郭家兴检查床单的时候没有发现什么颜色。郭家兴说:"不是了嘛。"这句话太伤人了。玉米必须有所表示,但是,表示轻了不行,表示重了也不行,弄得不好收不了场。玉米想了想,坐起来穿衣服。其实这样的举动等于没做,也只能安慰一下自己。玉米自己都知道自己的心里虚了一大块。玉米直想哭,不太敢。郭家兴闭上眼睛,说:"不是那个意思。"

玉米重新躺下了,卧在郭家兴的身边。玉米眨巴着眼睛,想,这一回真的落实了。玉米应该知足了。不过玉米突然又想起彭国梁来了。要是给了国梁了,玉米好歹也甘心了,一直留到现在,这样打发了,一股说不出的自怜涌上了心房。好在玉米忍住了,到底有所收成,还是值得。郭家兴抽了两根烟,再一次翻到玉米的身上,因为是第二次,所以舒缓多了。郭家兴的身体像办公室的抽屉那样一拉一推,一边动一边说:"在城里多住两天。"玉米听懂了他的意思,心里头更踏实了。她的脑袋深陷在枕头里,侧在一边,门牙把下嘴唇咬得紧紧的。玉米点了几下头,郭家兴说:"医院里我还有病人呢。"玉米难得听见郭家兴说这么多话,怕他断了,随口问:"谁?"郭家兴说:"我老婆。"玉米一下子正过脸,看着郭家兴,突然睁大了眼睛。郭家兴说:"不碍你的事。晚期了,没几个月。她一走你就过来。"玉米的身上立即弥漫了酒精的气味。就觉得自己正是垫在郭家兴身下的"晚期"老婆。玉米一阵透心的恐惧,想叫,郭家兴捂住了。玉米的身子在被窝里疯狂地颠簸。郭家兴说:"好。"

第二部　玉　秀

　　"五月不娶,六月不嫁",庄稼人忌讳。其实也不是什么忌
讳,想来还是太忙了。王连方的大女儿玉米恰恰就是在五月二
十八号把自己嫁出去的。五月二十八号,小满刚过去六天,九天
之后又是芒种,这个时候的庄稼人最头等的大事就数"战双抢"
了。先是"抢收",割麦、脱粒、扬场、进仓;接下来还得"抢种",
耕田、灌溉、平池、插秧。忙呐。一个人总共只有两只手,玉米不
选早,不选晚,偏偏在这个时候把自己的两只手嫁出去,显然是
不识时务了。村子里的人平时对玉米都是不错的,人们都说,玉
米是个懂事的姑娘,可是,懂事的庄稼人哪有在五月里做亲的?
难怪巷口的二婶子都在背地里说玉米了。二婶子说:"这丫头
急了,夹不住了。"

　　其实玉米冤枉了。玉米什么时候出嫁,完全取决于郭家兴
什么时候想娶。郭家兴什么时候想娶,则又取决于郭家兴的原
配什么时候断气。郭家兴的老婆三月底走的人,到五月二十八
号,已经过了七七四十九天了。郭家兴传过话来,他要做亲。郭
家兴并没有莅临王家庄,而是派来了公社的文书。文书把小快
艇一直开到王家庄的石码头。小快艇过桥的时候放了一阵鞭

80

炮,鞭炮声在五月的空中显得怪怪的,听起来相当地不着调。不过还是喜庆。人们看见小快艇的挡风玻璃上贴了两个大红的剪纸双喜。司机猛摁了一阵喇叭,小快艇已经靠泊在石码头了。小快艇在夹河里冲起了骇浪,波浪是"人"字形的,对称地朝两岸哗啦啦地汹涌。它们像一群狗,狗仗人势,朝着码头上女人们的小腿猛扑过去。女人们一阵尖叫,端着木桶退上了河岸。船停了,浪止了,文书钻出了驾驶舱。

婚礼极为仓促,都近乎寒碜了。但是,因为石码头上靠着公社的小快艇,这一来反倒不显得仓促和寒碜,有了别样的排场,还隐含了一股子霸气。玉米的花轿毕竟是公社里开来的小快艇哪。玉米的脸上并没有新娘子特有的慌乱和害羞,那种六神无主的样子,而是镇定的,凛然的,当然更是目中无人的,傲岸而又炫耀,是那种有依有靠的模样。玉米新剪的运动头,很短,称得上英姿飒爽,而她的上衣是红色的确良面料,熨过了,又薄又艳又挺括。总之,在离开家门走向小快艇的过程中,玉米给人以既爱红妆又兼爱武装的特殊印象。玉米走在文书的身边,谁也不看。但是,从玉米的神情来看,却是知道所有的人都在看自己的。文书是一个体面的男人,却点头哈腰的,一看就知道不是新郎。村子里的人都看出来了,玉米要嫁的男人不是一般的来头。玉米走上小快艇,没有到舱里去,而是坐在了小快艇尾部的露天长椅上。夹河的两岸全是人,玉米大大方方的,越看越不像是王家庄的人了。这时候玉米的父亲王连方过来了,叽叽喳喳的人群即刻静了下来。王连方做了二十年的村支书,几个月之前刚刚被开除了职务和党籍。他"上错床"了。说起"上错床",王连方在二十年里头的确睡了不少女人,用王连方自己的话说,横穿了"老中青三代"。不过几个月之前的这一次却严重了,"千不该,万不该",王连方在一次大醉之后这样唱道,"不该将军婚来破坏"。王连方来到石码头,对着小快艇巡视了几眼,派头还在,威严还在,一举一动还是支书的模样,脸上的表情也还在党内。他抬起了胳膊,向外掸了掸手,说:"出发吧。"马达发动了。马达的发动声像一块骨头,扔了出去,一群狗又开始汹涌了,推推搡搡的,你追我赶的。小快艇向相反的方向开出去几十丈,转了一大圈,马上又返折回来了。小快艇再一次驶过石码头的时候速度已经上来了,速度变成了风,风把玉米的短发托起来,把玉米的的确良上衣扯动起来,玉米迎着风,像宣传画上大义凛然的女英雄,既妩媚动人,又视死如归。司机又是一阵喇叭,小快艇远去了,只有玉米的红色上衣在速度中飘扬,宛如风中的旗。

玉米的爷爷、奶奶,玉米的妹妹玉穗、玉英、玉叶、玉苗、玉秧都站在送亲的队伍里,甚至连不到半岁的小弟弟都被玉穗抱过来了。没来的反而是母亲。母亲施桂芳只是把玉米送出了天井的大门,转身回到了西厢房。屋子里空了,静得有些异样。施桂芳坐在马桶的盖子上,却想起了玉米儿时的光景,她吃奶的样子,她吮手指头的样子。那时的玉米一吃手指头就要流口水,贼一样四处张望。玉米的口水亮晶晶的,还充满了弹力,一拉多长,又一拉多长。只要施桂芳在她的身后拍一下巴掌,玉米立即就会转过脑袋,由于脑袋太大,脖子太细,用力又过猛,玉米硕大的脑袋总得晃几下,这才稳住了,玉米笑得一嘴的牙花,而两只藕段一样的胳膊也架到施桂芳的这边来了——这一切仿佛就在昨天，一转眼，玉米都出嫁了，替人做妇、为人做母了，都成了人家的人了。施桂芳的胸口涌起了一股无边的酸楚。施桂芳想哭，却不想在女儿大喜的日子里哭哭啼啼的。施桂芳的酸楚不光是这里，还有更深的一层。玉米前几天才把出嫁的消息告诉母亲的，这就是说，关于出嫁，玉米瞒住了所有的人，甚至她的母亲。施桂芳一直以为玉米和飞行员彭国梁的恋爱还在谈着，几个月之前彭国梁还从部队上回来相过一次亲，两个人好得要了命，整天把自己关在厨房里头，一步都不曾离开。现在看起来，那只不过是玉米的一场梦。那一天晚上玉米突然对母亲说："妈，我要结婚了。"施桂芳愣了一下，有了很不好的预感，脱口就问："和谁?"玉米说："公社革委会的副主任，郭家兴。"原来是做补房了。施桂芳吃惊不小，想问个究竟，但是不能问，也不敢再问了。玉米的脸色已经在那儿了。但是，施桂芳终究是做母亲的，哪里能不知道女儿的心。玉米的心里栽的是什么树，开的是什么花，施桂芳知道。要不是王连方双开除，家里发生了这样大的变故，玉米和飞行员的恋爱肯定还在谈着。就算飞行员的那一头吹了灯，凭玉米的模样，哪里要走这一步? 玉米一定会利用嫁人的机会把家里的脸面争回来的。施桂芳突然就是一阵揪心，捏起一张草纸，捂在了鼻子上。做儿女的太懂事了，反而会成为母亲别样的疼。

没有到石码头送玉米的还有三女儿玉秀。玉米走上小快艇之前特地在人群里张罗了两眼，没有找到玉秀。玉米心里头有数，在这种人多嘴杂的地方，玉秀不会来了。要是细说起来，玉米最放心不下的就数老三玉秀了。玉米和玉秀一直不对，用母亲施桂芳的话说，是"前世的冤家"。玉米不喜欢玉秀，玉秀不喜欢玉米，姊妹两个一直绷着，暗地里较足了劲。因为长时间的敌视，七姐妹之间不可避免地出现了两大阵营，一方是玉米，领导着玉穗、玉英、玉叶、玉苗、玉秧；另一方则势单力薄，只有玉秀这么一个光杆司令。玉米是老大，长女为母，自然要当家做主。她说什么，姊妹们只能听什么。玉秀偏不。玉秀不买玉米的账。玉秀胆敢这样有她的本钱。玉秀漂亮。玉秀有一双漂亮的眼睛，一只漂亮的鼻子，两片漂亮的嘴唇，一嘴漂亮的牙。作为一个姑娘家，玉秀什么都不缺，要什么就有什么，所以娇气得很，傲气得很。玉秀不只是漂亮，还一天到晚在漂亮上头动心思，满脑子花花朵朵的。就说头发吧，玉秀也是两条辫子，和别人并没有什么两样。可是玉秀有玉秀的别别窍，动不动就要在鬓角那儿分出来一缕，缠在指头上，手一放，那一缕头发已经像瓜藤了，一圈一圈地缭绕在耳边。虽说只是小小的一俏，却特别地招眼，特别地出格，骚得很，有了电影上军统女特务的意思了。玉秀成天作张作势的，乔模乔样的，态度上便有了几分的浮浪。总的来说，王家庄的人们对王支书的几个女儿有一个基本的看法，玉米懂事，是老大的样子，玉穗憨，玉英乖，玉叶犟，玉苗嘎，玉秧甜，而玉秀呢，毫无疑问是一个狐狸精。狐狸精自然是和其他的姊妹弄不到一起去的。玉秀敢和所有的姊妹作对，当然不只是漂亮，还有一个最要紧的本钱，玉秀有靠山。父亲王连方就是她的靠山。王连方只喜欢儿子，不喜欢女儿，然而，却喜欢玉秀。关键是玉秀招人喜欢，所以做支书的老子总是偏着她。有这样一个老子护着，就算玉秀是军统的女特务，你也不能把她拉出去毙了。人们常说，手心手背都是肉，说的是做父母的不偏不倚。这句话其实是一句瞎话，你要是不信你伸出自己的手看看，手心是肉，手背却不是。手背只是骨头，或者说，是皮包骨头。玉秀才是王连方手掌心里的肉。仗着自己的模样，又会作态，越发有恃无恐了。欺负了小的，还要再欺负大的，欺负完了则要歪到父亲的胸前，把自己弄得很委屈的样子，很孤立的样子，娇滴滴的，很可怜了，同时也就很可爱了。玉秀恶人先告状，每次都有理，姊妹们最咽不下去的其实正是这个地方。这一来姊妹几个反而齐心了，更加紧密地团结在玉米这个核心的周围，一心对付这个骚狐狸。不过玉米到底是做老大的，并不莽撞，在对待玉秀的问题上还是多了一分策略。需要一致对外了，玉米当然要团结一切可以团结的力量，对玉秀是笼络的、争取的；外面的事情一旦摆平了，关起门来了，那还是要一分为二，该打击的则坚决打击。不管是拉拢还是打击，一正一反其实都树立了玉米"家长"的身份，这也正是玉米所盼望的。所以，说起来是两大阵营，骨子里却不是，只是玉米和玉秀的双双作对。在这一点上玉秀其实是瞧不起玉米的，玉米最擅长的也只是发动群众罢了，要是单挑，玉米不一定是对手。玉米有一群狗腿子，玉秀当然是寡不敌众了。好在玉秀在这个方面并没有花太多的心思，而是一心一意要做她的狐狸精，不仅如此，玉秀还想当美女蛇呢。美女蛇多迷人哪，你想一想看，脖子一歪一歪的，蛇信子一吐一吐的，走到哪里腰肢就不声不响地扭到哪里。

美女蛇的腰肢只是扭到了一九七一年的春天。春天的那个寒夜一过，玉秀自己都知道，她这条美女蛇其实什么都不是了。

事发的当天村子里欢天喜地的,公社里的电影放映船又靠泊在王家庄的石码头了。这是王连方双开除之后村里的第一场电影,村子里荡漾着一股按捺不住的喜庆。有电影看,玉秀蛮开心的。王连方被双开除了,在这个问题上玉秀和玉米反倒不一样。玉米看起来也是无所谓的样子,但是,那是做出来的,放在脸上,给人家看的。真正不往心里去的反而是玉秀。玉秀漂亮,一个人的漂亮那可是谁也开除不了的。所以,电影开映之后,玉秀去看了,玉米却没有。当然,玉秀到底是一个聪明的姑娘,该收敛的地方还是收敛一些了,这一次看电影玉秀就没有去抢中间的座位。以往村子里放电影,最好的座位都是玉秀他们家的。谁也不好意思和他们家抢。如果打狗都不看主人,那就不是一个会过日子的人了。

玉秀带着玉叶,没有钻到人群里去,而是站在了外围,人群的最后一排。玉叶个子小,看不见,王财广的媳妇倒不是势利眼,还是蛮客气的,招手叫她们过去,客客气气地让出了座位,把玉叶拉上了板凳。财广家的几年之前做过王连方的姘头,事发之后财广家的还喝了一回农药,跳了一回河,披头散发的,影响很不好。好在这件事也过去好几年了。玉秀站在财广家的身边,一心一意看电影了。天有些冷,夜里的风直往脖子里灌。玉秀抄着手,脖子都缩到衣领子里面去了。电影过半的时候玉秀本想去解一回小便,但是风太大了,银幕都弓起来了,电影里的人物统统弯起了背脊,一个个都像罗锅子。玉秀想了想,还是憋住了,回家再说吧。"风寒脖子短,天冷小便长",这句话真是不假呢。

美国的轰炸机飞过来了,它们在鸭绿江的上空投放炸弹,炸弹带着哨声,听上去像哄孩子们小便。鸭绿江的江水被炸成了一根一根的水柱子。总攻就要开始了,电影越来越好看了。玉秀突然被人在身后用手蒙住了眼睛。这是乡下人最常见的玩笑了。电影这样好看,要是换了以往,玉秀早把他的祖宗八代骂出来了。这一次玉秀反而没有。玉秀笑着说:"死人,鬼爪子冷不冷。"但是玉秀很快发现那双手过于用力,不像是玩笑了。玉秀有点不高兴,刚想大声说话,嘴巴却让稻草堵上了。玉秀被拽了出去,一下子伸过来许多手,那些手把玉秀架了起来,双脚都腾空了。脚步声很急,很乱。玉秀开始挣扎。玉秀的挣扎是全力以赴的,却又是默无声息的。电影里的枪炮声越来越远了,玉秀被摁在了稻草垛上,眼睛也裹紧了,裤子被扒了开来。玉秀的下身一下子祖露在夜风中,突然一个激灵。玉秀再也没有料到自己在扒光了之后居然会撒尿。稻草垛的四周寂静下来,只有混乱而又粗重的喘息。玉秀能听得见。玉秀的脑袋已经空了,可还是知道爱脸,想憋,没憋住。玉秀甚至都听见自己撒尿的哨声了。玉秀尿完了,四周突然又混乱了,一个女人压低了声音,厉声说:"不要乱,一个一个的,一个一个的!"玉秀听出来了,有点像财广家的,只是不能确定。虽说还是个姑娘家,玉秀已经透彻地觉察到下身的危险性了,紧紧夹住了双腿。四只大手却把玉秀的大腿分开了,摁在那儿。一根硬邦邦的东西顶在了玉秀的大腿上,一股脑儿塞进了玉秀。

烂稻草一样的玉秀最后是被玉米搀回家的。同时被玉米搀回家的还有玉叶。玉叶到底还小,哭了几声,说了几声疼,擦洗干净了也就睡了。玉秀却不同，十七岁的人了，懂了。玉秀被玉米搂在怀里，一夜都没有合眼。玉秀不停地流泪。到了下半夜玉秀的眼睛全都哭肿了，几乎睁不开。玉米一直陪着玉秀，替玉秀擦泪，陪玉秀流泪，十几年从没有这样亲过，都相依为命了。第二天玉秀躺了一整天，不吃，不喝，一个又一个的噩梦。玉米拿着碗，端过来又撤下去，撤下去又端上来。玉秀一口都没有沾边。第四天的上午玉秀终于把她的嘴唇张开了，嘴唇上起了一圈白色的痂。玉米一手碗，一手勺，一口一口地，慢慢地喂。吃完了一小碗糯米粥，玉秀望着她的大姐，突然伸出双臂，一把箍住了玉米的腰，不动。玉秀的双臂是那样的无力，反而箍得特别地死，像尸体的拳头，掰都掰不开。玉米没有掰，而是用指头一点一点捋玉秀的头发，捋完了，又梳好了，开始替玉秀编她的两条长辫子了。玉米命令玉秧端过一盆洗脸水，给玉秀洗了，拉起玉秀的手，说："起来，跟我出去。"声音不算大，但是，充满着做姐姐的威严。玉秀散光的双眼笼罩着她的大姐，只是摇头。玉米说："就这么躲着，你要躲到哪一天？我们家的人怕过谁？"玉米从抽屉里掏出剪刀，塞到玉秀的手上去，说："把辫子铰了，跟我出去！"玉秀还是摇头。不过这一次摇头的意思却和上一次不一样了，第一次是胆怯，而第二次却是舍不得那两根辫子。玉米说："留着做什么？要不是你妖里妖气的，怎么会有那样的事？"玉米一把夺过剪刀，"咔嚓"一声，玉秀的一根辫子落地了，"咔嚓"一声，玉秀又一根辫子落地了。玉米捡起玉秀的辫子，扔进马桶，把剪刀塞到怀里，拉起玉秀就往天井的外面走。玉米说："跟我走。谁敢嚼蛆，我铰烂他的舌头！"玉米领着玉秀在村子里转悠,玉秀的脚板底下飘飘的,缺筋少骨,一点斤两都没有,样子也分外地难看。因为剪去了辫子,玉秀一头的乱发像一大堆的草鸡毛。玉米揣着剪刀,护着玉秀,眼里的目光却更像剪刀,嗖嗖的,一扫一扫的,透出一股不动声色的凛冽。村里的人看着这一对姊妹,知道玉米的意思。他们不敢看玉米的眼睛,不是转过身子,就是抬腿走人。玉秀跟在玉米的身后,玉米不停地命令她,抬起头来。玉秀抬起头来了。虽说是狐假虎威,好歹总算是出了门了,见了人了。玉秀对玉米生出一股说不出的感激,却又夹杂了一股难言的恨。这股子恨是没有来头的,不合情理的,然而,夹在玉秀的骨头缝里。斗过来斗过去,最终还是要靠玉米,仰仗她的威严,仰仗她的可怜了。玉秀想,玉米为什么是个女的呢,她要是个男的,变成自己的大哥哥该有多好哇。

玉米终究不是大哥,还是大姐。一转眼玉米都出嫁了。玉米的喜船就在石码头上。玉秀没有去送她,说到底还是害怕。恨归恨,玉秀还是希望玉米不要离开王家庄。离开了玉米这只虎,玉秀这一条小狐狸什么也不是了。现如今玉秀再也没有胆量站在人缝里看热闹。玉秀一个人悄悄来到了村东的水泥桥上,远远的,扶着栏杆,在那里等。玉秀好看的双眼十分忧戚地望着远处的石码头,心中布满了担忧。石码头喜气洋洋的,不过那里的喜气和玉秀没有半点关系了,隔着长长的一道水面呢。水面上十分混乱地闪烁着太阳光,又琐碎,又刺眼。小汽艇开过来了。临近水泥桥的时候玉米已经看见桥上的玉秀了。姊妹俩一个在船上,一个在桥上,就那么远远地打量。她们越来越近、越来越清晰。小快艇很快从水泥桥的桥底下穿越过去了。姊妹俩转过身,依然在打量,只不过这一次却是越来越远、越来越模糊了。玉秀后来看见玉米在小快艇上站起身来,对着她,大声吆喝什么。风把玉米的声音吹过来,玉秀听清楚了,玉米在喊:出门的时候别忘了刀子!

马达的轰鸣声远去了,小快艇在远处拐了一个弯,消失了。水面上的波涛平息下来,只留下一道白亮的水疤。玉秀依然站在桥面上,还在看,仿佛全神贯注,其实很恍惚了。太阳已经偏西了,水面被傍晚的太阳照得红红的,而玉秀的身影拉得也格外的长,漂浮在水面上,既服服帖帖,又颤动不已。玉秀盯着自己的影子,看了好半天,都看出错觉来了,就好像自己的影子随着波浪向前游动了。不过一凝神,影子还是在原来的地方,并没有挪窝。玉秀想,要是自己的影子能变成一条小快艇就好了,那样就能离开王家庄了,想开到哪里,立即就能开到哪里。

玉秀回到巷口,意外地发现家门口聚集了十几个女孩子,围成了一个圈。玉秀走上去,发现老二玉穗正站在中间,身上穿着玉米留下的那件春秋衫,正在显摆。这件春秋衫有来头了,还是当年柳粉香在宣传队上报幕时穿的,小翻领,收了腰,看上去相当地洋气。春节过后飞行员彭国梁回乡,到王家庄来和玉米相亲,玉米没有一件像样的衣裳,柳粉香便把这件衣裳送给玉米了。柳粉香是王连方的姘头,方圆十几里最烂的浪荡货,村子里的人都知道,这个烂货和王连方正黏糊着呢,两个人"三天两头就要进行一次不正之风"。她穿过的衣裳,玉米怎么肯上身。不过玉米倒也没有舍得扔掉,想来还是太漂亮了。玉秀不一样,好几次动过这件春秋衫的心思,俗话说,"男不和酒作对,女不和衣作对",管它是谁的,好衣裳总归是好衣裳,玉秀不忌讳。玉秀所以没敢碰,说到底还是怵玉米。没想到玉米前脚走,后脚却被玉穗抢了先。这样好看的衣裳,玉穗可是饿狗叼住了屎橛子,咬住了决不会松口的。

玉秀站在巷口,远远地觑着玉穗,收住脚,眯着眼睛。玉秀就弄不明白,好好的一件衣裳,到了玉穗的身上怎么就那么缺斤少两的呢! 玉秀的脸上难看了。玉米刚走,玉穗居然想把自己打扮成当家人的样子了。她这个次货,也不看看自己是个什么东西。玉秀越看越觉得玉穗二五今分的,少一窍,把好端端的一件衣裳都给糟蹋了。玉秀拨开人,走到玉穗的身边,说:"脱下来。"玉穗正在兴头上,反问说:"凭什么?"玉秀的口气里没有半点讨价的余地,说:"脱下来。"玉穗有些软了,嘴上还在犟,说:"凭什么?"玉秀霸道惯了,跨上去一步,凌人的气势上来了。玉秀正色说:"脱不脱?"玉穗知道抢不过玉秀,左右看了几眼,人太多,一时下不了台,却还是脱了。玉穗提着衣领,一把掼在地上,踩上去就踩,一边踩一边大声说:"给你! 神气个屁! 多少男人上过了! ——尿壶! 茅缸!"

八点钟之前,断桥镇的街道其实是一个菜市场,从头到尾都是气味。八点一过,街道的另一面立即显现出来了,变得干净了,规整了。没有命令。但日常的生活自己形成了命令,几乎是铁律,雷打不动。中学里的高音喇叭开始报时了,"嘀"的一声,那是一个无比庄严的时刻,"北京时间八点整。"北京时间,它遥远,亲切,神圣,蕴含了统一意志,蕴含了全国人民有计划、有纪

律的生活。它不仅是北京人民的,同样是全国人民的。毛主席
他老人家已经在天安门城楼上日理万机了。小镇上婆婆妈妈鸡
零狗碎讨价还价的时间到此结束。阳光斜斜地,照射在街上,青
石路面洋溢出初升太阳的反光,红彤彤的。这时的街道笼罩了
一小段片刻的安宁,甚至是阒寂,似乎是必备的酝酿。然后,杂
货铺的大门打开了,供销社的大门打开了,邮局、信用社、公社机
关、医院、农具厂、铁木社、粮管所、粮食收购站、搬运站、文化站、
生猪收购站,总之,一切与"国家"有关的单位缓缓敞开了它们
的大铁门。这时的街道不再是菜市场,而成了"国家"的一个部
分,开始行使"国家"的职能与权力。在所有的大门一起打开的
过程中,街道上有一种静悄悄的仪式感,当然,那也是镇里的人
难以察觉的,带上了懒散随意却又有一点肃穆庄严的气氛。到
了这个时候,新的一天才算正式开始了。

　　每天上午八点,八点整,郭家兴准时来到办公室。坐下来,
泡好茶,跷上二郎腿,开始阅读"两报一刊",一个字一个字地
看。差不多是研究了。郭家兴整天坐在自己的办公室里,而从
实际情况来看,每一天都是在北京。他关注着北京的一举一动。
比方说,领导同志谁的名字挪前了,谁的名字靠后了,这个绝对
是不能忽视的。比方说,去年陪同诺罗敦·西哈努克亲王的一
共有七位领导,今年却换了,换了三个——从前几天的报纸上
看,一个去了坦桑尼亚;一个在内蒙,"与牧民们亲切交谈";另
一个呢,不知道了。郭家兴总要把这个不知去向的名字默默地
放在心里,一放就是好几十天。如果时间太长了,郭家兴就要和
公社的几位领导提起这件事,口气相当地郑重,"某某某"好长

时间"没有出来"了。直到下一次的报纸上出现了"某某某"的名字或相片,郭家兴才能够放心,并把这个消息通知其他的同志。郭家兴习惯于把"两报一刊"上的姓名看成"国家"。关心他们,其实就是关心"国家"了。郭家兴这样关心,并不是有野心,想往上爬。不是的。郭家兴不是这样。当领导当到这个份上,只要不犯方向性的错误,能在公社机关里待上一辈子,郭家兴对自己很知足、很满意了。郭家兴只是习惯,多年养成了的,成了自然,所以天天一个样。

郭家兴不关心别人,不关心自己,只习惯胸怀祖国,同时放眼世界。郭家兴瞧不起生老病死,油盐酱醋就更不用说了。那些都是琐事,相当地低级趣味,没有意义。可是郭家兴近些日子却被"琐事"拴住了,都有点不能自拔了。事情还是由革委会的另一位副主任引发的,那位副主任见了玉米一面,拿郭家兴开玩笑,说:"中年男人三把火,升官、发财、死老婆。郭主任赶上了。"这是一句老话了,旧社会留传下来的,格调相当地不健康。话传到郭家兴的耳朵里,郭家兴很不高兴。但是,郭家兴玩味再三,私下里觉得大致的意思还是确切的。郭家兴没有升官,没有发财,却死了老婆,照理说郭家兴应当灰头土脸的才是。出乎郭家兴自己的意料,没有,反而年轻了,精神了,利索了,"火"了。因为什么? 就因为死了老婆。旧的去了,新的却又来了。不仅如此,新娘子的年纪居然能做自己的女儿,还漂亮,皮肤和缎子一样滑。郭家兴嘴上不说,心里头还是晓得的,他的快乐其实还是来自床上,来自玉米的身上。要是回过头去想想,这些年郭家兴对待房事可是相当地懈怠了,老夫老妻了,熟门熟路的,每一次都像开会，先是布置会场，然后开幕，然后作一作报告，然后闭幕。好像意义重大，其实寡味得很。老婆得了绝症，会议其实也就不开了。要是细说起来，郭家兴已经一两年不行房事了。好在郭家兴在这上头并不贪，不上瘾，戒了也就戒了。谁能料得到枯木又逢春、铁树再开花呢。郭家兴自己也不敢相信，到了这个岁数，反而来劲了。说到底，还是玉米这丫头好，在床上又心细又巴结。玉米不只是细心和巴结，还特别地体贴，郭家兴要是太贪了，玉米会把郭家兴的脑袋搂在自己的乳房上面，开导郭家兴，说："可要小心身子呢，可要知道细水长流呢，这样丑的老婆，还怕别人抢了去？——要是亏了身子骨，我怎么办？我可什么都没有了。"话说到这儿玉米兔不了流上一回泪，有了几分的伤感，却并不是伤心，而是很缠绵了。郭家兴就觉得怪，自己本来都不想的，玉米这么一来，反而又想了。郭家兴一"想"，玉米当然挡不住，只有全力配合，倾力奉承，全身都是汗。被窝里头湿乎乎的。玉米自己也弄不明白，怎么一到房事自己就大汗如注的呢。玉米吃力得很，后来又这样说了："你到外面再找女人吧，我一个人真的伺候不了你了。"玉米的话和前面的意思自相矛盾了。但是，枕头边上的话是不能用常理去衡量的。郭家兴爱听。年过半百的郭家兴特别地喜爱这句话。这句话表明了这样一个意思，郭家兴并不老，正当年呢。为了焕发床上的青春，郭家兴已经悄悄练习起俯卧撑了。开始勉强只有一个，现在已经有四五个了。照这样下去，坚持到年底，二十几个绝对不成问题。

依照郭家兴的意思，结了婚，玉米还是待在家里，缝缝补补、洗洗涮涮的比较好。郭家兴把这个意思和玉米说了,玉米低着头,没有说是,也没有说不是,一副老夫少妻、夫唱妇随的样子。郭家兴很满意。玉米一直待在家里,床上床下都料理得风调雨顺。没想到那一天的晚上玉米突然调皮了。郭家兴和其他领导们喝了一些酒,回到家,仗着酒力,特别地想和玉米做一回。玉米一反常态,却犟了。说:"不。"郭家兴什么都不说,只是替玉米解。玉米没有抗争,让他扒。等郭家兴扒完了,玉米一把捂住自己,一把却把郭家兴握在手上,说:"偏不。"玉米的样子相当好玩,是那种很端庄的浪荡。这孩子这个晚上真是调皮了。郭家兴没有生气,原本是星星之火,现在却星火燎原,心旌不要命地摇荡,恨不得连头带脑一起钻进去,嘴里说:"急死我了。"玉米不听。一把扭过了脑袋。不理他。郭家兴说:"急死我了。"玉米放下郭家兴,双乳贴在郭家兴的胸前,说:"安排我到供销社去。"郭家兴急得舌头都硬了,话也说不好。玉米说:"明天就给我安排去。"郭家兴答应了。玉米这才捋一捋头发,很乖地躺下了,四肢张在那儿。郭家兴的浪兴一下子上来了,却事与愿违,没做好,三下两下完了。玉米垫着郭家兴,搂住郭家兴的脖子,轻声说:"对不起,真是对不起。"玉米一连说了好几遍,越说越伤心,都流下眼泪了。其实玉米是用不着说对不起的。事情是没有做好,郭家兴的兴致却丝毫没受影响,反而相当地特别,比做好了还令人陶醉。郭家兴喘着大气,突然都有点舍不得这孩子了。还真是喜欢这孩子了。

玉米原先的选择并不是供销社,而是粮食收购站。玉米选择收购站有玉米的理由。收购站在河边上,那里有断桥镇最大的水泥码头。全公社往来的船只都要在那里靠泊,在那里经过。玉米都想好了,如果到收购站去做上司磅员,很威风,很神气了。王家庄的人只要到镇上来,任何人都能看得见。玉米什么都不用说,一切都摆在那儿了。但是司磅员终究在码头上工作,样子也粗,到底不像城里人。比较起来,司磅员还是不如营业员了。收购站体面,而供销社更安逸。玉米想过来想过去,琢磨妥当了。自己还是到供销社去。虽说都是临时工,工资还多出两块八毛钱呢。说到收购站,那当然要有自己家的人。玉米最初考虑的是玉穗。可玉穗这丫头蠢,不灵光。比较下来,还是玉秀利索,又聪明又漂亮,在镇上应该比玉穗吃得开。就是玉秀了。主意定了下来,玉米又有些不甘心,想,我垫在床上卖╳,却让玉秀这个小婊子讨了便宜,还是亏了。不过再一想,玉米又想通了。自己如此这般的,还不就是为给自己的家里挣回一份脸面?值得。现在最要紧的,是让郭家兴在床上加把劲——他快活他的,玉米得尽快怀上孩子。乘着他新鲜,只要怀上了,男人的事就好办了。要不然,新鲜劲过去了,男人可是吃不准的。男人就那样,贪的就是那一口。情分算什么?做女人的,心里的情分千斤,抵不上胸脯上的四两。

玉米刚刚到供销社上班,还没有来得及把玉秀的事向郭家兴提出来,玉秀自己却来了。一大早,九点钟不到,玉秀来到了郭家兴的办公室门口,一头的露水,一脸的汗。郭家兴正坐在办公室里,捧着报纸,遮住脸,其实什么也没有看,美滋滋的,回味着玉米在床上的百般花样,满脑子都是性。郭家兴抚摸着秃脑门,叹了一口气,流露出对自己极度失望的样子,心里说:"老房子失火了,没得救!"其实并不是懊恼,是上了岁数的男人特有的喜上心头。郭家兴这么很幸福地自我检讨,办公室的门口突然站了一个丫头。面生得很,十六七岁的样子。郭家兴收敛了表情,放下报纸,干咳了一声。郭家兴干咳过了,盯着门口,门口的丫头却不怕,也不走。郭家兴把报纸摊在玻璃台板上,挪开茶杯,上身靠到椅背上去,严肃地指出:"谁放你进来的?"门口的丫头眨巴了几下眼睛,很好看地笑了,十分突兀地说:"同志,你是姐夫吧?"这句话蛮好玩的,连郭家兴都忍不住想笑了。郭家兴没有笑。站起来,把双手背在腰后,闭了一下眼睛,问:"你是谁?"门口的丫头说:"我是王玉米的三妹子,王玉秀。我从王家庄来的,今天上午刚刚到——你是姐夫。门口的人说的,你是我姐夫。"这丫头的舌头脆得很,一口一个姐夫,很亲热了,都一家子了。分管人武的革委会副主任看出来了,是玉米的妹子,仔细看看眉眼里头还是看得出来的。不过玉米的眉眼要本分一些,性格上也不像。这丫头像歪把子机枪,有理没理就是嗒嗒嗒嗒一梭子。郭家兴走到门口,用手指头向外指了指,然后,手指头又拐了一个弯,说:"在供销社的鞋帽柜。"

玉秀七点多钟便赶到了断桥镇,已经在镇子的菜市场上转了一大圈了。玉秀这一次可不是来串门的,有着十分坚定的主张。她铁下心了,一心来投靠她的大姐。王家庄玉秀是待不下去了。说起来还是因为玉穗。玉穗送给了玉秀两顶帽子,尿壶,还有茅缸,都传开来了,玉秀在王家庄一点脸面都没有了。这不是别人说的,可是嫡亲的姊妹当着大伙儿的面亲口说的,怨不得人家。尿壶，还有茅缸，现在已经成了玉秀的两个绰号了。绰号不是你的名字，但是，在很多时候，绰号反而比你的姓名更像你，集中了你最致命的短处、疼处，一出口就能剥你的皮。就算你穿上一万条裤子也遮不住你的羞。绰号当然是当事人的忌讳。问题是，这种忌讳并不是僵死的，它具有深不可测的延伸能力，玉秀最吃不消的正是这个。比方说，尿壶，它可以牵扯进瓶、缸、坛、罐、瓢、盆、钵、碗、瓷器、瓦。这些东西本来和玉秀扯不上边，现在不同了，一起带上了十分歹毒的暗示性，无情地揭露出玉秀体内不可告人的可耻隐秘。问题是，这些东西遍地都是，这就是说，玉秀的羞耻无处不在。倒不是玉秀多心，而是说话的人一旦涉及这些东西，会突然停下来，迅速瞥一眼玉秀，做出说错了的样子，脸上浮上意味深长的神色。这样的意味深长具有极强的确认能力，把那些扯不上边的东西毫无缘由地捆在了玉秀的身上，静悄悄的，躲都躲不掉。一旦扯上来了，立即就能扒掉你的衣裳，让你光着身子站在众人的面前，你捂得住上身就捂不住下身，捂得住下身就捂不住上身。周围的人当然是可怜你的。出于同情，他们一起沉默了，约好了一样，一起做出没有听见的样子。因为护着你，所以没有笑出来。但是，她们的目光在笑。目光笑起来是那样的无声无息，而无声无息比大声叫骂更凶险，像随时都可以夹击的牙齿，体现出上腭骨和下腭骨相互联动的爆发力，一口就能将你咬碎。太要命了。玉秀扛不住。就算你有再犟的脑袋你也得把它低下去。这样的场合是防不胜防的。这样的防不胜防并不局限于外部，有时候，它甚至来自于玉秀自身。比方说，茅缸，这同样是玉秀所忌讳的。玉秀现在连解手、大便、小便、倒马桶都一起忌讳了。忌讳越多，容得下你的地方就越少。玉秀怕上茅缸，大便怕，小便也怕。每一次小便都带着自作自贱的哨声，听上去特别地不要脸，太不知羞耻了。玉秀只能不上茅缸。但是做不到。玉秀只有偷偷摸摸的，上一回茅缸就等于做一回贼。玉秀白天憋着，夜里也憋着，好几次都是被解小便这样的噩梦惊醒了的。玉秀在梦中到处寻找小便的地方，好不容易找到一块无人的高粱地，刚刚蹲下来，却又有人来了。她们小声说："玉秀，茅缸。"玉秀一个激灵，醒了。到处都是人哪。哪一个人的脸上没有一张嘴巴？哪一张嘴巴的上方没有两只笑眯眯的眼睛？

最让玉秀难以面对的还是那几个男人。他们从玉秀身边走过的过程中，会盯着玉秀，咧开嘴，很淫亵地笑，像回味一种很忘我的快乐。特别地会心，你知我知的样子，和玉秀千丝万缕的样子。一旦来人了，他们立即收起笑容，一本正经，跟没事一样。真是太恶心了。玉秀心里头其实也有了几分的数了，知道他们和自己有过什么样的联系。因为恐惧，却更不敢说破了。他们当然也是不会说破了的。这一来玉秀和他们反而是一伙的了，共同严守着一份秘密，都成了他们中的一个了。

好在玉秀现在还算自觉，没有很特殊的情况一般是不会往人群里钻的。这样心绪是安稳一些了，人却寂寥了，相当地难忍。玉秀到底风光惯了，终究耐不住。只能和村子里最蹩脚的丫头们交往了。那些丫头平时没有什么人搭理，要不家里的成分不好，要不脑子里缺根筋，要不就是疯疯癫癫的。总之，换了过去，玉秀看也不会看她们一眼的。玉秀和她们混在一起，相当地不甘,甚至有点心酸。可是,既然耐不住,也只好这样了。玉秀和这几个丫头处得倒也不错,关键是,她们依然抬举玉秀,以玉秀为荣,拿玉秀当模子,做榜样,玉秀还是很称心了。她们跟在玉秀的身后,一腔一调都学着玉秀,好像找到了队伍,脸上的表情因为自豪而变得更加愚昧。在和别人发生争执的时候,她们动不动就要引用玉秀的话,拿玉秀的话做武器,向别人宣战。"人家玉秀说的","人家玉秀也是这样的",口气是激烈的、有恃无恐的,当然更是不容置疑的。玉秀很有成就感了。玉秀就这个脾气,很在乎自己的影响力的,宁做鸡头,不做凤尾。做得好好的,没有料到的事情还是发生了,玉秀出了天大的丑,都闹到在王家庄待不下去的田地了。事情出在张怀珍的身上。张怀珍的家离玉秀的家并不远,只隔了一条巷子。以前倒没有怎么交往过。张怀珍倒也不属于少一窍的那一路,人还是蛮聪明的。关键是出身不好。相当不好。怎么一个不好法,又复杂了,不是一两句话能说清楚的。说起来张怀珍其实也到了谈婚论嫁的岁数了,可是,说一个,坏一个。再说一个,再坏一个。媒婆想,还是门当户对吧,给张怀珍说了一个汉奸的孙子。汉奸的孙子倒是同意了,送来了一斤红糖,一斤白糖,二斤粮票,六尺布证,二斤五花肉。很厚的一份见面礼了。张怀珍断然拒绝。怎么劝都不行,母亲劝都不中用。退还了彩礼,张怀珍几乎成了哑巴,一天到晚不说一句话。村子里的人说,主要还是媒婆的话伤透了张怀珍的心。媒婆丢了脸面,指着路边的一条小母狗,大声说:"就你那大腿根,还想叉开来拉拢群众,做梦呢。"张怀珍铁了心了,不嫁了,整天拉了一张寡妇脸,谁来提亲都闭门不理。不过张怀珍倒是和玉秀做起了朋友,一来二去的,谈得来了。张怀珍有玉秀这样一个朋友蛮自豪的,话也多了起来,人前人后说玉秀的好。这一天的傍晚张怀珍收工回来,扛着钉耙,在桥头刚好碰到玉秀。可能是周围的人多,张怀珍这一天特别地反常了,有了炫耀的意思。为了显示她和玉秀不同一般的关系,居然把胳膊架到玉秀的肩膀上来了。刚好对面走过来几个小伙子,玉秀忙着弄姿,甩了甩头发,头发却被张怀珍的胳膊压住了。玉秀说:"怀珍,胳膊拿下来。"张怀珍没有。反而和玉秀挨得更紧了。玉秀的上衣也被张怀珍的胳膊挤歪了,扯拽得一点衣相都没有了。这是玉秀很不高兴的。玉秀拧紧了眉头,说:"怀珍,你胳肢窝里的气味怎么这么重?"这句话许多人都听见了。张怀珍万万没有料到玉秀居然会说出这样的话来,一声不响地拿下胳膊,一个人回家去了。吃晚饭的时候玉秀的灾难其实已经降临了,只不过玉秀自己不知道罢了。玉秀捧着碗,正站在巷口喝粥,突然走过来一支小小的队伍,都是五六岁、七八岁的孩子,十来个。他们每个人捏着一把蚕豆,来到玉秀的家门口,一边吃,一边喊:"哐哐哐,王尿壶! 哐哐哐,王茅缸!"玉秀开始没有注意,不知道"王尿壶"和"王茅缸"的意思。但是,立即懂了。意思是很明确的。毒就毒在"王"尿壶,还"王"茅缸。玉秀端着碗,捏着筷子,只有装傻。她没法阻止人家的。孩子们的动静相当大,很快便有几个孩子自愿地站到队伍里去了,跟着起哄。队伍就是这么一个东西,只要有动静,不愁没有人跟进去。队伍越来越长,声势也越来越浩大,差不多是游行了。孩子们兴高采烈的,脸红脖子粗的:"哐哐哐,王尿壶! 哐哐哐,王茅缸! 哐哐哐,王尿壶!哐哐哐,王茅缸!"他们并不知道自己在干什么,只是好玩。说的人当然是不明白的,然而,听的人都明白。这就有意思了。巷子里一下子站满了人。都是成年的人了,看戏一样,说说笑笑的,热闹非凡。尿壶,还有茅缸,原来只是一个暗语,一种口头的游戏。现在不同了,它们终于浮出了水面,公开了,落实了,成了口号与激情。所有的人都是心照不宣的。玉秀站在巷口,还不好说什么了。脸上的颜色慢慢地变了。比光着屁股还不知羞耻,就觉得自己是一条狗。这时候太阳已经快落山了,王家庄的天空残阳似血。玉秀站在巷头,想咬人,却没了力气,嘴里的粥早已经从嘴角流淌出来了。"哐哐哐,王尿壶!哐哐哐,王茅缸!哐哐哐,王尿壶!哐哐哐,王茅缸!"蛮上口的,蛮好听的,都像唱了。

　　离家之前玉秀发过毒誓,前脚跨出去,后脚就再也不回王家庄了。再也没有脸面在这个地方活下去了。玉秀不打算和村子里的人算账了。个个有仇,等于没仇,真是虱子多了不痒。不说它了。玉秀认了。玉秀不能放过的倒是玉穗这个×丫头。玉秀在王家庄这样没脸没皮,全是玉穗这个小婊子害的。要不是小婊子在玉秀的脸上放了那两个最阴损、最毒辣的屁,玉秀何至于这样?不能放过她。越是亲姊妹越是不能放过。这个仇不能不报。拿定了主意,玉秀说动就动。天还没有亮,玉秀便起床了,一手端着煤油灯,悄悄来到玉穗的床前。玉穗这个小婊子实在是憨,连睡相都别别人蠢,胳膊腿在床上撂得东一榔头西一棒槌的,睡得特别地死,像一头死猪。玉秀搁下煤油灯,掏出剪刀,玉穗的半个脑袋转眼就秃了,却又没有秃干净,狗啃过了一样,古怪极了，看上去都不像玉穗了。玉秀把玉穗的头发放到她自己的手上，顺手又给了玉穗两个嘴巴，打完了撒腿便跑。玉秀跨出门槛的时候终于听到玉穗出格的动静了，小婊子一定是被手上的头发吓傻了，又找不出缘由，只能拼了命地叫。玉秀的脚底下跑得更快了。跑出去十几丈，玉秀想起玉穗紧握头发的古怪模样，忍不住笑了，越想越好笑。身子都轻了，却差一点笑岔了气。玉穗这个小婊子真是蠢得少有，这么老半天才晓得喊疼。足见这个小婊子脑袋里装的是猪大肠，提起来是一根，倒出来是一堆。

玉秀在公社大院里住下了，勤快得很，低三下四得很，都不像玉秀了。玉米看出来了，玉秀到断桥镇来，并不是玉秀聪明，猜准了自己的小九九。不是。这个断了尾巴的狐狸精一定是在王家庄待不下去了。这个是肯定的了。玉秀这个丫头，屁股一抬玉米就能知道她要放什么样的屁。玉米望着低三下四的玉秀，想，这样也好，那就先不忙把收购站的想法告诉她，再紧一紧她的懒骨头也是好的，再杀一杀她的傲气也是该派的。不管以前怎么样，说到底玉米现在对玉秀寄予了厚望，她是该好好学着怎样做人了。就凭玉秀过去的浮浪相，玉米真是不放心。现在反而好了。被男人糟蹋了一回，原本是坏事，反而促动这丫头洗心革面，都知道好好改造了。坏事还是变成了好事。

玉秀其实是惊魂未定，心里头并没有玉米那样稳当。日子一天天过去了，玉秀的心思却一天天沉重了。出门的时候玉秀一心光想着离开王家庄，却没有思量一下，玉米到底肯不肯留自己。万一玉米不松这个口，真是连落脚的地方都没有了。这么一想玉秀相当后怕。形势很严峻了。问题是，玉秀要面对的不只是玉米，还有郭家兴、郭家兴的女儿郭巧巧。这一来形势就更严峻了。不过玉秀很快就发现了，决定自己命运的并不是玉米，而是郭家兴，甚至可能是郭家兴的女儿郭巧巧。别看玉米在王家庄的时候人五人六的，到了这个家里，玉米其实什么都不是。屁都不是。这一点可以从饭桌上面看得出来的。吃饭的时候郭家兴总是坐在他的藤椅里头，那是他固定不变的位置，朝南。吃饭之前总要先抽一根烟，阴着脸，好像永远生着谁的气。郭巧巧又不同了，这个高中二年级的女学生在外头疯疯傻傻的，说话的嗓门比粪桶还要粗，一回到家，立即变了。脸拉得有扁担那么长，同样永远生着谁的气。那肯定是冲着玉米去的了。饭盛上来了，玉米的左手是郭家兴，右手是郭巧巧，玉米总有些怯。生怕弄出什么出格的动静。尤其在伸筷子夹菜的时候，总要悄悄睃一眼郭家兴，顺带睃一眼郭巧巧，看一看他们的脸色。这一点已经被玉秀看在眼里了，逃不出玉秀的眼睛。玉米怕郭家兴。不过怕得却又有点蹊跷，七拐八拐地变成怕他的女儿了。玉米总是巴结郭巧巧，就是巴结不上，玉米为此相当地伤神。所以说，玉秀一定先要把郭家父女伺候好。只要他们能容得下，玉米想赶也赶不走的。对付郭家兴，玉秀相信自己有几分心得。男人到了这个岁数，没有一个不吃漂亮女孩子的马屁，没有一个不吃漂亮女孩子的哆。父亲王连方就是一个最显著的例子。而应付郭巧巧，玉秀的把握更要大些。只要下得了狠心作践自己，再配上一脸的下作相，不会有问题的。虽说在郭巧巧的面前作践自己玉秀多少有些不甘，不过转一想，玉秀对自己说，又有什么不甘心的？你本来就是一个下作的烂货。

玉秀在郭家兴和郭巧巧的面前加倍地勤快，加倍地低三下四了。玉秀的第一个举动就令郭巧巧大为感动。一大早静悄悄地替郭巧巧把马桶给倒了。这个呆丫头真是邋遢得很。越是邋遢的丫头越是能吃，越是能喝，越是能拉，越是能尿。马桶几乎都满了。都不知道是哪一天倒过的了。晃一下就溢出来了，弄得玉秀一手。这个举动的功效是立竿见影的，郭巧巧都已经和玉秀说话了。玉秀真是很幸福了。而到了吃饭的时候，玉秀的机灵发生了作用，眼里的余光一直盯着别人的碗，眼见得碗里空了，玉秀总是说："我来，姐夫。"要不就是说："巧巧，我来。"玉秀不只是机灵，每一顿饭还能吃出一点动静。玉秀采取了和玉米截然相反的方法，差不多是一次赌博了。一到吃饭的时候玉秀便把自己弄得特别地高兴，兴高采烈的，不停地说话，问一些又滑稽又愚蠢的问题。比方说，她把脑袋歪到了郭家兴的面前，眨巴着眼睛，问："姐夫，当领导是不是一定要双眼皮？"问："姐夫，公社是公的吗？有没有母的？"问："姐夫，党究竟在哪儿？在北京还是在南京？"诸如此类。顿顿如此。玉秀问蠢话的时候人却特别地漂亮，亮亮的，有些烂漫，纯得很，又有点说不出的邪。一些是真的不知道，一些却又是故意的了，是玉秀想出来的，可以说挖空心思了，累得很。好在玉秀的父亲做过二十年的支书，这才想得起来，这才说得出。玉秀的愚蠢让玉米难堪，好几次想挡住她。出人意料的是，郭家父女却饶有兴致，听得很开心，脸上都有微笑了。而郭巧巧居然喷过好几次饭。这样的情形真是玉米始料不及的。玉米也偷偷地高兴了。郭家兴在一次大笑之后甚至用筷子指着玉秀,对玉米说:"这个小同志很有意思的嘛。"

玉秀住在天井对面的厨房里头,而骨子里,玉秀时刻都在观察郭家父女。一旦有机会,玉秀会提出留在断桥镇这个问题的。关键是火候。关键是把握。关键是方式。关键是一锤子定音。一旦堵死了,就再也没有打通的余地了。玉秀要掌握好。

这是一个星期天。郭巧巧没有上学。午饭之前,玉秀决定给郭巧巧做头。这正是玉秀的长项。玉秀在这上头可以说是无师自通的,有想象力,有创造性。玉秀先替郭巧巧洗了,洗下一脸盆的油。玉秀望着脸盆,直犯恶心。头还没有洗完,玉秀已经在骨子里头瞧不起这个小呆×了,恨不得一把摁下郭巧巧的脑袋,用油汪汪的猪头汤淹死她。但是这丫头关系到玉秀的命运,所以玉秀轻手轻脚的,每一根指头都孝顺得要命。洗完了,晾干了,玉秀开始给郭巧巧做头,重新设计了辫子。郭巧巧原先是一根独辫,很肥,侉样子,有一股霸道的蛮悍相。玉秀替郭巧巧削去了一些,把头发分开来,在头顶的两侧编出两个小辫子,然后,盘下去,卡牢了。两条辫子的尾巴却对称地翘在了耳朵的斜上方,一跳一跳的,又顽皮,又波俏,很像电影上大汉奸家的千金小姐了。郭巧巧有很显著的男相,要不是那条辫子,看上去几乎就是一个男人。现在,经过玉秀这么一拾掇,有点女孩子的意思了。郭巧巧满意得很。玉秀站在旁边,做出极其羡慕的样子,还添油加醋地说:"巧巧,我要是有你这样的头发就好了。"很伤感了。马屁一旦拍到伤感的程度,那一定是深入人心的。郭巧巧果然高兴了，合不拢嘴，腮帮子笑得比额头还要宽，像一个河蚌，整个脑袋只是一张嘴。玉秀看在眼里，知道时机到了，"唉"了一声，说："巧巧，我要是能给你做丫鬟就好了。没这个福。"郭巧巧正对着镜子，上身一侧一侧的，美得不轻。郭巧巧脱口说："这个没问题的。"

　　午饭的时候玉秀一直和郭巧巧说说笑笑的，郭家兴也觉得奇怪，女儿的性格这样嘎咕，这样方，和玉米别扭，反而和玉秀投得来。说起来巧巧这丫头也可怜了，才这个岁数，就死了母亲，也难怪她要和玉米做对头。郭家兴难得看见女儿有这样的兴致，一高兴，多吃了半碗饭。玉秀把饭碗递到郭家兴的面前，知道最关键的时刻终于来到了。连忙说："姐夫，我和巧巧说好了，我给她当丫鬟——不回去了，你要管我三顿饭！"话说得相当俏皮，相当撒娇，其实玉秀自己是知道的，很紧张了。玉秀在那里等。郭家兴端起碗，盯着郭巧巧的脑袋看了两眼，心里有了七八分的数了。郭家兴扒下一口饭，含含糊糊地说："为人民服务吧。"玉秀听出来了，心里头都揪住了，手都抖了。却还是放心了。玉米听着，一直以为玉秀开开玩笑的，并没有往心里去。玉秀却转过脸来和玉米说话了。玉秀说："姐，那我就住下啦。"居然是真的了。这个小骚货真是一张狗皮膏药，居然就这么贴上来了。玉米一时反而不知道说什么好。这时候郭巧巧刚好丢碗，离开了饭桌。玉秀望着郭巧巧的背影，伸出胳膊，一把握住玉米的手腕，手上特别地用劲，轻声说："我就知道大姐舍不得我。"这句话在姊妹两个中间含意很深。骨子里是哀求了。玉米是懂得的。可玉米就是看不惯玉秀这样卖乖。然而，玉秀这么一说,玉米越发不好再说什么了。玉米抿着嘴,瞥了玉秀一眼,很慢地咀嚼了两三下,心里说:"个小婊子,王家待不下去,在这个家里反倒比我滑溜。"玉秀低着头。没有人知道玉秀的心口这一刻跳得有多快。玉秀慌里慌张地直往嘴里塞,心往上面跳,饭往下面咽,差点都噎着了。眼泪都快出来了。玉秀想,总算住下来了。这时候玉米的饭碗见底了,玉秀慌忙站起身,抢着去给玉米添饭。玉米搁下碗,搁下筷子,说:"饱了。"

　　住下就住下吧。虽然玉秀在这件事上没有把大姐放在眼里,说到底玉米还是对玉秀抱有厚望,先不管她。关键玉秀和郭巧巧热乎上了,这一点玉米不能接受。郭巧巧这个呆丫头不好办。玉米心里头有数,自己是怕她的。玉米谁都没有怕过,现在看起来还是栽在她的手上了。郭巧巧偏偏不是工于心计的那一路,暗地里使坏的那类。郭巧巧不是。这丫头的身上带有凶蛮暴戾的嘎小子气,一切都敢说在明处,一切都敢做在明处,这是玉米相当吃不消的。比方说,玉米刚过门的时候,郭巧巧放学了,当着机关大院里那么多的人,玉米为了显示她这个继母的厚道,立即迎了上去,接她的书包,笑吟吟地说:"巧巧,放学啦?"郭巧巧憨头憨脑地说:"呆×!"当着那么多的公社干部,太没头没脑了。玉米的脸都丢尽了。玉米在枕头上面曾经对郭家兴说过这个事,玉米说:"巧巧怎么弄的?怎么一见到我就跟见到鬼似的?"郭家兴对这个问题没兴致,随口说:"还是孩子。"玉米说:"孩子?我才比她大几岁?"但是这句话玉米没敢说出口,只是在自己的肚子里对自己说了。这么一想玉米心酸得很,自己大不了郭巧巧几岁,她成天没心没肺的,自己死乞白赖做她的

"后妈"，赔光了脸面，还落不到好。玉米看出来了，做父母的都这样，一旦死了原配，转过脸去会觉得对不起孩子，越发地娇宠，越发地放纵。玉米躺在郭家兴的身边，心里头凉了，全是怨。想来想去男人还是不可信的。趴在你的身上，趁着快活，二斤肉能说出四斤油来，下来了，四斤油却能兑出三斤八两的水。完全不是那么一回事。对谁亲，对谁疏，男人一肚子的数。男人哪，拔出来之前是一个人，拔出来之后又是一个人。这是很让人寒心的。玉米一直想和郭巧巧好好聊一回，给她把话挑明了——玉米可不指望巧巧喊她一声"妈"，玉米有这样的自知，担不起。喊"姨"总行了吧？实在不愿意，叫"姐姐"也可以，退一万步，喊一声"玉米"总是应该的。郭巧巧屁都不响一个。天天在一个屋子里头，撞破了嘴唇都不说一句话，担着"母女"的名分，还乌鸡眼，这算什么？郭巧巧偏偏不给玉米机会。除非玉米讨骂。郭巧巧的那张嘴是标准的有娘生没娘教的嘴，什么都出得来，七荤八素的。都是在哪儿学来的？玉米算是怕了。玉米有时候想，自己对"女儿"的这份孝心，就是喂一把扫帚，扫帚也该哼唧一声了。玉米深深地叹了一口气，想，后妻好做，后妈难当哪。

郭巧巧和玉米有仇。是天生的，不要问为什么，就像老鼠见到了猫，黄鼠狼遇到了狗，一见面就有。玉秀暗地里很高兴。只要有人对玉米出手，玉秀总有一股说不出的快慰，想按都按捺不住，心里头开花了，笑得一瓣一瓣的。虽说玉秀在玉米的面前还是那样谦卑，但是，终究是装出来的了，骨子里头又有了翻身闹解放的意味。郭巧巧要是喊玉秀了，玉秀并不急于答应，而是先瞥一眼玉米，很无奈地走到郭巧巧的跟前，故意弄得鬼鬼祟祟的,好像是顾忌玉米,害怕玉米,其实是通知玉米,有意识地告诉玉米,故意在玉米的眼前挖一个无底洞,让玉米猜,让玉米摸不着头绪,探不到底。这一来她和郭巧巧之间就越发深不可测了,有着隐蔽的、结实的同盟关系,是心往一处想、劲往一处使的。玉米要是盘问起来了,玉秀则特别地无知,做出一副努力回忆的样子,"没有啊","我不知道啊","人家能对我说什么呢","忘了"。玉秀又有了后台了。玉米暗地里打量玉秀的时候目光里又多了一分警惕。这正是玉秀所希望的。只要玉米还恨自己,还拿自己当一个对手,对自己心存一分警惕,说明她们还是平起平坐的。玉秀不要她可怜。这当然需要依仗郭巧巧了。玉秀想,宁可在外人面前露出贱相,反而不能在玉米面前服这个软。谁让她们是亲姊妹呢。也真是怪了。

玉秀现在的工作是伺候郭巧巧。主要是为郭巧巧梳妆打扮。郭巧巧被玉秀一撩拨,似乎突然犯过想来了:我不是男人,我也是一个女儿家呢。郭巧巧做女孩子的愿望高涨起来了。可是手拙,不会弄。玉秀当然是行家了。迫于玉米的威慑,玉秀自己不敢打扮了,却把所有的花花肠子一股脑儿放在了郭巧巧的头发上、发卡上、纽扣上、编织的饰物上。玉秀做这些事情的时候心情特别地舒畅,特别地有才华,又积极,很有成就感了。暗地里却又格外地感伤。越感伤手里的手艺却越是精细。郭巧巧的模样很快就别具一格了。要不是她的父亲是副主任,早被人骂成妖精了。至于指甲,玉秀可是花了大力气,不知道从哪里弄来了凤仙花,捣烂了,加进了一些明矾,十分仔细地敷到郭巧巧的手指甲上去,一层一层的,连脚指甲都敷上去了。玉秀用扁豆的叶子把郭巧巧所有的指甲都裹了起来，几天过后，效果出来了。郭巧巧的手指和脚趾悄悄改变了颜色。红红的，艳丽得很，剔透得很，招眼得很。举手投足都华光四射的。郭巧巧一天一个样。这变化是显著的，根本性的，可以用"女大十八变"做高度的概括。机关大院有目共睹。最显著、最根本的变化还在郭巧巧的眼神和动作上，也就是姿态上了。郭巧巧过去一直有一个毛病，特别地莽撞，像冲锋陷阵的勇士，每一个动作都是有去无回的。现在好了，眼神和手脚里头多了一分回环与婉转的余地。虽说有些做作，究竟是个女孩子了。郭巧巧经常和玉秀在机关大院里进进出出的，走路的时候两个人都偎在一起，很知心的样子，很甜蜜的样子，像一对亲姊妹了。这是玉秀所渴望的。机关大院里所有的人马上都认识玉秀了。——那就是玉秀，——那就是郭主任的小姨子，——美人坯子呢。但玉秀有几分的冷，几分的傲，并不搭讪别人。尤其在一个人走路的时候，脚步轻轻的，脑袋歪在一侧，头发盖在脸上，时常只露出半张脸，一只眼睛。有点没有来头的怨，那种恍惚的美。要是面对面碰上什么人了，玉秀会突然惊醒过来，把半面的头发捋到耳后，慢慢地冲着你笑。玉秀的笑容在机关大院里是相当出名的，很有特点，不是一步到位的那种样子，而是有步骤的，分阶段的，由浅入深的，嘴角一步一步地向后退让，还没有声音，很有风情了。是一种很内敛的风骚。浪，却雅致。

玉米都看在眼里。虽说玉秀不敢放开手脚再做狐狸精了，而从实际情况来看，吃屎的本性没变。骨子里反而变本加厉，很危险了。玉米早晚总要敲敲她的警钟。但是以她现在和郭巧巧的关系,玉米很难开口。然而,正是她与郭巧巧的关系,玉米必须开口。从结果上看,效果很不理想。姊妹重又回去了,还是"前世的冤家"。

这一天的下午学校里头劳动,郭巧巧没有参加,提前回来了。郭巧巧喊过玉秀,把家里的影集全搬了出来,坐在天井里,一页一页和玉秀翻着看。玉秀很自豪,觉得自己已经走进这个家的深处,走进隐私和秘密了。即使是玉米,她也不能享受这样高级的待遇的。玉秀看到了郭家兴年轻的时候,郭巧巧母亲年轻的时候,还有郭巧巧儿时的模样。郭巧巧既不像她的爸,也不像她的妈,集中了两个人最难以组合的部分。所以扭在脸上。玉秀看一张,夸一张,好话说了一天井。玉秀很快从影集里发现一个小伙子了,和郭家兴有点像,又不太像,比郭家兴帅,目光也柔和,像一匹小母马的眼睛,有一点湿润,却又有几分斯文,很有文化,很有理想的样子,穿着很挺的中山装。玉秀知道不是郭家兴,精气神不是那么一回事。玉秀故意说:"是郭主任年轻的时候吧?"郭巧巧说:"哪儿,是我哥,郭左,在省城的汽车厂呢。"玉秀知道了,郭巧巧还有个哥哥,在省城的汽车厂呢。正说得投机,玉米却回来了。玉米看见玉秀和郭巧巧头靠着头,捧着什么很秘密的东西,比和自己还要亲,很入神的样子。她们在看什么呢?玉米的好奇心上来了,不由自主地伸长了脖子。郭巧巧的屁股上像长了一双眼睛,玉米刚走到玉秀的身后,郭巧巧"啪"的一下,把影集合上了,站起身,屁股一扭,一个人回到了东厢房。玉秀讨了个没趣,尤其当着玉秀的面,脚底下快了,立即回到了自己的厢房。心里却不甘,立在窗口的内侧无声地打量起玉秀来了。玉秀隔着窗棂,看见玉米的脸色了,是恼羞成怒与无可奈何兼而有之的样子。玉秀没有低下眼皮,而是把眼珠子瞥到了一边,再也不接玉米的目光了,心里想,这又不关我的事。玉秀的举动在玉米的眼里无疑具有了挑衅的意味。郭巧巧却又在东厢房里喊了:"玉秀,过来!"玉秀过去了,过去以前故意摇了摇头,做出一副不情愿的样子,显然是做给玉米看的了。玉米一个人被丢在窗前,想,不能再这样了,不能允许玉秀再这样吃里爬外了。玉米忍了好久,做晚饭的时候到底去了一趟厨房,回头看一眼天井,没人。玉米用揩布假装着抹了几下,转过脸说:"玉秀,你可是我的亲妹子。"这句话过于突兀了。听上去没有一点来头。玉秀拿着勺子,望着锅里的稀饭,心里知道玉米说的是什么,听出意思来了。玉米的话虽说突兀,意思却是十分地明确的。仿佛很有力量,是一次告诫,其实软得很。厨房里的空气开始古怪了,需要姊妹两个有格外的定力。玉秀没有抬头,只是不停地搅稀饭,想了想,说:"姐,我听你的话,你让我做什么我就做什么。"话说得很乖巧,其实绵中带着刚,是得了便宜还卖乖的口吻,一口把玉米顶回去了。玉米无话了。面对郭巧巧,玉米能让玉秀做什么?玉米又敢让玉秀做什么?玉米捏着揩布,反而愣住了。兀自站立了好大一会儿,对自己说,好,玉秀,你可以,你能。这一次的冲突并没有太大的动静,然而,意义却是重大的,尤其在玉秀的这一头,有了咸鱼翻身的意思。玉米原本是给玉秀敲一敲警钟的,没想到这一记警钟却敲到了自己的头上,玉米看出来了,这个人一旦得到机会还是要和自己作对的。

每天早上玉秀都要到菜市场买菜。买完了，并不急着回去，而是要利用这一段空闲逛一逛。主要是逛一逛供销社。说起来供销社可能是玉秀最喜欢的地方了。以往进镇，玉秀每一次都要在供销社逗留好半天，并不买什么。事实上，供销社是一个很不错的歇脚处，供销社可能还是一个很不错的观光场所。那些好看的货架就不用再说了，仅仅是付款的方式就很有意思了。女会计坐在很高的地方，和每一个营业员之间都连着一条铁丝，一条一条的。铁丝上挂了许多铁夹子，营业员开了票，收了现金，把它们夹到铁夹子里去，用力一甩，"嗖"的一声，铁夹子像一列小小的火车，沿着悬浮铁轨开到会计的那边去了，稍后，小小的火车又"嗖"的一声，开了回来，带着找零和收讫的票据。神秘、深邃，妙不可言。

　　玉秀的心里一直有一个小秘密，那就是喜欢看坐在高处的女会计。从小就喜欢看，羡慕得很。那个女会计坐在那里已经很多年了，她一手的小算盘让玉秀着迷，噼里啪啦的。手指头跟蝴蝶似的，跟蛾子似的，点水而过，扑棱扑棱的。一旦停下来了，却又成了蜻蜓，轻轻地栖息在荷叶上面。那里头有一种难言的美。女会计的手成了玉秀少女时代的梦，在梦中柔若无骨。只是很可惜，那个女人不漂亮。玉秀总是想，要是自己长大了能坐在那里就好了。玉秀一定会把自己打扮得像过河而来的小花蛇，在全公社老老少少的眼里吱吱歪歪地扭动。玉秀从小其实就是一个有理想的姑娘了，有自己很隐秘的志向。玉秀相信，自己反正不会在王家庄待上一辈子的，绝对不可能在这样的一棵树上吊死。玉秀对自己的未来一直蛮有信心的。当然，玉秀的这份心思现在反而死了,那绝对是不可能的。由此看来供销社其实是玉秀的伤心地了。然而,人这个东西就是怪,有时候恰恰喜欢自己的伤心地,特别地迷恋,愿意在那里流连忘返。

玉米不喜欢玉秀游手好闲的浪荡样子,尤其是在供销社里头,发话了,不许玉秀再过来。玉秀不明白,问玉米为什么。玉米回得倒也干脆。玉米说:"不是你待的地方。"

玉米在床上的努力没有白费。房事也是这样,一分耕耘,一分收获。玉米有了。玉米没有说,但是,感觉到自己的体内发生了变化,是史无前例的。这种变化不只是多了一些什么,而是全面的,深刻的,具有了脱胎换骨的性质。玉米很安心了,在郭巧巧的面前突然多了一份气势。当然,这股子气势玉米并没有表现出来,尤其没有放在脸上,反而放到肚子里去了,变成了大度、沉着和自如。等孩子生下来了,玉米是不会再在郭巧巧的面前委屈自己的了,就算郭家兴给她撑腰也是这样。同样是郭家兴的种,他郭家兴没有理由近一个、远一个,香一个、臭一个。没这个说法。孩子抱在手上,那就由不得他们了。怎么说母以子贵的呢。现在的问题反而是玉秀。对玉秀玉米倒是要好好考察一番的。她到底拥护哪一边,站在哪一边。这是一个立场的问题,关系到她自己的前程和命运。玉米还是要做到仁至义尽。玉米的考察却很意外,玉秀却有了新动向了。这丫头现在不怎么在家里头待,动不动就要往外面跑。主要是下午。玉米知道这个小婊子耐不住的。观察了一些日子,看出眉目来了。玉秀一闲下来就要串到机关的会计室里,和唐会计又热乎上了。唐会计是一个四十开外的女同志，不过机关里的老少还是叫她"小唐"。小唐的皮肤很白，长了一张胖脸。这样的脸天生就四季如春，像风中盛开的向日葵，随时都可以笑脸相迎的样子，很讨喜的。玉秀对小唐的称呼很有意思，也喊她小唐，却叫她"小唐阿姨"，既懂事，又不拿自己见外。玉秀和小唐热乎什么呢？玉米特地追究过一次，故意拐到会计室的窗前，有了新发现了。玉秀和唐会计的面前各自放了半个西瓜，正用回形针挑着吃。西瓜籽也没有舍得扔掉，归拢在玻璃台板上。她们边吃边说，边说边笑，动静很小。虽说没有人，还是保持着一种耳语的状态。看得出，关系私密，不一般了。玉秀背对着窗户，一点都没有发现玉米的眼神有多警惕。还是唐会计先看见窗外的玉米了，立即站起身，笑着对玉米说："郭师娘，吃西瓜！"西瓜都已经吃得差不多了，唐会计这样说，显然是一句客套话了。不过玉米并没有觉得唐会计虚情假意，相反，心情陡然好了，原来机关大院里的人背地里都喊玉米"郭师娘"呢。玉米原先是不知道的。这样的称呼很见涵养了。水涨船高，玉米自然就有了摇身一变的感觉。玉米也笑起来，关照玉秀说："玉秀，什么时候带小唐到家里头坐坐。"玉米对自己的这句话相当地满意，觉得这句话说出了身份，只有"郭师娘"才能够说得出。小唐对这句话显然是受宠若惊了，一边笑，一边用舌头处理嘴里的西瓜籽，脸上笑得相当乱。

玉米在回家的路上想，怪不得这几天厨房里有炒瓜子的气味，原来是这儿来的。炒完了，玉秀好再一次跑到唐会计那边去，边嗑边聊。是这么一回事了。看起来玉秀这丫头真是一只四爪白的猫,不请自到,家家熟呢。玉秀这丫头活络得很,有头绪得很,这才几天,已经在机关大院里四处生根了。照这样下去,她这个做姐姐的还有什么用?哪里还能压得住她?这么一想玉米不免有了几分担忧,得小心了。玉米的分析可以说抓住了要害了。玉秀在小唐那里实在不是嗑瓜子、拉家常,而是有着深远的谋划。玉秀想学手艺,想把小唐阿姨的那一手算盘学到手。学好了做什么,玉秀还是很盲目的,到时候再说。毕竟一样手艺一样路,玉秀得为自己打算了。依靠玉米绝对是靠不住的。玉秀也不想靠玉米了。玉秀原计划不想和小唐把自己的想法挑明了的,怕传到玉米的耳朵里。玉米是不会成全她的。玉秀只想偷偷地看,偷偷地学。玉秀有这样的自信。以往玉秀织毛线也是这样的,平针、上下针、元宝针、螺纹针、阿尔巴尼亚针,玉秀也没有专门学过,只是静下心来,偷偷地看几眼,也就会了,手艺出来了还能胜出别人一筹。玉秀的心头有这份灵,手头也有这份巧。然而,算盘到底不一样,玉秀看了一些日子了,光听见响声,看不出名堂。没想到小唐却主动对玉秀开口了。这一天小唐突然说:"玉秀,我教你打算盘玩吧。"玉秀吃了一惊,没想到小唐说出这样的话,脱口说:"我这么笨,哪里学得上?——学了也没用。"小唐笑笑,说:"就当替我解解闷吧。"玉秀这才学了。玉秀并不贪,打算先学好加减。乘除放一放再说——玉秀算术上的乘除还没有过关呢。不过小唐阿姨都说了,加减法足够了,除法连她自己都不会,用不着的。小唐阿姨说,加上一些,减掉一些,会计就是那么一回事。玉秀听出来了,小唐这样说,说明她对玉秀的想法心里头是有数的。她不说破,玉秀自己就更没有必要说破了。玉秀学得相当好,进度特别的快。说起来玉秀读三年级的时候算术老师还教过几天算盘,老师在黑板上挂了一只很大的毛算盘,玉秀听了一节课,没兴趣,交头接耳了。玉秀想,看来学东西还是要有目的性,有了目的,兴趣就有了。小唐发现玉秀这丫头的确聪明,记性好,胶水一样粘得住东西。就说口诀,蛮复杂的,几天的工夫玉秀都记牢了,比小唐当初快多了。小唐直夸玉秀,玉秀说:"还不是师傅教得好。"碰上好徒弟,师傅的积极性有时候恐怕比徒弟还要高些。小唐让玉秀每天来,一天不来,小唐还故意弄出很失落的样子。

小唐和玉秀的师徒关系到底是附带的,主要还是朋友。小唐已经开始把玉秀往自己的家里带了。小唐的家在国营米厂的附近,走到国营米厂的院后,玉秀终于看到了机房上面的那个铁皮烟囱了,原来每天夜里蒸汽机的响声就是从这个烟囱里传出来的。烟囱里喷出一口烟,蒸汽机就"嗵"的一声。进了家小唐格外热情了,领着玉秀四处看。小唐特地把玉秀带进了卧室,着重介绍了"红灯"牌晶体管收音机、"蝴蝶"牌缝纫机和"三五"牌闹钟,都是紧俏的上海名牌。这几样东西是殷实人家的标志,也许还是地位的象征。玉秀不识货,不懂这些。小唐又不好挑明了什么,有了对牛弹琴的感觉。不过这丝毫没有影响小唐的热情,小唐一般是不和玉秀在堂屋里坐着说话的,而是在卧室,两个人坐在床沿上,小声地扯一些咸淡。玉秀也感觉出来了,她们两个人的关系发展得相当快,已经不像一般的朋友了,有了忘年交的意思。小唐连自己男人的坏话和自家儿子的坏话都在玉秀的面前说了。玉秀当然是懂事的,这样的时候并没有顺着小唐,反而替小唐的男人和小唐的儿子辩解,说了几句好话。小唐很高兴了,极其懊恼地叹息:"嗨,你可不知道他们。"其实都是扯不上边的,玉秀都没有见过他们的面。这一天下午玉秀终于在小唐的家里见到小唐的儿子了。玉秀吃了一惊。小唐的儿子居然是一个大小伙了,高出玉秀一个头,很硕健,却有一种与体魄不相称的腼腆。小唐老是在玉秀的面前"小伟""小伟"的,玉秀还以为"小伟"是个中学生呢。人家已经是国营米厂的工人了,还是基干民兵呢。小唐把"高伟"叫到玉秀的面前,很上规矩地说:"这就是玉秀。"玉秀注意到,小唐说这句话的时候完全不再是机关里的"小唐",而是很讲家道,很有威严的。小唐随即换回原来的口气,对玉秀说:"这就是我那呆儿子。"小唐这种口吻上的变化让玉秀有点别扭,就好像玉秀真的和她一个辈分,成了高伟的长辈了。玉秀一阵慌,总算是处惊不乱,说:"阿姨你瞎说什么,人家哪里呆。"小唐接过玉秀的话,对高伟说:"小伟,人家玉秀替你说过不少好话呢。"不说还好,小唐这么一说玉秀真的是无地自容了。高伟显然很害怕女孩子,局促得很,脸都憋红了,又不敢走。而玉秀的脸也红了。玉秀低下头,心里想,小唐在家里肯定不是机关里的样子,肯定是大事小事都不松手,说一不二的,儿子都被她管教成这种样子了。小唐的这一点给了玉秀完全崭新的印象。

　　小唐虽说行事机敏,不落痕迹,不过玉秀还是看出来了,小唐有撮合自己和高伟的意思。玉秀还在那里自作聪明,想偷偷地学小唐的算盘手艺。其实小唐的网张得更大,已经把玉秀一股脑儿都兜进去了。从一开始便钻进套子的就不是小唐,而是玉秀自己。玉秀想,到底是镇上的人哪。高伟的模样还是说得过去的,关键是,人家是工人,能和高伟那样的小伙子撮合,玉秀其实是求之不得的。当然了,自己也是配得上的。然而,玉秀自己知道,自己毕竟被男人睡过了,有最致命的短处。小唐阿姨现在什么都不知道,万一将来知道了,退了亲,那个脸就丢大了。这么一想玉秀突然便是一阵心寒。玉秀想,自己也这个岁数了,难免会有人替你张罗婚姻方面的事。还麻烦了。玉秀不免有些恐慌,一下子恍惚了。

玉秀一夜都没有睡好。夜深人静了,断桥镇的夜间静得像一口很深的井,真的是深不见底。这一来国营米厂蒸汽机的声音突出来了。蒸汽机不像柴油机,响声并不连贯,而是像锤子,中间有短暂的间隙,"嗵"的一下,又"嗵"的一下。玉秀平时蛮喜欢这个声音的,因为隔得比较远,并不闹人,睡得迷迷糊糊的时候,反而是个伴,有了催眠的功效,让人睡得更安稳,更踏实。可是这一夜不一样了,蒸汽机的声音一直在她的耳边,锤她的耳朵。玉秀想,还是把自己的实情全都告诉小唐吧,要不然,掖掖藏藏的,哪一天才是尽头?转一想玉秀便骂自己二百五了,一旦说出去,她什么都完了。事情黄了不说,还白白地送给别人一个把柄。不能够那样。这方面的苦头玉秀在王家庄算是领教了。再说了,小唐阿姨只是这个意思,人家并没有把话挑白了,你躯巴巴地发什么骚?

一起床玉秀就倦怠得很,拿定了主意,以后不打算再到会计室去了。玉秀想了想,这样也不妥当,还是要去。人家小唐只是流露了这个意思,并没有正式给自己提出来,自己先忸怩起来,反而说明自己都知道了。不等于不打自招了？那样不好。一旦把事情推到明处，反而进也不是，退也不是，更加难办了。还是装糊涂吧。玉秀想，就凭自己现在的状况，哪里还敢有那样的心。配不上的。被人嚼过的甘蔗谁还愿意再嚼第二遍？直到这个时候玉秀才算是对自己有了最为清醒的认识，作为一个女孩子，自己已经很不值钱了。这个无情的事实比自作自贱还让玉秀难过。玉秀对自己绝望了。这份凄楚可以说欲哭无泪。玉秀一侧脑袋，对自己说，不要想它了吧。

玉秀还是到会计室去了。想来想去玉秀还是愿意赌一把，押上去了。再怎么说这也是自己的一个机遇，要把握好的。前往会计室之前玉秀精心打扮了一回，还鬼使神差地拿了郭巧巧的两只红发卡，对称地别在了头顶的两侧。玉秀花枝招展却又默然无声地来到小唐阿姨的面前，想做出一副若无其事的样子，却有了弄巧成拙的感觉。很别扭。脸上的笑容来得快，去得也快。所以玉秀几乎没有说上几句话，闷着头只是拨弄算盘。总是错。唐会计望着玉秀头上的红发卡，心里头有底了，说明玉秀这丫头什么都知道了。这丫头不笨，响鼓到底是不用重槌的。小唐的心里发出一丝冷笑，对自己说："呆丫头，你打扮给我看又有什么用！"小伟的事这一回看起来是八九不离十了。遗憾当然也是有的，那就是这丫头的农村户口。再怎么说，农村户口到底还是低人一等的。不过转一想，小伟要是能娶上郭主任的小姨子，她小唐好歹和郭主任沾亲带故了。这是很好的。小唐突然犯过想来了，自己还高出郭主任一个辈分呢。这么一想小唐来了几分精神，都有点紧张了。——这可怎么说的呢，——这可怎么好呢。

　　事态安静了一些日子。玉秀除了算盘上有所进益,各方面都没有什么实质性的进展。不过小唐不想拖了,得找个机会给小伟和玉秀挑开了。只要挑开了,小唐就可以抽身了。儿孙自有儿孙福,他们自己的事,他们自己去消受。重要的是让他们自己点破了。男男女女的,总是捉迷藏也不是事。要趁热打铁。"趁热打铁才能成功",《国际歌》正是这样唱的,可见国际上都是提倡趁热打铁的。小唐又把玉秀喊到家里去了。玉秀面有难色的样子,知道这一回是什么意思了。一下子有点吃不准。小唐却不由分说,拉过来就走。小唐是过来人了,懂得这个,女孩子哪里能不忸怩一下子? 所以要强迫。女孩子的这种事就这样,你越是强迫,她越是称心如意。小唐这一次选择的路线没有从外面绕,而是直接从国营米厂的里头穿了过去。国营米厂一半的地盘都是宽敞的砖瓦房,其实就是盛大米的仓库了。玉秀望着这些青砖青瓦、红砖红瓦的房子,感受到国营米厂辽阔的气派。小唐自言自语地说:"老高就在这里头。"玉秀知道,"老高"正是高伟的父亲、小唐的男将了。"老高不是一把手,"小唐放慢了脚步,轻声说,"不过呢,老高在厂里说出的话,不亚于一把手的分量。"玉秀一听到这句话心里头突然便是一阵紧。以小唐说话办事的风格,玉秀猜得出,这句话已经有了很明确的暗示性了,其实已经把自己牵扯进去了,却又是很直接的,关系到自己的前程了。小唐表面上说的是老高说话的分量,而在玉秀听来,小唐的话才更有分量,具有掌握命运的能力。玉秀想,机关到底是一个不一般的地方,每一个人都有能力决定别人的一生。

玉秀的呼吸都有一点急促了，脑子转得飞快，都是自己和国营米厂之间的可能性。玉秀稀里糊涂的，走进了小唐的家门。高伟在家，显然在等待了。这是玉秀预料之中的。因为预料到了，玉秀并没有过分地慌张。高伟可能等得时间长了，按捺着一股焦虑，反而窘迫得很，有些受罪的样子。比较下来还是玉秀大方，具有驾驭自己的能力。高伟面南，玉秀朝北，在堂屋里坐下了，小唐脸对着东，陪着，说了几句不着边际的闲话。气氛相当地轻松，却又出奇地紧张。就这么枯坐了片刻，小唐似乎想起什么了，站起身，说："怎么忘了，我去买个西瓜回来。"玉秀看见小唐站了起来，也跟着起身了。小唐一把摁住玉秀，说："你坐！你坐你的！"小唐拿了一只尼龙网兜，窝在手心里头，转身便往门口跑。小唐都已经出门了，却又回过身来，把两扇大门掩上了。玉秀回过头，正好和小唐对视上了。小唐让开目光，对着高伟笑得相当地特别，是做母亲的特有的自豪，那种替儿子高兴的样子。小唐说："你们聊，你们聊你们的。"屋子里只剩下玉秀和高伟了，除了蒸汽机，四处静悄悄的。这阵安静很突兀，很特别，有了胁迫的劲道。玉秀和高伟对这样突如其来的安静显然缺少准备，想摆脱这种安静，却无从下手。空气骤然严峻了。高伟的脸上涨得厉害，玉秀也好不到哪里，想说话，一时不知道嘴巴在哪儿。高伟都有些吓坏了，很莽撞地站起来，说："我，我……"却又说不出什么，只有越来越粗重的喘息了。玉秀不知道怎么弄的，突然想起大草垛旁边混乱的喘息声，想起自己被强奸的那个夜晚了。高伟迈开了脚步，可能是想去打开门，却像是朝玉秀的这边来了。恐惧一下子笼罩了玉秀。玉秀猛地跳起来，伸出胳膊,挡在那儿,脱口说:"别过来!别过来!"玉秀的叫喊太过突然,反过来又吓着高伟了。高伟不知所措,脸上的神情全变了,只想着出去。玉秀抢先一步,撒腿冲到了门口,拉开门,拼了命地逃跑。慌乱之中玉秀却没有找到天井的大门,扶在墙上,往墙上撞,不要命地喊:"放我出去!"小唐走出去并不远,听到了玉秀的尖叫声,立即返回来了。小唐一进天井就看见玉秀扶在那里拍墙,却不知道发生了什么。小唐把玉秀拉到门口,玉秀夺门而逃,只留下高伟和他的母亲。高伟怔怔地望着他的母亲,好半天才说:"我没有。"是那种强烈的申辩。高伟极其惭愧地说:"我没有碰她。"小唐把她的儿子拉进堂屋,左右看了几眼,家里没有发现什么异样。小唐想了想,胆小如鼠的儿子说什么也没那个胆子碰她的。他要有那份胆,倒好了。可怎么会这样的呢?小唐坐下来,跷上腿,一巴掌把手里的尼龙网兜拍在桌面上,说:"别理她!我早看出来了,这丫头有癔症!——农村户口,还到我家里来假正经!"

玉秀恨死了自己,弄不懂自己怎么会那样的。好好的一条路硬是让自己走死了。连算盘也学不成了。玉秀伤心得很。小唐阿姨对自己这样好,闹出了这样的动静,往后在小唐阿姨的面前还怎么做人。再也没有脸面见人家了。玉秀越想越怕见小唐阿姨了。出乎玉秀的意料,第二天买菜的时候居然就遇上了。看起来是小唐阿姨故意守着自己的了,要不然怎么就那么巧。玉秀想躲,没有躲掉,反而让小唐叫住了。玉秀怕提昨天的事,想把话岔开来,小唐却先说话了,脸上的笑容也预备好了,说:

"玉秀,中午吃什么呢?"玉秀还没有来得及回话,小唐顺便拉过玉秀的菜篮子,玉秀的篮子里还是空的。小唐关照说:"天热了,韭菜也老了,别再让郭主任吃韭菜了,郭主任的牙可不好。"玉秀想起来了,姐夫每天刷牙的时候都要从嘴里抠出一些东西来,看起来是假牙了。玉秀"唉"了一声,直点头,笑。小唐阿姨的脸上很自然,就好像根本没有昨天的事,从来都没有发生过。看起来小唐阿姨不会再提昨天的事了,永远都不会再提了,这多少让玉秀有些释怀。不过玉秀很快发现小唐的嗓子比平时亮了一些,笑容的幅度比以往也要大,就连平时不太显眼的鱼尾纹也都出来了。玉秀知道了,小唐对自己这样笑,显然是故意的了,分明是见外了。和她的关系算是到头了,完了。玉秀也只好努力地笑,笑得却格外吃力,都难过了。玉秀匆匆告别了小唐,站在韭菜摊子的面前,却发起了傻。玉秀很意外地从菜场的混乱之中听到了国营米厂蒸汽机的声音。这刻儿听起来是那样的远、那样的不真实。难言的酸楚和悔恨涌上来了。玉秀憋住泪,弄不懂自己昨天到底吃错什么药了!搭错什么筋了!少了哪一窍了!发的哪一路的神经病!好好的一条路硬是让自己走死了。连算盘也学不成了。玉秀恍恍惚惚的,丢下韭菜,一个人走到了小街的最南端。断桥镇的南面是一片阔大的湖,湖面上烟波浩渺,一路看不到头的混沌模样。玉秀想,这样也好,还是这样干净,本来也不是你的,无所谓了。就算是做了高伟对象,万一被人家知道了那件事,到时候还是麻烦。玉秀对自己说,别费劲了,就这样了。只是有一点,玉秀怎么弄也弄不明白,什么都想开了,怎么反而更难受的呢。这个世上还有什么能够换回玉秀的女儿身呢,要是能换回来,玉秀就是断了一条胳膊都愿意,就是抠了一只眼睛也行啊。

　　玉米怀上孩子,原计划再过些日子告诉郭家兴的,家里头却不太平了。郭巧巧和郭家兴闹了起来。天天吵,却没有结果。依照郭家兴的意思,郭巧巧高二毕业之后还是下乡插队的好。带头送女儿下乡,他这个做父亲的脸面上好看,在机关里头也好说话了。到乡下去锻炼一两年,有个好基础,履历上过得硬,将来到了哪里都方便,年轻人还是要有远大理想的。郭家兴反反复复讲这个道理,可以说苦口婆心了。郭家兴拿郭左做例子,郭左当初就是先插队,先做知青,利用做农民的机会入了党,后来招工了嘛,到大城市的国营厂去了嘛。郭巧巧不听。郭巧巧前些日子看了一部关于纺织女工的电影,被电影上花枝招展的纺纱女工迷住了,中了邪了,一门心思要到安丰公社的纺纱厂去做纺纱女工。一个小集体的社办厂,又是纺纱,弄不好就是一身的关节炎。有什么去头?还有一点是郭家兴说不出口的,安丰公社到底不是断桥镇,不归郭家兴领导,将来终究是有诸多不方便的。玉米反而猜出这一层意思来了。但是玉米没插嘴。郭巧巧的事,玉米多一事不如少一事。郭家兴坐在堂屋的藤椅上,不说话了;郭巧巧站在东厢房的房门口,也不说话了。就这么沉默了好半天,郭家兴接上一根飞马烟,说:"先去插队,哈,思想上通了没有?"郭巧巧倚着门框,憨头憨脑地说:"没有!我下了乡,万一你手里没权了,谁还来管我?我还不在乡下待上一辈子!"这句话玉米听见了,心口咯噔了一下。玉米想,看起来郭巧巧这丫头还是有几分长远眼光的，并不像看上去那么傻。郭家兴没有料到自己的女儿会说这样的话。这是什么话嘛！郭家兴对着桌面"啪"的一巴掌，动了大怒了。玉米愣了一下，又想，郭巧巧还是个傻丫头，做官的人最忌讳人家说他"万一""没权"了。怎么能这么说呢。玉米听见郭家兴把藤椅推开了，用指头点着桌面，"笃笃笃"的。郭家兴憋了好大一会儿，大声说："红旗是不会倒的！"话题一旦扯到"红旗"上头，态势当然很严峻了，玉米都有点怕了。郭家兴从来没有这样大声地说过话，看来生的不是一般的气。堂屋里又是很长的寂静。郭巧巧突然关上东厢房的两扇房门，"咚"的一声，"咚"的又一声。东厢房里接着传出了郭巧巧的大嗓门："我看出来了，妈死了，你娶了小老婆，变得封资修了！为了讨好小老婆，想把我送下乡！"玉米听得清清楚楚的，心里说，这丫头蛮不讲理，好好的把我扯进去！郭家兴脸色铁青，又起了腰，一个人来到了天井，突然看见玉秀正在厨房里悄悄地打量自己。郭家兴看了玉秀一眼，伸出手指头，隔着窗棂给玉秀颁布了命令："不许再为她搞后勤！大小姐派头嘛！剥削阶级作风嘛！"玉秀的脖子一下子吓短了。小快艇的司机恰恰在这个时候推开天井的大门，看见郭主任生气，站在一边等。郭巧巧却从东厢房里冲了出来，对司机说："走，送我到外婆家！"司机还在那里等。郭家兴似乎想起什么了，大声对郭巧巧说："还有毕业考试呢！"口气却已经软了。郭巧巧没有搭理，拉起司机便走。司机不停地回头，郭家兴无力地对他挥了挥手，司机这才放心地去了。

郭巧巧走了，司机走了，院子里顿时安静下来了。很突然的样子。郭家兴站在天井,大口大口地吸烟。玉米悄悄跟出来,站在郭家兴的身边。郭家兴又叹气,心情很沉重了。郭家兴对玉米说:"我一直强调,思想问题不能放松。你看看,出问题了嘛。"玉米陪着郭家兴叹了一口气,劝解说:"还是孩子。"郭家兴还在气头上,高声说:"什么孩子? 我这个岁数已经参加新民主主义革命了嘛!"玉秀隔着窗户,知道玉米这刻儿一定是心花怒放了。可玉米就是装得像,玉米就是敛得住。玉秀想,这个女人像水一样善于把握,哪里低,她就往哪里流,严丝合缝的,一点空隙都不留。玉秀还是佩服的,学不上的。玉米仰着头,望着郭家兴,一直望着郭家兴,眼眶里头满满贮满泪光了,一闪一闪的。玉米一把捱住郭家兴的手,捂到自己的肚子上去,说:"但愿我们不要惹你生气。"

方向在任何时候都是重要的,不能出半点错。比方说,马屁的方向。玉秀现在已经深切地感受到这一点了。自从来到断桥镇,她小心翼翼地在郭巧巧的身上为人民服务,可以说全心全意了。现在看起来宝押得不是地方,还是得不偿失了。玉米怀上了,在家里的地位稳中有升,看起来往后的日子还是要指望玉米了。郭巧巧再霸道,在这个家里终究不能长久,玉秀真是昏头了,怎么就没有想到呢。拍马屁真是太不容易,光靠不要脸皮显然不够。政策和策略是马屁的生命。这个策略就是方向。玉秀不能再迷失了。既然郭巧巧都离开这个家了,路只有一条,迷途知返,回头才有岸。玉秀要回过头来再巴结玉米。

但是,隔夜饭不香,回头草不鲜。玉米对玉秀的马屁显然不领情了。最明显的例子就是盛饭,郭巧巧离家之后,玉米拒绝了玉秀的伺候,什么事都自己动手,平时也不怎么搭理玉秀。这对玉秀的威慑力相当巨大了。玉秀的感觉非常坏,好像是被清除出队伍了。不过这一回玉秀倒没有怪玉米,说到底还是自己错了,站错了队伍,认错了方向,伤了大姐的心。玉米对自己这样失望,也是报应,不能够怪她。玉秀想,自己还是要好好表现,少说,多做,努力改造,争取在大姐面前重新做人。只要重新做人了,大姐一定会消气的,一定会原谅的,一定会让自己伺候她的。怎么说都是嫡亲的姊妹,玉秀有这个信心。

　　玉秀的想法当然是很好的,策略上却还是不对路子。玉米这样给她脸色,是希望玉秀能够自我检讨,当面给她认个错。说到底是要让玉秀当面服了这个软。主要是态度。所谓态度,就是不要考虑自己的脸面。只要玉秀的态度端正了,玉米不会为难她,还是她的大姐姐,她还能够在这个家里头住下去。玉秀偏偏就没有留意到这一层,主观上想做出痛改前非的样子,而实际上却成天拉了一张寡妇脸。这在玉米的眼里是很不好的,有了抗拒的意思,有了替郭巧巧抱不平的意思,显然是顽固到底了。玉米对自己说,那好,到了这个份儿上你还死心塌地,那就别怪我给你颜色。玉米的脸上不是一般的凌厉了。反正郭巧巧不在,玉米放碗搁筷都带上了动静,每一巴掌都带上了镇压的力度。家里的气氛一天比一天凝重了。玉秀就是找不到出路。一天,又一天,又一天。玉秀慢慢地吃不消了。不敢多说话。心情越沉重,看上去越发像抗拒。认错实在是不容易的,你首先要搞清楚你的当家人喜欢什么样的方式。方式对了,你的"态度"才算得上"端正"。

摊牌的日子终于来临了,玉秀还蒙在鼓里。这一天郭家兴到县城去开会,家里头一下子空了,只留下了玉米和玉秀。家里没有一点动静,有了短兵相接的压迫性。吃完了早饭,玉米突然喊玉秀的名字。玉秀在厨房里答应过,匆匆赶到堂屋,十个手指头都还是汤汤水水的。一进门架势就很不好。玉米坐在藤椅上,姐夫固定不变的那个座位。玉米跷上腿,不说话,玉秀的心里很沉重了。玉秀站到玉米的面前,玉米却不看她,只是望着自己的脚。玉米从口袋里掏出钱包,拿出两块钱,放在桌面上,说:"玉秀,这是给你的。"玉秀望着钱,松了一口气,有了峰回路转的好感觉,说:"大姐,我不要。我伺候大姐怎么能要钱。"话说得很得体了。玉米却没有理她的茬,又拿出一张十块的,捻过了,压在两块钱的边上,说:"你把这十块钱带给妈妈。"玉米丢下这句话,一个人朝卧室里去了。玉秀一个人站在堂屋,突然明白过来了,"把钱带给妈妈",这不是命令玉秀回王家庄是什么?玉秀一阵慌,跟在玉米的身后,跟进了卧室。玉秀脱口说:"姐。"玉米不听。玉秀又喊了一遍:"姐!"玉米背对着她,抱起了胳膊,眼睛望着窗户的外头。玉秀到底冷静下来了,说:"姐,我不能回王家庄了,你要是硬逼我回去,我只有去死。"玉秀究竟聪明,这句话说得也极有讲究。一方面是实情,一方面又是柔中有刚的,话说得虽然软,甚至带有哀求的意思,可是对自己的亲姐姐来说,却又暗藏了一股要挟的力量。玉米回过了头来,面带微笑了,客客气气地说:"玉秀,你去死。我送你一套毛料做寿衣。"这样的回答玉秀始料不及,傻了,虽然愤怒,更多的却是无地自容,羞煞人了。玉秀愣愣地望着她的大姐。姊妹两个就这么望着,这一次的对视是漫长的,严酷的,四只眼睛一眨都不眨,带上了总结历史和开创未来的双重意义。玉秀的眼睛终于眨巴了,目光开始软了,彻底软了,一直软到心,软到了膝盖。玉秀"咕咚"一下,给玉米跪下了。玉秀是知道的,跪这个东西是永久性的,下去了,就上不来了。你永远比别人矮了一截子了。玉米还是不说话。玉秀跪在玉米的跟前,眼泪早已经汪开来了,对着玉米的脚背胡乱便是一顿磕。时间过去很久了。玉米放下胳膊,蹲下来,一只手抚在了玉秀的头上,慢慢地摸,一圈又一圈地摸,玉米的眼眶里头一点一点地湿润了,涌上了厚厚的泪。玉米托起玉秀的下巴,说:"玉秀,你怎么能忘了,我们才是嫡亲的姊妹。我才是你嫡亲的姐姐。"分外地语重心长了。慢慢把玉秀搂进了怀抱。话已经说到这个份儿上了,玉米决定打开天窗说亮话了。玉米断断续续的,有句无章的,从自己相亲的那一天说起,一直说到如何盘算着把玉秀接过来,如何才能让玉秀在镇上混出一副模样。玉米越说越伤心,眼泪一行一行的。玉米说:"玉秀,弟弟还小,她们几个一个都指望不上,姊妹几个就数你了。你怎么能不知道大姐的心哪?啊?还这样妖里妖气的?啊?还和大姐作对,啊?!"玉米的话里有了几分的凄凉了。玉米说:"玉秀,你要出息。一定要出息!给王家庄的人看看!你可不能再让大姐失望了。"玉秀仰着头,望着她的大姐,从心窝子里头发现自己真的不如大姐,辜负了大姐,对不起大姐了。玉秀"哇"的一声,哭出了声来,说:"姐,我是个吃屎的东西。我对不起你。"玉米说:"你的心里怎么能没有家?啊?——不是这个家,是我们的那个家。"玉秀放开大姐的腿,静静地听,早已是泣不成声了,心中充满了惭愧和悔恨,感到自己这一次真的长大了,是个大人了。玉米暗地里下定了决心,这一次说什么也不能再让大姐失望了。玉秀一把扑在玉米的怀里,发誓了:"姐,都是我错了。我再也不会让大姐失望了。我要是再对不起大姐就不得好死。"

　　星期天的正午太阳特别地火爆,玉米决定把家里的棉衣曝一曝。棉衣在衣柜里毕竟经历了梅雨季节,为了防霉,讲究的人家还是要在夏天的大太阳里出出潮。玉秀又是翻箱又是倒柜,衣裳挂了一天井,花花绿绿的,满天井都是樟脑丸子的味道。玉米以往倒是很喜欢樟脑的气味的,今年却有些特别,闻不来了。玉米想,看来还是害喜的缘故,所有的气味都不大对路,怪怪的。玉米坐在堂屋,把手放在自己的肚子上,心里头对自己产生了一丝怜惜,很满意了,有一种取得最后的胜利才有的感觉。看起来玉米还是笑到了最后了。底下的事情就是如何开动郭家兴,如何安置玉秀了。玉米整个下午都坐在郭家兴的藤椅子上,似睡非睡,一边摇着芭蕉扇,一边眯着眼,含含糊糊地打量一天井的衣裳。玉米后来闭上了眼睛,扇子也掉在了地砖上。玉秀连忙走上来,替玉米扇了一会儿风。玉米小睡了几分钟,又醒了,想,日子不算好,也算是眉清目秀了。那就安安静静地怀孕吧,闲着也是闲着。

　　玉秀不停地来到烈日底下,阳光晃晃的,又猛烈又刺眼。玉秀眯起眼睛,这里翻一下,那里翻一下。动作相当地轻快。人站在衣服堆里，是那种很厚实的热。玉秀能感觉到樟脑的气味蓬勃的劲头，在太阳下面热烘烘的，一个劲地弥漫。玉秀用力地嗅着樟脑的气味，有一种说不出的好心情。玉秀的好心情其实也不完全因为樟脑的气味，说到底还是因为别的。这么些年来玉秀一直和玉米较着劲，可是，给玉米跪下去之后，玉秀真的服帖了，踏实了，成了别样的快乐，别样的幸福。服帖其实也是有瘾的，服帖惯了，会很甘心，很情愿。滋味越来越好。当然，郭巧巧不在家也是一个很重要的原因，郭巧巧不回来，家里头终归是要简单一些。玉秀想，郭巧巧一时半会儿怕是回不来了，就她那脾气，不等到下乡插队的事情闹过去，怕是不会回来的。就算是回来了，离她到纺织厂的日子也不远了。这么一想玉秀感觉到往后的日子又有了盼头，嘴里都哼起曲子来了，是电影里的插曲，还有淮剧好听的唱腔。

　　下午的三点多钟天井的大门突然响了。大门原来是开着的，玉米关照玉秀，这么多的衣裳，这么高级的料子，又是府绸又是咔叽又是平绒，还有那么多的毛线，让机关里的人看见了不妥当。还是关上门，闩起来，闷声大发财的好。天井里的衣裳虽说都是郭家兴的前妻留下的，现在自然是玉米的了。这个是该派的。就算玉米不穿它们，但是，带到王家庄，尺寸改一改，姊妹几个一人一身新，终究是个去处。穿在姊妹们的身上，露脸面的当然还是玉米。她们享的毕竟还是玉米的福。天井的门响了，玉秀走上去，拉开门闩，门口却站着一个陌生的小伙子。台阶上还放了一只人造革皮包，上面印有花体的"上海"字样。小伙子很帅，有一种很有文化的气派，衬衫束在裤带的里头，口袋里头还有一支笔。衣冠齐整的,在炎热的太阳底下有一种难得的抖擞。玉秀仔细看了半天,小伙子也对着玉秀仔细看了半天。玉秀突然叫道:"大姐,是郭左回来了!"玉秀帮郭左拎回皮包,一个高高大大的小伙子已经来到屋檐底下,站在玉米的对面了。玉米望着郭家兴的大儿子,一时不知道如何开口,"哎呀"了一声,跨下来一步,又"哎呀"了一声。郭左笑着说:"你是玉米吧?"郭左的年纪看上去和玉米差不多,玉米一时有点难为情,却没想到郭左这样大方,立即拿起芭蕉扇替郭左扇了几下。这时候玉秀已经把洗脸盆端过来了。玉米连忙从水里捞起毛巾,拧成把子,对郭左说:"擦擦汗,快擦擦汗。"

郭左直接喊玉米"玉米",玉米对这样的称呼相当满意了。他这样称呼玉米,反而避开了许多尴尬,有了别样的亲和力,好相处了。郭左看上去还是要比玉米大上一两岁,名分上是母子,毕竟还是同辈。玉米喜欢。玉米当即便对郭左产生了良好的印象。玉米想,男的到底是男的。比较起来,郭巧巧这丫头嘎咕,是个不识好歹的货。郭左这样多好呢。

郭左擦完了,人更清爽了。郭左坐到父亲的藤椅里头,拿起父亲的烟,点上一根,很深地吸了一口。天井里都是衣裳,花花绿绿的。玉米吩咐玉秀赶紧收拾衣裳,自己却走进厨房了。玉米要亲手为郭左下一碗清汤面。再怎么说,自己是做母亲的,还是要有点母亲的样子。玉秀为郭左泡好茶,郭左已经坐在藤椅里头静静地看书了,是砖头一样厚的书。玉秀今天的心情本来不错,这会儿愈加特别,特别的好。一下子回到了狐狸精的光景。狐狸精的感觉真好,已经很久没有这样了。这样的心情虽说有点说不上来路,可高兴是千真万确的,瞒不住自己。玉秀的嘴上不唱了,心里头却在唱,不只是淮剧的唱腔,还带上锣鼓。怎么说人逢喜事精神爽的呢。在她忙进忙出的过程中,每一次都要瞥一眼郭左,有意无意地,瞥上那么一眼。这是情不自禁的,都有点看不住自己了。郭左显然注意到玉秀了,抬起头来看了一眼玉秀。玉秀正站在大太阳底下,这时候已经戴上了一顶草帽。宽宽的帽檐上有毛主席的题字:"广阔天地,大有作为"。郭左和玉秀对视的时候玉秀突然冲着郭左笑起来了。没有一点由头,只是抽象的高兴与热情,特别地空洞,却又特别地由衷,像是从心窝子里头直接流淌出来的。这时候太阳刚好偏西,照亮了玉秀嘴里的牙,都熠熠生光了,一闪一闪的。郭左想,这个家真的是面目全非了,一点都不像自己的家了,呈现出欣欣向荣的生气。母亲去世的时候郭左原本应当回来一次的,顺便把这些年积余下来的公休假一起休了。然而,郭家兴忙得很,母亲去世的第二天他就把尸体送进了焚尸炉。回过头来给郭左去了一封信,相当长,都是极其严肃的哲学问题。郭家兴着重阐述了彻底的唯物主义,生与死的辩证法,很有理论质量了。郭左就没有回来。郭左这一次回来倒不是因为休假,而是工伤。纠察队训练的时候脑袋被撞成了脑震荡,只能回来了。傍晚时分郭家兴下班了,父子两个对视了一下,点了一个头,郭家兴问了一两句什么,郭左回答了一两句什么,然后什么都不说了。玉秀想,这个家的人真是有意思得很,明明是一家子,却都是同志般的关系。就连打招呼也匆忙得很,一副抓革命、促生产的样子。这样的父子真是少有。

郭左哪里都没有去,整天把自己闷在家里,走走,躺躺,要不就是坐在堂屋里头看书。玉秀想,看起来郭左像他的老子,也是一个闷葫芦。不过接下来的日子玉秀很快就发现自己错了。郭左不是那样,很会说笑的。这一天的下午郭家兴和玉米都上班去了,郭左一个人坐在父亲的藤椅里头,膝盖上放了一本书。四周都静悄悄的,只有郭左手上的香烟冒出一缕一缕的烟,蓝花花地升腾,扩散,小小的尾巴晃了一下,没了。玉秀午睡起来,来到堂屋里收拾,顺便给郭左倒了一杯水。郭左看来也是刚刚午睡过的样子,腮帮上头全是草席的印子,半张脸像是用灯心绒缝补起来的。玉秀想笑,郭左刚刚抬头,玉秀却把笑容放到胳膊肘里去了。郭左有些不解,说:"笑什么?"玉秀放下胳膊,脸上的笑容却早已无影无踪,像什么都没有发生,还干咳了一声。郭左合上书,接着说:"我还没问你呢,你叫什么?"玉秀眨巴几下眼睛,漆黑的瞳孔盯住郭左,一抬下巴,说:"猜。"郭左注意到玉秀的双眼皮有韭菜的叶子那么宽,还双得特别地深,很媚气。郭左的脸上流露出很难办的样子,说:"这个困难了。"玉秀提醒说:"大姐叫玉米,我肯定是玉什么了,我总不能叫大米吧。"郭左笑起来,又做出思考的样子,说:"玉什么呢?"玉秀说:"秀。优秀的秀。"郭左点了点头,记住了,又埋下头去看书。玉秀以为郭左会和她说些什么的,郭左却没有。玉秀想,什么好看的书,这样吸引人?玉秀走上来一步,用大拇指和食指捏住书的角落,弯下腰,侧着脑袋,嘴里说:"斯——巴——达——克——斯。"玉秀看了半天,个个字都认识,却越发不知道是什么意思了。玉秀说:"是英语吧?"郭左笑笑。笑而不答。玉秀说:"肯定是英语了，要不然我怎么会看不懂。"郭左还在笑，点点头说："是英语。"郭左已经发现这个女孩子不只是漂亮，还透出一种无知的聪明劲，一股来自单纯的狡黠。相当有意思。很好玩的。

天井里还是阳光，火辣辣的。这一天的下午太阳照得好好的，天却陡然变脸了，眨眼来了一阵风，随后就是一场雨。雨越下越大，转眼已成瓢泼。雨点在天井和厨房的瓦楞上乒乒乓乓的，跳得相当卖力，一会儿工夫天井和瓦楞上都布满雨雾了，而堂屋的屋檐口也已经挂上了水帘。玉秀伸出手，去抓檐口的水帘。郭左也走上去，伸出了一只手。暴雨真是神经病，来得快，去得更快，前前后后也就四五分钟，说停又停了。檐口的水帘没有了，变成了水珠子，一颗一颗的，半天滴答一下，半天又滴答一下。有一种令人凝神的幽静，更有一种催人遐想的缠绵。雨虽然短，天气却一下子凉了，爽得很。玉秀的手还伸在那儿，人却走神了。走得相当地远。眼睛好像还看着自己的手，其实是视而不见了，乌黑的眼睫毛反而翘在那儿，过一刻就要眨巴一下，一挑一挑的，滴答一下，再滴答一下，有一种令人凝神的幽静，也有一种催人遐想的缠绵。后来玉秀突然缓过神来了。一缓过神来就很不好意思地对着郭左笑。玉秀的不好意思没有一点出处，都不知道是从哪里来的。脸却红了，越红越厉害，目光还躲躲藏藏的。内心似乎刚刚经历了一次特别神秘的旅程。郭左说："我该喊你姨妈呢。"这一说倒是提醒玉秀了，自己和郭左并不是没有关系的，是"姨妈"呢。自己才这么小，都已经是人家的"姨妈"了。只是一时弄不清"姨妈"到底是把两个人的关系拉近了还是推远了。玉秀在心里默默地重复"姨妈"这句话，觉得很亲昵,在心头绕过来绕过去的,如缕不绝的。不知不觉脸又红了。玉秀害怕郭左看见自己脸红,又希望他能看见,心口"突突突"的,无端地生出了一阵幸福,又有那么一点怅然。

话头一旦给说开了,接下来当然就容易了。玉秀和郭左的聊天越来越投机了。玉秀的话题主要集中在"城市"和"电影"这几个话题上。玉秀一句一句地问,郭左一句一句地答。玉秀好奇得很。郭左看出来了,玉秀虽说是一个乡下姑娘,心其实大得很,有点野,是那种不甘久居乡野的张狂。而瞳孔里都是憧憬,漆黑漆黑的,茸茸的,像夜鸟的翅膀和羽毛,只是没有脚,不知道栖息在哪儿。玉秀已经开始让郭左教她说普通话了。郭左说:"我也说不来。"玉秀瞥了郭左一眼,说:"瞎说。"郭左说:"是真的。"玉秀做出生气的样子,说:"瞎说。"玉秀拉下脸之后目光却是相当地崇敬,忽愣忽愣地扫着郭左。郭左反倒有些手足无措了,想走。玉秀背着手,堵在郭左的对面,身子不停地扭麻花。郭左认认真真地说:"我也不会。"玉秀不答应。郭左笑笑说:"我真的不会。"玉秀还是不依不饶。事到如此,"普通话"其实已经不重要了,重要的是这样一种对话关系。这才是玉秀所喜欢的。郭左光顾了傻笑,玉秀突然生气了,一转身,说:"不喜欢你!"

玉秀不理睬郭左,郭左当然是不在乎的。但是,还真是往心里去了。"不喜欢你",这四个字有点闹心。是那种说不出来的闹,强迫人回味的闹,熄灯瞎火的闹。郭左反而有意无意地留意起玉秀了。吃晚饭的时候还特意瞟了玉秀两眼。玉秀很不高兴,甚至有了几分的忧戚。郭左知道玉秀是孩子脾气,不过还是提醒自己,这个家是特殊的,还是不要生出不愉快的好。第二天玉米刚刚上班,郭左便把书放到自己的膝盖上,主动和玉秀搭讪了。郭左说:"我教你普通话吧。"玉秀并未流露出大喜过望的样子,甚至没有接郭左的话茬,一边择着菜,一边却和郭左拉起家常来了。问郭左一个人在外面习惯不习惯,吃得好不好,衣服脏了怎么办,想不想家。字字句句都深入人心,成熟得很,真的像一个姨妈了,和昨天一点都不像了。郭左想,这个女孩子怎么一天一个样子的?郭左闲着也是闲着,便走到玉秀的身边,帮着玉秀择菜了。玉秀抬起头,一巴掌打到了郭左的手背上,下手相当地重。甚至是凶悍了。玉秀严肃地命令郭左说:"洗手去。这不是你做的事。"郭左愣了半天,知道了玉秀的意思,只好洗手去。择好菜,玉秀把手洗干净,来到郭左的面前,伸出一只手。郭左不解,说:"做什么?"玉秀说:"打我一下。"郭左咬了咬下唇,说:"为什么呢?"玉秀说:"我刚才打了你一下,还给你。"郭左笑得一嘴的牙,说:"没事的。"玉秀说:"不行。"郭左拖长了声音说:"没事的。"玉秀走上来一步,说:"不行。"有些刁钻古怪了。郭左缠不过她,心里头却有些振奋了。真是一点办法也没有。只能打。都像小孩子们过家家了。其实是调情了。郭左打完了,玉秀从郭左的手上接过香烟,用中指和食指夹住,送到嘴边,深深地吸了一大口,闭上眼睛,紧抿着嘴,两股香烟十分对称地从玉秀的鼻孔里冒了出来。缓缓的,不绝如缕。玉秀把香烟还给郭左,睁开眼说:"像不像女特务?"郭左意外了,说:"怎么想起来做女特务?"玉秀压低了声音,很神秘了,说:"女特务多妖道,多漂亮啊——谁不想做?"都是大实话。却很危险了。郭左听得紧张而又兴奋。郭左想严肃，却严肃不起来，关照说："在外头可不能这样说。"玉秀笑了，"哪儿跟哪儿，"极其诡秘的样子，漂漂亮亮地说，"人家也就是跟你说说。"这句话有意思了，好像两个人很信赖了，很亲了，很知心了，都是私房话。玉秀突然瞪大了眼睛，紧张地说："你不会到你爸爸那里去告密吧?"郭左莞尔一笑。玉秀却十分担忧，要郭左保证，和她"拉拉钩"。郭左只好和她"拉"了，两个人的小拇指钩在一起，"一百年不变。"玉秀想了想，一百年太长了。只能重来一遍，那就"五十年不变"吧。都有点像海誓山盟了。两个人的神情都相当地满足。刚刚分开，可感觉还缠在指尖上，似有若无。其实是惆怅了。都是稍纵即逝的琐碎念头。

郭左看上去很高兴，和一个姑娘这样待在一起，郭左还是第一次。而玉秀更高兴。这样靠近、这样百无禁忌地和一个小伙子说话，在玉秀也是绝无仅有的。再怎么说，以郭左这样的年纪，玉秀一个女孩子家，怎么说是应该有几分的避讳才是。可玉秀现在是"姨妈"，自然不需要避讳什么了。顾忌什么呢? 不会有什么的。怎么会有什么呢。但是，玉秀这个"姨妈"在说话的时候不知不觉还是拿郭左当哥哥，自然多了一分做妹妹的嗲，这是很令人陶醉的。这一来"姨妈"已经成了最为安全的幌子了，它掩盖了"哥哥"，更关键的是，它同样掩盖了"妹妹"。这个感觉真是特别了。说不出来。古怪，却又深入人心。

一贯肃穆的家里头热闹起来了。当然，是秘密的。带有"地下"的性质。往暗地里钻，往内心里钻。玉秀很快就发现了，只要是和玉秀单独相处，郭左总是有话的，特别地能说。有时候还眉飞色舞的。郭家兴玉米他们一下班，郭左又沉默了。像他的老子一样，一脸的方针，一脸的政策，一脸的组织性、纪律性，一脸的会议精神，难得开一次口。整个饭桌上只有玉米给郭左劝菜和夹菜的声音。玉秀已经深刻地感受到这种微妙的状况了。就好像她和郭左之间有了什么默契，已经约好了什么似的。这一来饭桌上的沉默在玉秀的这一边不免有了几分特殊的意味，带上了紧张的色彩，隐含了陌生的快慰和出格的慌乱，不知不觉已经发展成秘密了。天知地知，你知我知的。秘密都是感人的，带有鼓舞人心的动力，同时也染上了催人泪下的温馨。秘密都是渴望朝着秘密的深处缓缓渗透、缓缓延伸的。而延伸到一定的时候，秘密就会悄悄地开岔，朝着覆水难收的方向发展，难以规整了。玉秀自己都觉得自己有点古怪了，可以说莫名其妙。郭家兴和玉米刚走，郭左和玉秀便都活动开了。最莫名其妙的还是玉秀的荒谬举动，只要郭家兴和玉米一上班，玉秀就要回到厨房，重新换衣裳，重新梳头，把短短的辫子编出细致清晰的纹路，一丝不苟的，对称地卡上蝴蝶卡，再抹上一点水，乌溜溜，滑滴滴的。而刘海也剪得齐齐整整，流苏一样蓬松松地裹住前额。玉秀梳妆好了，总要在镜子面前严格细致地检查一番，验收一番，确信完美无缺了，玉秀才再一次来到堂屋，端坐在郭左的斜对面，不声不响地择菜。郭左显然注意到玉秀的这个举动了。家里无端端地紧张了。一片肃静。空气黏稠起来了，想流动，却非常地吃力。但是紧张和紧张是不一样的。有些紧张死一般阒寂，而有些却是蓬勃的，带上了蠢蠢欲动的爆发力，特别地易碎，需要额外的调息才能够稳住。郭左不说话。玉秀也不说话。可玉秀其实还是说了,女孩子的头发其实都是诉说的高手,一根一根的,哪一根不会诉说衷肠?玉秀在梳头的时候满脑子都是混乱,充斥着犹豫、警告,还有令人羞愧的自责。玉秀清楚地知道自己又在作怪了,又在做狐狸精了,一直命令自己停下来,以玉米的口吻命令自己停下来。但是,欲罢不能。玉秀一点都不知道自己已经是情窦初开了。春来了,下起了细雨,心发芽了。叶瓣出来了,冒冒失失的。虽说很柔弱,瑟瑟抖抖的,然而,每一片小叶片天生就具有顽固的偏执,即使头顶上有一块石头,它也能侧着身子,探出头来,悄悄往外蹿。一点。又一点。

天虽说很热,郭家兴偶尔还是要和领导们一起喝点酒。郭家兴其实不能喝,也不喜欢喝。但是,一把手王主任爱喝,又喜欢在晚上召开会议。这一来会议就难免开成了宴席。王主任的酒量其实也不行,喝得并不多。但是贪,特别地好这一口,还特别地爱热闹。这一来几位领导只好经常凑在一起,陪着王主任热闹。王主任的酒品还是相当不错的,并不喜欢灌别人的酒。然而,王主任常说,一个人的能力有大小,"关键是干劲不能丢"。"喝酒最能体现这种干劲了",人还是要有点精神的。为了"精神",郭家兴不能不喝。

郭家兴最近喝酒有了一个新的特点,只要喝到那个份儿上,一回到床上就特别想和玉米做那件事。喝少了不要紧,过了量反而也想不起来了。就是"那个份儿上",特别地想,状态也特别地好。究竟是多少酒正好是那个份儿上呢,却又说不好了。只能是碰。

这一天的晚上郭家兴显然是喝到了好处，正是所谓的"那个份儿上"，感觉特别地饱满。回到家，家里的人都睡了。郭家兴点上灯，静静地看玉米的睡相。看了一会儿，玉米醒过来了，郭家兴正冲着她十分怪异地笑。玉米一看见郭家兴的笑容便知道郭家兴想做什么了。郭家兴在这种时候笑得真是特别，一笑，停住了，一笑，又停住了，要分成好几个段落才能彻底笑出来。只要笑出来了，这就说明郭家兴想"那个"了。玉米的脑袋搁在枕头上，心里头有些犯难。倒不是玉米故意想扫郭家兴的兴，而是前几天玉米刚刚到医院里去过，医生说："各方面都好。"只不过女医生再三关照"郭师娘"，这些日子"肚子可不能压"。实在憋不住了，也只能让郭主任"轻轻的""浅浅的"。玉米听懂了，脸却红得没地方放。玉米对自己说，难怪人家都说医生最流氓呢，看起来真是这样，说什么都直来直去的，一点遮拦都没有。不过玉米没有把女医生的话告诉郭家兴，那样的话玉米无论如何也说不出来的。玉米想，他反正生过孩子，应当懂得这些的。

郭家兴显然是懂得的，并没有"压"玉米，说白了，他并没有真正地"做"。然而，他的手和牙在这个晚上却极度地凶蛮，特别地锐利。玉米的乳房上面很快破了好几块皮。玉米的嘴巴一张一张的，疼得厉害，却不敢阻挡他。凭玉米的经验，男人要是在床上发毛了，那就不好收拾了。玉米由着他。郭家兴喘着气，很痛苦。上上下下的，没有出路，继续在黑暗中痛苦地摸索。"这怎么好？"郭家兴喷着酒气说，"这可怎么好？"玉米坐起来了，寻思了好半天，决定替郭家兴解决问题。玉米从床上爬下来，慢慢给郭家兴扒了。玉米跪在床边，趴在郭家兴的面前，一口把郭家兴含在了嘴里。郭家兴吓了一跳,他也算是经风雨、见世面的人了,这辈子还从来没遇过这样的事。郭家兴想停下来,身体却不听自己的话,难以遏止。而玉米却格外地坚决,格外地配合。郭家兴只有将房事进行到底了。郭家兴的这一次其实是在一种极其怪异的方式中完成的。玉米用力地抿着嘴,转过身,掀开马桶的盖子突然便是一阵狂呕。郭家兴的问题解决了,酒也消了一大半,特别地销魂,对玉米有了万般的怜爱。郭家兴像父亲那样把玉米搂住了。玉米回过脸,用草纸擦一擦嘴角,笑了笑,说:"看来还是有反应了。"

　　一早醒来郭家兴便发现玉米早已经醒了,已经哭过了,一脸的泪。郭家兴看了玉米一眼,想起了昨天晚上惊心动魄的事,有些恍然若梦。郭家兴拍了拍玉米的肩膀,安慰她说:"往后不那样了。不那样了。"玉米却把脑袋钻进他的怀中,说:"什么这样那样的,我反正是你的女人。"郭家兴听了这句话,心里头涌上了一种很特别的感动,这是很难得的。郭家兴看着玉米脸上的泪,问:"那你哭什么?"玉米说:"我哭我自己。还有我不懂事的妹子。"郭家兴说:"这是怎么说的?"玉米说:"玉秀一心想到粮食收购站去,对我说,姐夫的权力那么大,对他算不上什么事。我想想也是,都没有和你商量,就答应了。这些天我总是想,权再大,也不能一手遮住天。先把老婆安排进了供销社,又要把小姨子送到收购站去,也太霸道了。我不怕玉秀骂我,怕就怕老家的人瞧不起我,说,玉米嫁给了革委会的主任,忘了根,忘了本,嫡亲的妹子都不肯伸手扶一把。"郭家兴想起了昨天的夜里,玉米的要求说什么也不能不答应的。郭家兴侧着脑袋,眨巴着眼睛想了想,说:"过几天吧。哈,过几天。太集中了影响也不好。再等等,我给他们招呼一声。哈。"

玉秀和郭左的私下谈话戛然而止了。堂屋里安静得很。两个人谁也不会轻易开口。就好像空气里有一根导火索,稍不留神,哪里便会冒出一股青烟。这种状况不知道是从什么时候开始的。没有原因。出现了。玉秀偷偷地瞄过郭左几眼,两个人的目光都成了黄昏时分的老鼠,探头探脑的,不是我把你吓着,就是你把我吓着。要不就是一起吓着,毫无缘由地四处逃窜。不过玉秀到底还是发现郭左的心思了。玉秀昨天晚上特地看了一眼《斯巴达克斯》,郭左看到了 286 页。第二天的上午郭左一直在那里看,专心致志地,看模样,看了一个多小时。后来郭左拿香烟去了。郭左刚离开,玉秀悄悄地走了上去。拿起来一看,还在 286 页。这个发现让玉秀的心口突然便是一阵慌。看起来郭左早已是心不在焉了,在玉秀的面前做做样子罢了。玉秀想,他的心里还是有自己了。他的心里到底装着自己了。玉秀以为自己会开心的。没有。反而好像被刺了一下。玉秀蹑手蹑脚地走开了,泪水却汪了出来,浮在眼眶里头,直晃。玉秀回到厨房,一屁股坐在了床沿上。傻在了那里。

除了吃饭,玉秀不肯到堂屋里去了。怎么说自己也是"姨妈"呢。这样的局面一下子持续了好几天。一切都风平浪静的,可玉秀一直在和平静做最顽强的搏斗,这是怎样一种寂静的热烈,太要命了,人都快耗尽了。玉秀反而盼望着家里头能多出一个人,热闹一点,可能反倒真的平静了。然而,大姐和姐夫总是要上班的。他们一走家里头其实就空了，只留下郭左，还有玉秀。屋子里立刻变得像窗户上的玻璃一样静寂，亮亮的，经不起碰。除了自己的心跳，就是国营米厂蒸汽机的声音。临近中午，玉秀担心的事情到底发生了，郭左突然走进厨房了。玉秀的心口一下子收紧了，不知羞耻地狂跳。郭左来到厨房，样子很不自然。却没有看玉秀，只是静静地站了一会儿，从裤子的口袋里掏出一把翠绿色的牙刷。郭左把牙刷放在方杌子上，关照说："不要再用你姐姐的牙刷了。合用一把牙刷不好。不卫生。"郭左说完这句话便离开了厨房，回到堂屋看书去了。玉秀把翠绿色的牙刷拿在手上，用大拇指抚摸牙刷的毛。大拇指毛茸茸的，心里头毛茸茸的，一切都毛茸茸的。玉秀一下子恍惚了，带上了痴呆的症状。玉秀就那么拿着牙刷，一点都没有意识到自己已经取过牙膏了。玉秀挤出牙膏，站在床边慢慢刷牙了。神不守舍的。就那么一个动作，位置都没有换。玉米在这个时候偏偏回来了，比平时早了一个多小时。玉米走进厨房，看见玉秀正在刷牙，有些奇怪。玉秀每天早上都是从玉米的手中接过牙刷，跟在玉米的后面刷牙的。玉米把玉秀上下打量了一遍，小声说："玉秀，怎么了你？"玉秀一嘴的牙膏泡沫，吐不出来，也咽不下去，文不对题地说："没有。"玉米有些疑惑了，越发放低了声音，说："怎么又刷牙？"玉秀说："没有。"玉米警惕起来，发现了玉秀手上的新牙刷。玉米说："刚买的？"玉秀嘴角的泡沫已经淌出来了，说："没有。"玉米说："谁送给你的？"玉秀迅速地从窗口瞥了一眼对面的堂屋，说："没有。"玉米顺着玉秀目光望过去，郭左正在堂屋里看书。玉米有数了，点了点头，说："快点，做中饭吧。"

当天的晚上玉米躺在床上,很均匀地呼吸,一点动静都没有。玉米的眼睛开始是闭着的,后来郭家兴已经打起呼噜了。玉米听见呼噜慢慢地均匀了,睁开眼睛,双手枕在了脑后。玉秀让她伤心。是真伤心,伤透了心了。看起来这个贱货天生就是风流种,王连方的一把骚骨头全给了她了。这丫头扶不起来。指望不上的。这丫头走到哪里都是一个惹是生非的货,骨头轻,一见到男的就走不动路。不行,得有个了断了。这样下去绝不是事。侄子和姨妈,这是哪儿对哪儿?他们要是闹起来了,万一传出去,王家的脸还往哪里放?郭家的脸还往哪里放?瞒不住的。好事不出门,丑事传千里。不行,天一亮就叫小骚货回去。一天都不能让她待。玉米打定了主意,又犹豫了。王家庄还是不能让她回,狐狸精要是回去了,郭左再跟过去,又没人管,还不闹翻天了。这也不是办法。玉米叹了一口气,翻了一个身,头疼了。看起来只有叫郭左走了。可是,怎么对郭左开这个口呢?也不能对郭家兴说这件事,空口无凭,闹大了就不好看了。玉米想不出办法,头都大了,只好起来。

郭左还没有睡。郭左睡得晚,起得晚,每天晚上都磨磨蹭蹭的,不熬到十点过后不肯上床。玉米拉开西厢房的门,朝厨房那边看了一眼,厨房门缝里的灯光立即熄灭了。玉米知道了,就在眼皮子底下,玉秀其实天天在捣鬼呢。玉米在心里头骂了一声不要脸的东西,笑着说:"郭左,还看书哪。"郭左点上一根烟,"唉"了一声。玉米坐在郭左的对面,说:"一天到晚看,这世上哪里有这么多的书。"郭左说:"哪里。"显然是心不在焉了。玉米心里说,郭左,没想到你也是一肚子的花花肠子,这一点你可不像你的老子。玉米和郭左扯了一会儿咸淡,夜也深了,国营米厂蒸汽机的声音越来越清晰了。郭左倒是蛮和气的,和玉米一问一答的。玉米似乎突然想起了什么事,开始打听郭左中小学的同学来了。主要是男生。玉米说:"要是有合适的呢,你帮我留心一个。"郭左有些不解,只是看着玉米。玉米"嗨"了一声,说,"还不是为了我这个妹子,玉秀。"郭左听明白了,玉米是想让郭左替玉秀物色一个对象。玉米说:"只要根正,苗红,就是缺一个胳膊少一条腿也没有关系。不痴不傻就行了。"郭左直起了上身,极不自然地笑起来,说:"那怎么行。你妹妹又不是嫁不出去。"玉米不说话了,侧过脸,脸上是那种痛心的样子,眼眶里已经闪起泪花了。玉米终于说:"郭左,你也不是外人,告诉你也是不妨的。——玉秀呢,我们也不敢有什么大的指望了。"郭左的脸上突然有些紧张,在等。玉米说:"玉秀呢,被人欺负过的,七八个男将,就在今年的春上。"郭左的嘴巴慢慢张开了,突然说:"不可能。"玉米说:"你要是觉得难,那就算了,我本来也没有太大的指望。"郭左说:"不可能。"玉米擦过眼泪,站起来了,神情相当地忧戚。玉米转过脸说:"郭左,哪有姐姐糟蹋自己亲妹妹的。——你有难处,我们也不能勉强,替我们保密就行了。"郭左的瞳孔已经散光了,手里夹着烟,烟灰的长度已经极其危险了。玉米回过身,缓缓走进了西厢房,关上门,上床。玉米慢慢地睡着了。

郭左没有待满他的假期,提前上路了。郭左走的时候没有和任何人招呼,一大早,自己走了。临走前的那一个下午郭左做完了一件意料之外的事,他把玉秀摁在厨房,睡了。郭左反反复复追问过自己,是不是真的喜欢上玉秀了?郭左没有回答自己的这个问题。他回避了自己。而玉米的那句话却一点一点地占了上风:"玉秀呢,被人欺负过的,七八个男将,就在今年春上。"郭左越想越痛心,后来甚至是愤怒了,牵扯着喜爱以及诸多毫不相干的念头。似乎还夹杂了强烈的妒意和相当隐蔽的不甘。郭左就是在当天的夜里促动了想睡玉秀的那份心的,反正七八个了,多自己一个也不算多。这个想法吓了郭左自己一大跳。郭左翻了一次身,开始很猛烈地责备自己。骂自己不是东西。郭左这一个夜晚几乎没有睡,起床起得反而早了。迷迷糊糊的。郭左一起床便看见玉秀站在天井里刷牙。玉秀显然不知道夜里郭左的心中都发生了什么,刷得却格外地认真,动作也有些夸张,还用小母马一样漂亮的眼睛四处寻找。他们的目光对视了一回,郭左立即让开了。郭左突然一阵心酸。熬到下午,郭左决定走,悄悄收拾起自己的行李。收拾完了,玉秀正在天井里洗衣裳。玉秀揿着头,脖子伸得很长,而她的小肚子正顶着搓衣板,胳膊搓一下,上衣里头的乳房也要跟着再晃动一下。郭左望着玉秀,身体里头突然涌上了一阵难言的力量,不能自制。郭左想都没想,闩上天井的大门,来到玉秀的身后一把便把玉秀搂进了怀里。两个人都吓坏了。玉秀就在他的怀里,郭左很难受,难受极了。这股子难受却表现为他的孟浪。一口亲在了玉秀的后脖子上。胡乱地吻。玉秀没有动,大概已经吓呆了。玉秀的双手后来慢慢明白过来了,并没有挣扎,潮湿的双手抚在了郭左的手背上,用心地抚摸。缓慢得很。爱惜得很。玉秀突然转过身,反

过来抱住郭左了。两个人紧拥在了一起。天井都旋转起来了,
晃动起来了。他们来到厨房,郭左想亲玉秀的嘴唇,玉秀让开
了。郭左抱住玉秀的脑袋,企图把玉秀的脑袋往自己的面前挪
动。玉秀犟住了,郭左没有成功。胳膊扭不过大腿,胳膊同样扭
不过脖子。僵持了一会儿,玉秀的脖子自己却软了,被郭左一点
一点地扳了回来。郭左终于和玉秀面对面了。郭左红了眼,问:
"是不是?"他想证实玉米所说的情况到底"是不是",却又不能
挑明了,只能没头没脑地追问,"是不是?"玉秀不知道什么"是
不是",脑子也乱了,空了,身体却特别地渴望做一件事。又恐
惧。所以玉秀一会儿像"妹妹"那样点了点头,一会儿又像"姨
妈"那样摇了摇头。她就那样绵软地点头,摇头。其实是身体
的自问自答了。玉秀后来不点头了。只是摇,慢慢地摇,一点一
点地摇,坚决地摇,伤心欲碎地摇。泪水一点一点地积压在玉秀
的眼眶里了,玉秀不敢动了,再一动眼眶里的泪珠子就要掉下来
了。玉秀的目光从厚厚的眼泪后面射出来,晶莹而又迷乱。玉
秀突然哭出来了。郭左对准玉秀的嘴唇,一把贴在了上面,舌头
塞进玉秀的嘴里,把她的哭泣堵回去了。玉秀的哭泣最后其实
是由腹部完成的。他们的身子紧紧地贴在对方的身上,各是各
的心思,脑子里头一个闪念又一个闪念,迅捷,激荡,却又忘我,
一心一意全是对方。郭左开始扒玉秀的衣裳了。动作迅猛,蛮
不讲理。玉秀的脑子里头滚过了一阵尖锐的恐惧。是对男人的
恐惧。是对自己下半身的恐惧。玉秀开始抖。开始挣扎。郭左
所有的体重都没有压住玉秀的抖动。玉秀在临近崩溃的关头最
后一次睁开了眼睛,看清楚了,是郭左。玉秀的身体一下子松开

了。像一声叹息。颤抖变成了波动,一波一波的,是那种无法追忆的简单,没有人知道飘向了哪里。玉秀害怕自己一个人飘走,她想让郭左带着她,一起飘。玉秀伸出胳膊,用力搂紧郭左,拼了命地往他的身上箍。

进了九月玉米的肚子已经相当显了。主要还是因为天气,天热,衣裳薄,一凸一凹都在明处。走路的时候玉米的后背开始往后靠,一双脚也稍稍有了一点外八字,这一来玉米不管走到哪儿都有点昂首挺胸的意思了。好像有什么气焰。机关里的人拿玉米开玩笑说,"像个官太太"了。玉秀就是被玉米昂首挺胸地领着,到粮食收购站报到的。玉秀不那么精神,但好歹有了出路,每个月都拿现钱,还是很开心了。玉秀一心想做会计,玉米却"代表郭主任"发了话,"希望组织上"安排玉秀到"生产的第一线"去,做一个"让组织上放心"的司磅员。玉秀还是做了司磅员。正是九月,已经到了粮食收购的季节了,经常有王家庄的人来来往往的。玉秀每次都能看到他们。玉秀的心里一直有一点忐忑,可耻的把柄毕竟还捏在人家的手上。不过没几天玉秀又踏实了,王家庄的人一见到玉秀个个都是一脸羡慕的样子,玉秀相当地受用。玉秀在岸上,他们在船上,还是居高临下的格局。玉秀想,看起来还是今非昔比了。这么一想玉秀的身上又有了底气,他们是给国家缴公粮的,自己坐在这里,多多少少也代表了国家。

玉秀坐在大磅秤的后头,一旦闲下来了,牵挂的还是郭左。不知道他一个人在外面怎么样了。想得最多的当然还是那个下午。"那件事"玉秀其实是无所谓的,反正被那么多的男人睡过了,不在乎多一个。让玉秀伤心的是郭左的走。他不该那样匆匆离开的,那么突然,连一声招呼都没有,就好像玉秀缠着他不撒手似的。这一点伤透了玉秀的心。怎么说玉秀也是一个明白人,就算郭左愿意,玉秀也不能答应。一个破货,这点自觉性还是应该有的。怎么可以缠住人家呢。想得起来的。

最让玉秀难受的是玉秀"想"郭左。开始是心里头想,过去了一些日子,突然变成身子"想"了。玉秀自己都觉得奇怪,自己原本是最害怕那件事的,经历了郭左,又过去了这么长的时间,怎么反而喜欢了呢?都好像有瘾了。时光过去得越久,这种"想"反而越是特别,来势也格外地凶猛。都有点四爪挠心了。——可是郭左在哪儿呢?玉秀躺在床上,翻过来覆过去的。只好把枕头抱起来,压在自己的身上,这一来身上才算踏实一点了。还是不落实。玉秀不停地喘息,心里想,看起来自己真是一个骚货,贱起来怎么这么不要脸的呢。

这一天的晚上玉秀却"想"出了新花样,又变成嘴巴"想"了,花样也特别了,非常馋。馋疯了。恨不得在自己的嘴里塞上一把盐。玉秀只好起来,真的吃了一口盐了。咸得喘不过气来,却不解馋。玉秀只好打开碗柜,仔仔细细地找。没有吃的,只有蒜头、葱、酱油、醋、味精,还有香油。挑了半天,玉秀拿起了醋瓶。玉秀刚拿起醋瓶嘴里已经分泌出一大堆的唾液了。玉秀轻轻地喝了一小口,这一口是振奋人心的,一直酸到了心窝子,特别地解馋,通身洋溢着解决了问题才有的舒坦和畅快。玉秀仰起脖子,"咕嘟"就是一大口。"咕嘟"又是一大口。玉秀想,看起来自己不光是骚货，还是个馋嘴猫。难怪王家庄的老人说，"男人嘴馋一世穷，女人嘴馋裤带松。"

玉秀却一直不知道自己体内的隐秘。玉秀确信自己怀孕都已经是闭经后的第三个月了，那已经是十月中旬的事了。玉秀到底年轻，害喜的反应一直不太重，时间也短，加上刚刚到粮食收购站上班，一忙，居然就忽略过去了。按理说，玉秀第一个月闭经应该有所警觉的，可那时候玉秀满脑子都是郭左，在心里头和他说悄悄话，和郭左吵架，和解，又吵架，整天做的都是郭左的白日梦。偏偏把自己忘了。第二个月倒是想起来的，转一想，春天里被那么多的男人睡了，都没事，这一次就是郭左一个人，当然不会有问题了。人多力量大，郭左再怎么说也不会比那么多的人还厉害，不会有什么的。放心了。放心之余玉秀还对自己撒了一回娇，对自己说，怀上一个小郭左才好呢。我刚好到省城去找他。这一撒娇玉秀的心情反而好了。疑惑倒是有一些，不过玉秀坚信，没事，过几天身上一定会来。到了第三个月，都过去五六天了，玉秀终于有点不踏实了，却始终存了一分侥幸。直到玉秀确认自己怀孕之后，玉秀一边害怕，一边还是侥幸：不要紧的，会好的，过几天也许自己会掉了呢。话是这么说，其实玉秀每一天都心思沉重的，仿佛断了一条腿，每一步都一脚深一脚浅的。

十月的中旬玉秀有些着急了。玉秀不能不替自己仔细地谋划了。关键中的关键是不能让玉米知道。玉米要是知道了，那就死透了。出路只有一个，赶紧把肚子里的东西弄出去。最好的办法当然是去医院。然而，去了医院，事情终究会败露。这一来等于没去，比没去还要坏。玉秀开始考虑自行解决的办法了。
玉秀决定跳。当初在王家庄的时候，王金龙的老婆小产过的，就
因为和婆婆吵架的时候跳了一回。金龙家的在天井里拍着屁
股，又是跳，又是骂，后来"哎哟"一声，掉了。玉秀想，那就跳。
玉秀说做就做，一旦闲下来便躲到没人的地方，找一块水泥地，
一口气跳了四五十个。后来长到了七八十个，再后来都长到
一百七八十个了，还一蹦多高，又一蹦多高的。连续跳了十来天，
把饭量都跳大了，身上却没有半点动静。玉秀想，看来还是要拍
着屁股。玉秀用王金龙老婆的方法试了四五回，对泼妇的行为
彻底绝望了。玉秀只能作另外打算。又想起来了，张发根的老
婆也流过一回，是打摆子，吃了合作医疗的药，把好端端的肚子
吃没了，都三个半月了。赤脚医生说了，一定是治疟疾的奎宁片
惹的祸，药瓶子上写得清清楚楚的呢，"孕妇不宜"。玉秀的问
题现在简单了，找到奎宁片就简单了。奎宁片是常用药了，为了
找到它们，玉秀还是费了不少心思，"大姐""大姨"地交了一大
串的朋友，花了四五天的工夫，总算找到了。玉秀一大早上班拿
着了药瓶，这一回安心了，解决问题了。玉秀偷偷地溜进公共厕
所，倒出来一把，一口捂到了嘴里。因为没有水，咽不下去，只能
干嚼了。玉秀"嘎嘣""嘎嘣"的，像一嘴的炒蚕豆，嚼得满嘴的
苦，眼泪差一点掉下来。玉秀伸长了脖子，一口咽了下去。这一
口下去玉秀总算踏实了，相当高兴，坐回到磅秤的后面，和别人
说说笑笑的。一支烟的工夫药性起作用了。玉秀的嘴唇乌了，
目光也慢慢地散了，像一只瘟鸡，脖子撑不住脑袋，东南西北四
处倒。玉秀的脑子却还没有糊涂。她担心身边的人把她送进医

院,笑着站了起来。玉秀一个人走向仓库,靠近仓库的时候玉秀有些支不住了。玉秀扶着墙,慢慢摸了进去。吃力地爬上粮食堆,一倒头就睡着了。玉秀在仓库里头一直睡到天黑,做了无数的古怪的梦。玉秀梦见自己把自己的肚子剖开了,掏出了自己的肠子。玉秀把自己的肠子绕在脖子上,一点一点地挤,挤出了郭左的一根手指头。玉秀再挤,又是一根。一共挤出九根来。玉秀捧着手指头,说,郭左,都是你的,装上吧。郭左看了看,挑出来一根,拧到自己的手上去了。郭左的手上其实就缺这么一根。玉秀望着手里多出来的八根指头,想,怎么会多出来的呢?怎么会多出来的呢?玉秀很不好交代了。郭左只是看着她,不说话。玉秀急了。这么一急玉秀的梦便醒了,而郭左真的站在自己的面前。玉秀松了一口气,很开心,一蹦一跳地对郭左说,你终于回来了,我梦见你了,我刚刚梦见你了。——其实还是在梦里头。

　　玉秀一连三四天病歪歪的。几乎去掉了半条命。她在等。可内衣干干净净的,没有任何解决了问题的痕迹。看起来还是不行。玉米正怀着孩子,慵懒得很,脾气却见长了,大事小事都吆喝玉秀。玉秀小心地伺候着玉米,身子软绵绵的,相当地不听使唤。玉米的脸上不是很好了。玉秀不敢让玉米看出来。玉米要是起了疑心,那个麻烦就大了。只能硬撑,脸上还弄出高高兴兴的样子。好几回都差点支不住了。好在玉秀还是相当顽强的,居然也挺过来了。只不过内衣上还是干干净净的,太惆怅人了。

　　玉秀一天一天地熬日子,肚子终于起来了。就那么一点点,外人看不出，可玉秀自己是摸得出来的。很有名堂了。玉秀最担心的当然还是被人看出来。为了保险，刚刚进了十月，玉秀便把春秋衫早早套上了，还是厚着脸皮跟玉米讨过来的。衣服一上身玉秀便走进了玉米的卧室，站在大镜子的面前，仔细认真地研究春秋衫的下摆。下摆有些翘，玉秀不放心了，自己和自己疑神疑鬼的。玉秀挺起胸脯，抓住下摆的两只角，捏住了，往下拽。正面看了看，又转过身去，侧面看了看。放心了。然而，手一松，下摆却又像生气的嘴巴，撅了起来。为了对付这两个该死的下摆，玉秀一个人站在大镜子的面前，扭过来扭过去的，折腾了好半天。玉秀的手上突然停住了，她已经从大镜子的深处看见玉米了。玉米正站在堂屋里头，冷冷地打量镜子里的玉秀。玉秀在镜子里面专心致志，对自己挑挑拣拣的，显然是弄姿了，一定在勾引什么，挑逗什么，透出一股无中生有的浪荡气。玉米看了两眼便把她的脑袋转过去了，想说她几句的，话到了嘴边，又咽下去了。玉秀这丫头看起来是改不了了，上班才几天，又作怪了。这条小母狗的尾巴就是不肯安安稳稳地遮住屁股，动不动就翘，一逮到机会就要冲着公狗的鼻子摇，都不管露出了什么。玉米对自己说，什么毛病都好改，水性杨花这个病，改也难。

　　玉秀一直严守着自己的秘密，没料到却让小唐发现了。这个女人的眼睛真是厉害，真是毒，真的是火眼金睛。那一天中午其实挺平常的，玉秀来到机关大院的公共厕所，蹲在那里小解。小唐进来了。小唐进来得相当突然，玉秀的嘴里正衔着裤带，说是裤带，其实就是一根布条子。看见了小唐，玉秀总要招呼一下。可玉秀终究有些慌乱，一定是过于热情了，话还没有出口，嘴里的裤带已经掉进粪坑了。小唐也蹲下来了，一起扯了几句闲话，起身的时候小唐却把自己的裤带送给了玉秀。布条子不值两分钱，可到底是一份情分，所以玉秀谦让了一回，无意中却把小肚子裸露了出来。玉秀当然是高度警惕的，刚露出来，立即提了一口气，把腹部收住了。玉秀到底年轻，到底无知，自己都不知道自己的小肚子上有一道褐色的竖线，浅浅的，自下而上，一直拉到玉秀的肚脐眼。玉秀哪里能知道这一道褐色的竖线意味着什么。小唐可是过来人了，吃了一惊，一下子看清了玉秀体内的所有隐秘。小唐立即朝玉秀的脸上看了一眼。虽说极其迅速，却带上研究和挖掘的性质。有把握了。四个月左右了，看起来还是个男胎。小唐肚子里一阵冷笑，心里说，玉秀，恭喜你了。小唐斜着眼睛，责怪玉秀说："怎么不来坐了？嘴上倒甜，一天到晚阿姨阿姨的，我看你的眼里早就没我这个阿姨了。"玉秀一直赔着笑，系好裤子，一同和小唐离开了厕所，说了好多的客套话。玉秀想，自己老是躲着小唐，还是小心眼儿了，人家可能都把那件事忘了，还是拿自己当朋友的。

玉秀再一次来到会计室是一个中午。小唐要做账，在机关食堂里吃过中饭，遇见了玉秀，顺便把玉秀叫过来了。玉秀乏得厉害，想睡个午觉的。但是小唐这样热情，还是过去吧。玉秀坐在小唐的对面吃着水果糖，小唐十几分钟就把手上的活计做完了。她们又开始聊天了，口气还是和过去一样，丝毫看不出有过什么疙瘩。虽说有点困，玉秀还是很开心了。小唐还是和过去一样对玉秀蛮关心的。话说得好好的，小唐突然不说话了，沉默了好大一会儿，小唐认认真真地说："玉秀，看起来我们还是不知心，你没有拿我当朋友。"小唐的话太突兀了，玉秀得不到要领，一时摸不着头绪，不停地冲着小唐眨巴眼睛。小唐却干脆，单刀直入，提醒玉秀了。小唐说："玉秀，你要是有什么难处，不该瞒着我。——你想想，我不帮你，谁帮你？你不让我帮，我帮谁？"小唐说这句话的时候目光已经沿着玉秀的胸部往下面去了。玉秀的心口一阵狂跳，肚子上"噌"的一声，好像都被小唐的目光拉开了一道口子，秘密像肠子一样淌了出来。脸上当即失去了颜色。小唐悄悄掩上门，做好了秘密交谈的所有预备。重新回到座位的时候，玉秀早已呆在座位上了，再也不敢看小唐的眼睛了。小唐来到玉秀的身后，双手搁在了玉秀的肩膀上，轻轻抚摸了两下。玉秀的心头一热，转过身，一把抱住了小唐的腰。小唐的心里有底了。轻声问："谁的？"玉秀仰起脸，张大了嘴巴，一个劲儿地摇头，却不敢哭出声来，就那么张大了嘴巴，前所未有的丑。小唐都有些可怜她了，俯下上身，对着玉秀的耳朵说："谁的？"玉秀只顾了哭，鼻涕拉得多长，哭得都快岔气了。小唐的眼睛也红了。玉秀拉起小唐的手，已经是上气不接下气了，哀求说："姨，帮帮我！"小唐自己擦了一把泪，又替玉秀擦了一把泪，小声说："谁的？"玉秀说："姨，求求你，你帮帮我！"

小唐再也没有盘问过玉秀，这是玉秀特别感动的地方。事实上，小唐已经从多方面照料起玉秀来了。比方说，营养。小唐警告过玉秀，不管你有没有成亲，怀孕终究是女人的大事，马虎不得。事情最终如何去料理，以后再说，身体可不能垮下去。要是在这个问题上亏空了身子，落下病根，什么样的大鱼大肉都补不回来的。玉秀不住地点头。玉秀没有一点主张，所以乖得很，一心一意听小唐的话。小唐开始为玉秀补身子了,熬了鸡汤、排骨汤、鲫鱼汤、蹄子汤,偷偷地带到会计室来,命令玉秀喝。喝完了,再命令玉秀吃。小唐为玉秀补身子花了不少钱,态度上却极为严格,是慈母才有的苛求,没有半点还价的余地。小唐逼着玉秀,越是呵斥,越是显现出母亲般的疼爱了。玉秀再不懂事,在这一点上还是明白的,喝着喝着就流下眼泪了。玉秀一流泪小唐总是陪着,眼泪有时候比玉秀还要多。玉秀对自己其实不担心了,有小唐,就是有靠山了。玉秀的眼泪主要还是因为小唐。人生难得一知己。玉秀有这样的朋友,值了。玉秀对小唐的那份感恩和依恋,就是面对亲生的母亲也不一定有。小唐说了,"没事,有我呢。"就差拍胸脯了。

　　玉秀年轻,能吃,能喝,不到一个月的光景突然发现不对路子了。肚子发了疯一样,拼了命地长,一下子鼓出来一大块。肚子里的胎儿似乎也得到了格外的鼓励,开始顽皮了,小胳膊小腿的,还练起了拳脚,一不小心就"咚"的一下,一不小心又"咚"的一下。小东西的拳脚让玉秀滋生了一股说不出的怜爱,更多的却还是说不出的恐慌。肚子里的小东西那可是一个人哪。真是钻心刺骨又沁人心脾。玉秀把这个情况对小唐说了,甚至在会计室里撩起上衣,给小唐看了一眼。小唐望着玉秀的肚子,脸上也有点吃惊,叹了一口气,说:"都怪我,还是性急了,补得太早了。"这怎么能怪小唐阿姨呢。玉秀的额外进补到了这一天总算停止了。然而,肚子却像干部们的职务,上得来,却下不去了。眼见得春秋衫都遮盖不住了。好在玉秀并不笨,她找来了许多布带子,用布带子勒。玉秀十分担忧地说:"小唐阿姨,你不会替我说出去吧?"小唐生气了,背过身去,不理玉秀,又一次流下了眼泪。玉秀知道自己错了,很诚心地道了歉,劝了好半天才把小唐眼泪劝住了。

依照小唐的意思,要想真正解决问题,到医院去做了那是一定的。关键是时机。太晚了当然不好,太早了也不行。话虽然这么说,到底什么时候才算是"时机",小唐拿不准,玉秀就更拿不准了。只能听小唐阿姨的。只有隔三差五地催。催得也不能太急,太急了反倒显得信不过小唐了。小唐其实也有小唐的难处,小唐说了,好几次她都走到医院的门口了,一看见医生,又打了退堂鼓——说不出口。要是真的开了口,那还不是把玉秀卖了,"玉秀你不知道,医生的嘴巴从来都不打膏药。"这句话是合情合理的,只能说是小唐阿姨办事周到了,过门关节都想得很细。时光又拖下去一些日子,玉秀已经顾不上那些了,玉秀说:"还是告诉医生吧,迟早总要让医生知道的。"

天气一天一天地凉了,冷了。在玉秀的这一头,这差不多已经是上天的恩典了。要不是今年冷得早,玉秀说不定都已经现眼了。老天爷对玉秀看起来还是不错的,一场冬雨过后,气温骤降,这一来玉秀的黄大衣自然而然地上身了。虽说后来又转暖了几天,黄大衣终究不扎眼,并没有引起过分的盘问。没有人盘问当然好,可是玉秀心头的压力并没有减轻,相反,越发沉重了。关键是小唐的这一头指望不上了。小唐为这件事专门找过玉秀,一见面玉秀就知道大事不好了。小唐的眼皮肿得老高,把所有的情况都一五一十地给玉秀交了底。小唐到医院去过了,都找了人家院长了,刚刚开口,还没有来得及说起玉秀,院长就怀疑了。小唐说,院长问我,是不是你的儿子在外面"胡搞",把人家的"肚子弄大"了?小唐说,玉秀,我也是个做母亲的,还敢再说什么?小唐说到这里特别伤心,表现出了一个母亲的自私。她为此而内疚,难过得不敢看玉秀的眼睛。玉秀绝望了。可虽说绝望,到底还是个懂事的姑娘,非常理解小唐。再怎么说,总不能为了自己把人家的儿子赔进去。哪个做母亲的也不能。这可不是一般的事,是"作风"问题,关系到人家一辈子的前程呢。上一次在人家的家里那个样子,惊天动地的,影响很不好,都已经对不起人家了。再让人家高伟背这样的黑锅,真的要天打五雷轰的。小唐没有能够帮上玉秀,在玉秀的面前哭了好半天,一点声响都没有,脸上全是泪。玉秀看在眼里,反过来内疚了。特别地痛恨自己,可以说恶火攻心。小唐的这条路死了,玉秀的路其实也等于死了。玉秀替小唐擦干眼泪,心里想,姨,玉秀只有来世报答你了。

其实,关于死,玉秀想了也不是一两回了。死不是一条好路,但好歹还是可以称作一条路。说一万句,死终究还是一个去处。刚开始想起来的时候玉秀的确有些害怕,可是,怕着怕着,心里头一下子打开了一道门,突然不怕了。玉秀想,眼睛一闭,其实什么都不知道了。还怕什么?这么一想玉秀特别地轻松,慢慢地都有点高兴了。这真是出人意料。主意定下来之后玉秀首先想到的是机关大院里面的那口井,深得很,黑咕隆咚的。玉秀想来想去还是放弃了,觉得井里的漆黑比死亡还要瘆人。那就上吊吧。可是上吊这个法子玉秀又有点不甘。她在王家庄见过吊死鬼,尸体很难看,相当地难看。鼻孔里都是血,眼睛斜了,翻在那儿,舌头也吐在外面。玉秀不能答应。玉秀这样的美人坯子,不能那样糟蹋自己,就是做鬼也还是应该做一个漂亮的女鬼。想来想去还是水了。那就到收购站的大门口吧。那里还是不错的。宽敞,清澈。又是自己的单位,水泥码头也工整漂亮。

主意一旦定下来,玉秀反而不急着死了。趁着轻松,玉秀要好好活几天。活一天是一天,活一天还赚一天呢。就当自己已经死了。玉秀终于睡上安稳觉了,吃得也特别地香。米饭好吃,面条好吃,馒头好吃,花生好吃,萝卜好吃,每一口都好吃,什么都好吃,喝开水都特别地甜。玉秀想,看起来还是活着好。这么多的好处,以往怎么从来没有留意过呢?一旦留意了,分分秒秒都显得很特别,让你流连忘返,格外地缠绵了。真是难舍难分。这一来玉秀又有点留恋了,重又伤心了。死亡最大的敌人真的不是怕死,而是贪生。活着好,活着好哇,要不是自己的肚子不留人,玉秀"愿在世上挨,不往土里埋"。

肚子还在长。不停地长。虽说穿着黄大衣,玉秀每天早晨还是要用布带子在自己的肚子上狠狠地缠几道。不能大意。千万不能出什么纰漏的。布带子缠在肚子上,虽然不疼,有时候却比疼还要难受。主要是呼吸上头。鼻子里的气出得来,却下不去,郁在那儿,有一种说不出的苦。呼吸到底不同于别的,你歇不下来,分分秒秒都靠着它呢。玉秀的日子其实是活受罪了。不亚于酷刑。到了夜间,玉秀总要放松一下自己,悄悄地把腰里的布带子解开来。只要解开了,一口气吸到底,那个舒服,那个通畅,每一个毛孔都亲娘老子地乱叫。千金难买呀。人是舒坦了,可玉秀不敢看自己了。那哪里是肚子?那哪里是玉秀哦?可以说触目惊心。玉秀看不见自己的脚,中间没头没脑地横着一大块,鼓着,肚皮被撑得圆圆的,薄薄的,黑乎乎的,像一个丑陋的大气球,针尖一碰都能炸。肚子松开了,小东西在肚子里头也格外地高兴,不停地动。撒欢了,尥起了小蹄子。小东西顽皮得很,都会逗玉秀了。玉秀要是把手放在肚子的左侧,小东西马上赶来了,上来就是一脚,告诉玉秀,我在这儿呢。玉秀要是把手放到右侧去了呢,小东西也不闲着,立即赶到右边,又是一脚,好像在说,进来吧,到我们家来玩吧。玉秀就那么一左一右的,一前一后的,小东西忙得很,都有些手忙脚乱了。到后来小东西终于累了,不高兴了,不再理会玉秀了。玉秀在心里说,来,再来,到妈妈的这边来。玉秀一点都没有想到自己会这样说话,吓了自己一大跳。真的是脱口而出,居然称自己妈妈了。玉秀愣在那里,玉秀是叫自己妈妈了。玉秀本来就是妈妈了。玉秀的心里突然柔了,肩头无力地松了下去,陷入了自己,一个又一个的旋涡。玉秀差不多都快瘫下去了。心里想,玉秀,你也是做妈妈的人了,都有了自己的骨肉了。这么一想玉秀的心口呼啦一下收紧了,碎了。玉秀无法面对自己,没有能力面对自己。玉秀在床沿上呆了好半天,突然从床上拿起布带子,绕在了肚子上,拼了命地往里勒。往死里勒。玉秀在心里对肚子说,你再动!我叫你再动!都是你!我勒死你!

恨是恨,但爱终究是爱。都是血肉相连的。玉秀时而想着自己,时而想着孩子,时而幸福,时而揪心,弄到后来自己也不知道到底是幸福还是揪心了。没了主张了。依照玉秀原先的意

163

思,打算开开心心地等到新年,反正新年的时光也不算太长了。等过了年,心一横,一切都拉倒了。可是玉秀突然改变了主意,不想再拖了,好像也有点拖不下去了。玉秀实在是累了,都快把自己熬尽了,耗尽了。有些度日如年了。既然拖不下去了,那就不拖了吧。还是早一点了断了省事。吃过晚饭,玉秀做完了所有的家务,还哼了几句淮剧,陪玉米说了一会儿话,静静地把自己关在厨房里了。玉秀开始给自己梳头。辫子扎得特别地牢,不要风一吹,浪一打,都散了,在波浪里面疯疯癫癫的,那就不好了。玉秀料理好头发,把所有的工资用布包好了,掖在枕头底下,好让玉米替她准备几件像样的衣裳。放下钥匙,灭了灯。玉秀一个人来到了粮食收购站的水泥码头。

天已经黑透了,寒得很。收购站面前的水面相当地阔大,远处就是湖了。湖面上万籁俱寂,没有一点动静,只有一两盏渔灯,一闪一闪的。透出来的全是不动声色的凛冽。阴森森的。玉秀打了一个寒噤,沿着水泥阶梯一级一级地往下走。玉秀来到了水面,伸出右脚,试了一下,一股透骨的严寒一下子钻进了她的骨头缝,传遍了全身。玉秀立即缩回来了。玉秀没有让自己停留太久,冷笑了一声,对自己说,还好意思怕冷。死去吧你。

玉秀沿着水泥阶梯向水下走了四步。也就是四个台阶。水到膝盖的时候,玉秀停下来了。立在那里,望着黑森森的水面。什么也看不见,却有一种空洞的浩渺,一种灭顶的深。波浪小小的,拍着她的裤管,像一只又一只的小手,抓了玉秀一把,又抓了玉秀一把。玉秀突然觉得水的深处全是小小的手,整整齐齐地向玉秀伸过来了,每一只手上都长着数不清的手指头,毛茸茸地塞满了玉秀的心。玉秀一阵刺骨的怕，拔腿就上了岸了。因为肚子太大，一上岸便摔倒在水泥台阶上了。玉秀趴在地上，喘息了半天，终于站起了身，又一次走向水中了。这一次玉秀没有走得太深，脑子里复杂了，越想越恐惧。好不容易下去了两个台阶。玉秀命令自己：扑下去，你扑下去！扑下去一切都好了。玉秀就是扑不下去。死亡的可怕在死到临头。玉秀早已经是浑身哆嗦了，就希望后面有一个人，推自己一把。玉秀在水里站了半天，所有的勇气也几乎用完了，倒回到岸上。绝望了。比生绝望的当然是死，可比死绝望的却又是生。

收购站有一个秘密，那就是所有的人都知道玉秀的秘密了。这就是说，断桥镇也有一个秘密，那就是所有的人都知道玉秀的秘密了。玉秀以为别人不知道，而别人知道，玉秀却不知道别人知道。所谓的隐私，大抵也就是这样的一回事。隔着一张纸罢了。纸是最脆弱的，一捅就破；纸又是最坚固的，谁也不会去碰它。只有乡下人才那么没有涵养，那么没有耐心，一上来就要看谜底。镇上的人可不这样。有些事是不能够捅破的，捅破了就没有意思了。急什么呢？纸肯定包不住火，它总有破碎的那一天，也就是所谓的自我爆炸的那一天了。比较起被人捅破了，自我爆炸才更壮观，更好看。断桥镇的人都在等。镇上的人有耐心，不急。有些小同志绝对会有自我爆炸的那一天。等着吧，用不了几天的。人家自己都没急，你急什么。不急。

一九七一年的冬天真是太寒冷了。收购站里的情形更糟糕。太空旷了，四面都是风。中午闲下来了，年纪大一些的职工们喜欢站到朝阳的墙前，晒晒太阳。年纪轻一些的呢，不喜欢那样,他们有他们的取暖方法,一群一群地来到空地,在上面踢毽子,跳绳,再不就是老鹰抓鸡。玉秀"不会踢毽子",但是,在跳绳和老鹰抓鸡方面,玉秀是积极的,努力的,只有积极才能够显示出自己是和别人一样的,没有任何区别。玉秀很努力,但是,一旦行动起来,那份臃肿的笨拙就显露无遗了。很可爱,很好看的。跳绳的时候还稍好一点,因为跳绳是单打独斗的。老鹰抓鸡就不行了。老鹰抓鸡需要协作,你拽住我,我拽住你,玉秀夹杂在人堆里头,一比较,全出来了,成了最迟缓的一个环节,总是出问题,总是招致失败。人们不喜欢看玉秀跳绳,比较起来,还是"老鹰捉鸡"更为精彩。如果玉秀站在最后,那个热闹就更大了。沉重的尾巴一下子就成了老鹰攻击的目标,而"老鹰"并不急于抓住她,反而欲擒故纵,就在快要抓住玉秀的时候,"老鹰"会突然放弃,向相反的方向全力进攻。这一来玉秀只能是疲于奔命,又跟不上大部队的节奏,脖子伸得老长老长的。最为常见的是玉秀被甩了出去,一下子就扑在地上了。玉秀倒在地上的时候是很有意思的,拼了命地喘息,却吸不到位。只能张大了嘴巴,出的气多,进的气少,总是调息不过来。最好玩的是玉秀的起身。玉秀仰在地上,脸上笑开了花,就是爬不起来。像一只很大的母乌龟,翻过来了,光有四个爪子在空中扑棱,起不来。玉秀只能在地上先打上一个滚,俯下身子,撑着先跪在地上,这才能够起立。真是憨态可掬。大伙儿笑得很开心,玉秀也跟着笑,嘴里不停地说:"胖了,胖了。"没有人接玉秀的话茬,既不承认玉秀"胖了",也不否认玉秀"胖了"。这一来玉秀的"胖了"只能是最无聊的自言自语,没有任何实质性的意义。

临近春节,玉米腆着大肚子,带领玉秀回了一趟王家庄。时间相当地短。因为有小快艇接送,上午去的,下午却又回来了。玉米的这一次回门没什么动静,一点也不铺张,一点也不招摇。玉米甚至都没有出门。等玉米的小快艇离开石码头的时候,村里人意外地发现,玉米的一家子都出来了,全家老少都换了衣裳,从头到脚一人一身新。这个人家的人气一下子就蹿上去了。玉米不在村里,可村里的人就觉得,玉米在,玉米无所不在,一举一动都轻描淡写的,却又气壮如牛,霸实得很。这正是玉米现在的办事风格,玉米只会做,却不会说。这个风格就是此时无声胜有声了。

　　因为回了一趟家,玉米自然想起了郭巧巧和郭左。他们也该回来了。这正是玉米所担心的。郭巧巧就不用再说了。郭左呢,人倒是不错,可难免架不住玉秀这么一个狐狸精,你也不能整天看着,闹出什么荒唐的事来也是说不定的。要是细说起来,玉米对郭左的担忧反而更胜出郭巧巧一筹了。依照玉米的意思,当然是看不见他们的好。可是,这个家终究是他们的,只要他们回来,玉米也只有强颜欢笑,尽她的力量把这个后妈当好。日子一天天过去了,郭巧巧的那一头没有任何消息,郭左的那一头也没有任何消息,玉米的担心反而变味了,都好像变成企盼了。然而,反而盼不来了。令玉米奇怪的还是郭家兴,郭家兴从来都不提他们,就好像这个世上从来就没有他们。这样当老子的也实在是少有了。郭家兴不提,玉米自然更犯不着了。可玉米反倒不踏实了，老是拎在心里。到底忍不住，问了一次玉秀。玉秀拉着脸，说："他们不会回来了，郭巧巧早就到纺纱厂去了。"玉秀就说了这一句，别的什么都没有了。玉秀只说了郭巧巧，可她怎么知道"他们"都不会回来的呢。玉米还想问的，玉秀已经离开了。但是不管怎么说，玉秀的预言是正确的，都大年三十了，郭巧巧连个影子都没有，而郭左更是没有半点消息。

　　春节刚刚过去，喜讯来临了。这个喜讯不是别人带来的，而是玉米的女儿。玉米终于生了。是一个丫头。一家子都欢天喜地的。玉米的脸上也是蛮高兴的，而在骨子里头，玉米极度地失望。玉米盼望是一个男孩，没结婚的时候就痛下了这样的决心了。头一胎一定要生男的。在这个问题上玉米的母亲对玉米的刺激太大了。母亲生了一辈子的孩子，前后七个丫头。为什么？就是为了得到一个宝贝儿子。玉米时常想，如果自己是一个男的，母亲何至于那样？她的一家又何至于那样？真是万事开头难哪。看起来母亲的厄运还是落在自己的头上了。玉米躺在床上，相当怨，生女儿的气，生自己的气。却也不好对别人说出来。好在郭家兴倒是喜欢，是那种老来得子的真心喜悦。玉米想，郭家兴居然也会笑了，他什么时候对自己有过这样的好脸。这么一想玉米多多少少也有了一些安慰，母以子贵，郭家兴这般疼女儿，自己将来的日子差不到哪里去，还是值了。再接着生吧。真正让玉米觉得意外的是玉秀对小侄女的喜爱。玉秀喜欢得不行，一有空就要把小侄女搂在怀里，脸上洋溢着母亲才有的满足。玉米好好观察过的，玉秀不是装出来的，绝对不是拍自己的马屁，是打心窝子里头疼孩子。她眼睛里头的那股子神情在那儿,装不出来的。目光可是说不起谎来的。玉米想,没想到这个小骚货还有这么重的儿女心。也真是怪了。人不可貌相,还真是的呢。

玉米坐着月子,也替玉秀请了假。玉秀便专门在家里伺候月子了。反正收购站的工作也清闲下来了。说起来玉秀对孩子也真是尽心了,主要是夜里头。孩子回家之后,玉秀睡觉就再也没有脱过衣裳,玉米随叫随到。看起来这个狐狸精这一次开窍了,真是懂事了。玉米喜在心里,干脆让玉秀把床搁在了堂屋,夜里头除了喂奶,别的事情一股脑儿都交给了玉秀。主要的当然还是尿布了。玉秀对待尿布的态度让玉米非常满意。玉秀不怕脏。一个人是真喜欢孩子还是假喜欢孩子,尿布是检验的标准。什么样的脏都不怕,那才是真的、亲的。即使是做女人的,也只有亲生的孩子才能够不嫌弃。只要隔了一层,那就鼻子不是鼻子,眼不是眼了。玉秀这一点上相当好,像一个嫡亲的姨娘,许多地方甚至比玉米更像一个母亲。玉秀这丫头就好像是一夜长大了。好几次孩子把大便弄到玉秀的黄大衣上,玉秀也不忌讳,用水擦一擦也就算了。玉秀的大衣都脏得不像样子了,玉米好几次要把郭家兴前妻的呢大衣送给玉秀,劝玉秀换下来洗洗。玉秀却转过了身去,对着孩子拍起了巴掌,说:"宝宝的屎,姨妈的酱,一顿不吃馋得慌。"姊妹两个一点一点地靠近了,真的像一对姊妹了。闲下来的时候都拉拉家常了。这是前所未有的。玉米想,姊妹真是一个有意思的东西,说起来亲,其实是仇人,结了一屁股的仇,到最后还是亲。玉米和玉秀守着孩子,慢慢地都已经无话不说了。玉米甚至都和玉秀谈论起玉秀将来的婚嫁了。玉米说:"不要急,姐一直都帮你留意呢。"玉秀在这个问题上却从来不接大姐的话。玉米宽慰玉秀说:"没事的,只要是女人,迟早要过那一道关。"这已经是一个过来人的口气了。听上去知冷知暖的。玉秀好几次都被大姐的热心肠感动了,想哭。就想一头扑在大姐的怀里,把所有的故事都告诉她,伤心地哭一回。不过玉秀每一次都强忍住了。玉秀就担心自己忍不住,大姐的脾气玉秀是有数的,好起来了,是一个菩萨,真的知道了原委,翻了脸,玉米是下得了手,狠得下心的。

　　从表面上看,玉秀抱着的是玉米的孩子,而在骨子里头,玉秀还是当成自己的孩子、郭左的孩子了。这是一个迷乱的错觉,令玉秀不知所以。玉米的女儿在怀里睡得安安稳稳的,可自己的孩子呢,还没有出生,在肚子里活蹦乱跳的,其实等于死了。同样的姊妹,同样是郭家的种,没法说的。玉秀最害怕的还是抱着小侄女的时候胎动。一个在手上,一个在肚子里头,一阵一阵的,娇得很,嗲得很,刁蛮得很,老是惹着玉秀,撩拨着玉秀。玉秀在这样的时候真的是肝肠寸断了,又不敢哭,只是睁大了眼睛到处找,找什么呢?玉秀也不知道。只是找。找来找去却四顾茫茫了。四顾茫茫。

　　玉秀还是决定死。你这样死皮赖脸地活着究竟做什么?怎么就那么没有血性?怎么就那么让你自己瞧不起?死是你最后的脸面了,也是你孩子最后的脸面了。玉秀,你要点脸吧。玉秀再一次来到码头了。天气不太好,刮着很大的夜风。四周都是夜风的哨音,夜显得更凄厉,更狰狞。玉秀刚刚出门就怯了三分的胆了。尽管如此，玉秀却平静得多了。这也是一个敢死的人应该具有的态度了。玉秀站到水泥码头的水边，毕竟有了第一次的经验，玉秀并没有慌张，反而沉着了许多。一回生，二回熟，这一次看起来能成功了。玉秀想，还是先把肚子上的带子解下来吧，让小宝贝松动松动，溜达溜达，要不然也太委屈了孩子了。玉秀的前脚刚刚进水，肚子里突然一阵暴动。小东西震惊了，愤怒了，怒不可遏，摔摔打打的。玉秀收住脚，脱口说，我可怜的孩子。小东西把他所有的愤怒一股脑儿扔向了玉秀。玉秀愣在那里，铁一样的决心又软了。小东西一直在动，手脚却慢慢地轻了，像无助地哀求。玉秀感觉到自己的体内往上拎了一下，涌上来一股东西，冲向了嘴巴。玉秀"哇"的一声，吐了出来。玉秀一边呕，一边往岸上退。吐完了，玉秀的目光也硬了，直了，愤怒了。玉秀仰起头，恶狠狠地说，我就不要脸了！我就是不死！有能耐你给我下刀子！

心一旦死了，麻木了，日子反而好过了。天上不会下刀子的。就这么过吧。日子又不是磨盘，用不着你去推它的，它自己会一天一天地往前走。随它去。玉秀只是把自己当成孩子的一张床、一床被子，别的什么都不是了。玉秀想，只要别拿自己当人，神仙也不能拿你怎么样的。

转眼已经是三月了，玉秀什么都不想，人却是一天比一天困，坐在磅秤的后面都能打起瞌睡。这一天的下午父亲王连方却来到粮食收购站的大门口了。他是搭王家庄的顺便船来到断桥镇的。王连方提着人造革的手提包，来到玉秀的面前，笑眯眯的。玉秀一抬头，看见了父亲，醒了。王连方的脖子伸得很长，冲着玉秀，笑眯眯的。脸上是那种自豪的模样。玉秀再也没有料到会在这个地方看见父亲，心里头怪怪的，蛮高兴的，但是，当着身边这么多的人，却不喜欢父亲如此亲昵的样子，故意板下脸来，说："你怎么来了?"王连方也不回答，一脚站到磅秤上去，说："看看，我多重。"玉秀左右看了几眼，说："你下来。"王连方不理这一套，说："看看，我多重。"玉秀不高兴了，说："你下来。"王连方还是不下来，笑眯眯的，说："我多重?"玉秀说："二百五。"王连方笑得一脸的花，说："个死丫头。"王连方就那么站在磅秤上，回过头，很多余地对着身边的人解释说："我女儿，我的三丫头。"口气是骄傲的，同时也是慈爱的。王连方走下磅秤，发了一圈香烟，开始和玉秀的同事说起闲话了。问了问人家的出身、年纪、哪一年参加的革命、兄弟几个，姊妹几个。答案都令他满意。笑眯眯的。王连方用胳膊在半空中挥了一圈，号召大伙儿说："你们要团结!"口气已经是作形势与任务的政治报告了。大伙儿只是吸烟，不声不响地回过头来看玉秀。王连方却不动，掏出香烟，又发了一圈，笑眯眯的。

王连方住在女儿的家里，也就是机关的大院了。郭家兴一肚子的不高兴，可到底是自己的岳丈，也不好说什么。一天到晚板着一张脸。因为郭家兴的面孔平时都是板着的，反而看不出他真实的心思了。郭家兴不理他，这个无所谓，玉米也不理他，这个同样无所谓。王连方现在有外孙女了，那就和外孙女谈谈心，给她读一读《人民日报》。外孙女躺在摇篮里，慢慢习惯王连方的声音了，只要王连方读报纸的声音一停下来，她就哭，闹。

王连方一读,又好了。王连方读报纸都读成一件事了,动不动就要坐到摇篮的旁边,扬一扬手中的报纸,说:"同志们注意了哈,哎,乖,——开会了。开会了哈。"

这是一个暖和的星期天下午,玉米、玉秀、王连方正围着孩子在天井里晒太阳。郭家兴是没有星期天的,他喜欢办公室,喜欢办公桌,有事没事都在那里待着。天井里春光融融的。玉秀还是穿着她的黄大衣,都有点像"捂尸"了。玉秀的骨架子小,主要还是因为年轻,体形的变化并不大,勒得又紧,从外观上还真是看不出什么来。当然,让玉米疑心的地方并不是没有,其实还是有蛮多迹象的。比方说,有一阵子玉秀的确瘦了,有一阵子玉秀又慢慢地胖了,有一阵子玉秀特别地能吃,有一阵子玉秀总是迷迷糊糊的,睡不醒的样子,偶尔筷子掉在了地上,玉秀从不弯下腰去拣,而是从桌子上拿起一双筷子,再用手上的筷子把地上的搛过来。这些都是征兆,沿着任何一条线索都能发现问题的。玉米就是没有往心里去。关键还是脑子里头没有那根筋。许多事情就这样,事后一想,都能对得上号,越想越有问题的。玉秀能蒙混这么久,最大的问题还是天天和玉米在一起。就说玉秀的胖吧,其实玉秀比当初胖多了。可是,这种胖并不是一口吃出来的,而是循序的,渐进的,并没有突发性,带有寓动于静的特色,这就不容易了。

太阳懒懒的。晒来晒去,玉米的头皮都有些痒了。王连方还在和外孙女"开会",玉米则不停地挠头,越挠越痒。玉米想,还是洗个头吧。这个决定是心血来潮的。玉米把玉秀喊到天井里来。这丫头今天更懒,整个上午都无精打采的,一有空就躺在了床上。玉秀不是懒，而是肚子疼了。玉米让玉秀给她倒水。玉秀走路的时候脸上始终挂着痛苦的神色，像忍着什么。玉秀给玉米架好洗头盆，开始给玉米洗头了。她的两只手放在玉米的头上，三心二意的，有一搭没一搭的，手指头也不利索，一会儿特别卖力，一会儿又软绵绵的，还要停下来歇会儿。一旦停下来了，玉秀的喉咙总像是被什么堵住了，发出很困难的声音。最终又发不出什么声音了，只是不停地喘气。玉米有些不耐烦，说："玉秀，怎么啦？"玉秀没有开口，嗓子里"嗯"了一声。玉米真正发现玉秀不对头是在汰洗头发的时候。到了第二遍，玉秀本来该把脸盆里的水泼了，玉秀却没有，反而蹲下了身子，目光直直的，一动不动。嘴里的动静倒是相当大，像是被烫着了。玉米注意到玉秀的额头上挂着几颗汗珠，说："你还穿着做什么？"玉秀没有动，目光却特别地固执，慢慢地向墙边退。玉秀一到了墙边好像找到了什么依靠，歪在墙上，闭上眼，嘴巴张得大大的，还是没有一点声音。玉秀把她的双手伸到了大衣的里面去了，在大衣的里面慌乱地解，扯，拉。是一根布带子。玉秀就那么闭着眼睛，张着嘴，一点一点地把布带子往外搜，越搜越多，越搜越长，都有点像变魔术了。后来玉秀长长地出了一口气，这一次出声了。玉米听见玉秀"哦"了一声。既像痛苦不堪，又像快乐万分。随后又忍住了，没了动静。玉米发现不对头了，觉得事情大了，走到玉秀的跟前，披着头，头上不停地滴水。玉米小心地搜了搜玉秀的大衣，玉秀这一回没有挣扎。玉米厉声说："玉秀，你站起来。"玉秀强忍着，闭着眼睛光顾了扭动她的脖子。玉米一把拉起玉秀，说："你站起来。"玉秀硬撑着，站了起来。裤带

174

子已经松开了,刚刚起立裤子已经滑下去了。玉米掀起大衣,掀起玉秀的衬衣,玉秀巨大的肚子十分骇人地鼓在玉米的面前,被阳光照出了刺眼的反光。玉米失声说:"玉秀!"玉秀歪着脑袋,斜着眼睛看玉米,只顾了换气。玉秀扶着玉米,慢慢地跪在了玉米的面前,轻声说:"姐,不行了。"玉米一把揪起玉秀的头发,说:"谁的?"玉秀说:"姐,不行了。"玉米揪着头发往下摁了一把,玉秀的脸仰起来了,玉米疯狂地问:"谁的?"王连方在玉米的身后说话了,王连方说:"玉米,别问了,反正是革命事业的接班人。"

　　第二天的上午玉秀在县城的人民医院生下了她的儿子。玉米恳求医生替玉秀引产,医生却拒绝了。过了时机,这个时候引产太危险了。玉米到底是玉米,并没有乱。她捏着郭家兴写给县人民医院院长的介绍信,什么事都处理得井井有条的。但是玉米有玉米的心病,她要亲耳证实玉秀肚子里的孩子究竟是"谁的"。一路上玉米都在严刑拷问,她在小快艇上抽了玉秀十几个耳光。抽累了,又拽玉秀的头发,甚至揪下了一把。玉秀犟得很,就是不说。玉秀的两个嘴角都流血了,就连玉米都下不去手了,玉秀却死都不说。玉米一边哭一边骂:"没见过你这么贱的×!"把玉秀送进了产房之后玉米人也乏了,静静地和小快艇的司机坐在过廊的长椅上。玉米从司机的手里接过自己的女儿,叹息了两声,无力地闭上了眼睛。但是玉米的眼睛却又睁开了,回过脸来望了一眼司机,慢慢站起了身子,突然对着司机跪下了。司机吓了一跳,正想拉她起来,玉米却说话了。玉米说:"郭师傅,替我们瞒着,拜托了。求求你了。"司机连忙跪在玉米的跟前,慌忙说:"郭师娘,你放心,我以党性作保证。"玉米听到这句话,站了起来,重新坐下去,脑子里却开始盘算医生的问题:孩子生下来之后怎么"处理"呢?怎么处理呢?是男是女都还不知道呢。

究竟年轻,不到半个小时玉秀就把孩子生下来了。顺当得很。医生走到门口,拉下脸上的大口罩。玉米走上去,一把拉住医生的手,问:"男的女的?"医生说:"男的。"玉米不说话了,心里滚过一阵难言的酸楚。玉米对自己说:"下作的东西,你倒有本事。"医生望着她,还在那里等。玉米的嘴唇动了几下,叹了口气说:"还是送了吧。"一切都关照好了,玉米走进了病房,青着脸,站在玉秀的面前。玉秀面无血色,脸色比纸还要苍白,整个人也没有一丝力气。玉秀的手却从被窝里伸了出来,轻声说:"姐,让我看看孩子。"玉米没有想到玉秀居然有脸说出这样的话来,一张脸即刻就涨紫了,脱口说:"玉秀,你要点脸吧!"玉秀喘着气,咽了一口,人却格外地固执。玉秀说:"姐,求求你。"玉秀无力的指头已经抓住玉米的胳膊了。玉米甩开了,说:"死了。扔在茅坑里头。——你能生出什么好东西来!"玉秀听完玉米的话,目光白花花的,直了。玉秀到底不甘心,她用胳膊撑住了床面,想起来,脖子却没了力气,脑袋挂在那儿,满头的乱发也挂在了那儿。玉秀歪着脑袋,说:"姐,扶我一下。我要去看看。就看一眼,我死也瞑目了。"玉米一把甩开了,冷笑一声,说:"死?不是我瞧不起你玉秀,要死你早死了。"玉秀还支撑了一会儿,但那一口气到底松下去了,躺下去,不动了。彻底地安稳了。玉秀好看的眼睛望着天花板,一眨不眨的,目光出奇地清澈,出奇地亮。玉米看着这个嫡亲的妹妹,突然涌起一阵绝望,太伤心了,到底没有忍住,眼泪全下来了。玉米捂上脸,在巴掌的背后咬着牙齿说:"脸都给你丢尽了。"

第三部　玉　秧

　　没有人愿意跑 3000 米。3000 米意味着什么呢？意味着你必须像一头驴,不吃不喝,在四百米跑道上熄灯瞎火地磨上七圈半。玉秧在体育上头没有任何能力,和同学们比较起来,她做不到更高、更快和更强。玉秧的身体矮墩墩的,很结实,死力气也许还有一把,不过明眼人一眼就看出来了,玉秧是一个缺少锻炼的乡下姑娘,胳膊腿之间缺少必要的协调性和灵活性。和大部分乡下女同学一样,玉秧没有任何特长。学习还行,别的都不怎么样。长得就更不怎么样了。这样的女同学还能指望班主任对她有什么印象呢。但是,年轻的班主任是一个体育迷,十分计较竞技场上的一得一失。他在 3000 米的报名表上填上王玉秧,其实也没有什么太大的指望,有枣无枣打一棒罢了。万一挣到一个第六名,兴许还能在总分榜上添一分呢。王玉秧再没有能力,为了八二(3)班的集体荣誉,她苦还是应该吃的,汗还是应该流的。同时被报上去的还有庞凤华。庞凤华冷笑笑,私下对玉秧说:"看出来了吧,老师器重啊,总是把最光荣的任务交给我们。——你可不要让人家失望。"庞凤华也是从乡下考上来的,是一座小镇,各方面的情况和王玉秧差不多。但是庞凤华显然比王玉秧有见识,老师一批评她,庞凤华的眼泪来得比小便还要利索,哗啦哗啦的,弄得你反过来要可怜她。玉秧看得出,庞凤华骨子里头比她有胆量,她眼睛一挤一挤的,眼泪一把一把的,嘴里头却不乱,该说什么一字一句总是能说到点子上。这一点王玉秧就比不上了,说到底庞凤华还是比玉秧自信,主要是好看一些,漂亮是说不上的。可是庞凤华有她的一套,玉秧看出来了,庞凤华骨头缝里天生就有那么一股子的骚。

　　王玉秧走上跑道的时候非常怯场。一起跑就出了一个洋相,愣枪了。发令员喊过"各就各位",发令枪居然响了。同学们都冲了出去,伸长了脖子,争先恐后,推推搡搡的。王玉秧傻头傻脑地站在原地,还在等。800 米以上的发令只有"各就各位",从来就不喊"预备"。玉秧哪里能知道。大伙儿冲出去了,发令员提着枪,走到玉秧的身边,和颜悦色和她商量:"想好了没有? 再想想?"发令员突然大声说:"还望呆! 跑——哎!"王玉秧的第一步其实是吓出去的,几乎跳了起来。看台上哄起了一阵笑。王玉秧人是跑出去了,却羞得不像样子。而庞凤华已经冲出去五六米了。庞凤华的举动出乎王玉秧的意料,中午吃饭的时候庞凤华拉着王玉秧一起找过班主任,庞凤华的脸色相当苦,对班主任说,她身上"不方便","不能跑"了。年轻的班主任很不高兴。但女同学"身上"的事,他也不好掺和什么。庞凤华望着老师的脸,随即又表了一个态,说:"要不我坚持坚持看,拿不到好成绩老师可不要怪我。"话说得又合情又合理。班主任点了点头,拍了拍庞凤华的肩膀,很赞赏。枪一响,庞凤华一马当先,哪里有半点"不方便"的模样。王玉秧非常清楚地记得,庞凤华上一个星期刚刚逃了一节体育课,理由就是"身上不方便"。这个小婊子一个星期里头都"不方便"了两回了,都成自来水的龙头了。也真是好本事,太不要脸了。要是细细地推算起来,王玉秧的身体倒是在这两天就要倒霉了,吃中饭的时候王玉秧的下腹部已经有那么一点感觉,无端端地胀。不过王玉秧绝不会说出去。这样的事,玉秧开不了那个口。然而,跑到第二圈的时候,王玉秧发现,庞凤华的不要脸还是值得,太难受了,呼吸上不来,又下不去,全憋在胸口,想死的心都有。还是人家庞凤华划算,十分风光地领跑了一圈半,已经软绵绵地趴在班主任的怀里了。玉秧可是把这一切都看在了眼里。庞凤华在老师的怀里一点力气都没有,胳膊挂在班主任的脖子上,飘飘的,就跟献给老师的哈达似的。庞凤华的眼睛还闭上了,娇气得很,就差一只枕头了,都像是老师的亲骨肉了。这一刻玉秧还在跑道上死撑,人家庞凤华一定喝过糖开水,和班里的同学说说笑笑了。玉秧不是不想在中途退下来,可是,班主任正远远地站在水泥看台上,严厉地对着她吆喝。他的身子站得和标枪一样直,两条胳膊抱在胸前,面色严峻,正忧心忡忡地盯着自己。难受归难受,王玉秧还是怕了。为了八二(3)班的集体荣誉,玉秧必须撑着。坚持一步是一步。

王玉秧不知道自己得了第几名。事实上,她得了第几名对谁都不重要了。玉秧被套了两圈多,人家前六名早就过线了。也许连前十二名都过线了。撞过线的女同学该庆贺的庆贺,该撒娇的撒娇,田径场上已经有一点冷清。玉秧还在跑,默无声息,却又勤勤恳恳,像一只小乌龟伸长了脖子卖着她的死力气。

有一度王玉秧都有点不好意思了,想停下来,高音喇叭却响了。高音喇叭在鼓励王玉秧,音调昂扬而又抒情。高音喇叭对王玉秧的"精神"给予了高度的赞扬。王玉秧意识到自己已经不再是王玉秧了,身体没了,胳膊腿没了,只是"精神",抽象得很,完全是一种身不由己的惯性,还蛮利索的。虽说跑得慢,反而觉得有使不完的力气,反而来劲了。看起来"精神"的力量实在是无穷无尽,你想停都停不下来。王玉秧想,如果这会儿有人给她送来两碗米饭,再加上一杯水,她一定能跑到天黑,天亮之前完全可以"象征性"地跑到延安。

王玉秧撞线的时候全场的注意力完全转移到了田赛场上。不少同学走下看台,直接来到了田径场内。那个八一级的高个子的男生正在冲击师范学校的跳高纪录。他是田径场上的明星,师范学校的明星。八一级的高个子男生知道所有的同学都盯着自己,意气格外地风发。他不停地捋头发,深呼吸,用芦柴棒一样的瘦胳膊做漂亮的假动作,折腾了四五遍,他开始起跑,冲刺。在他全力起跳的刹那,却又放弃了,从横杆的前面小跑了过去。看台上一片尖叫。高个子男生低着头,在思考。重新回到起跳点,他又开始捋头发,深呼吸,做十分漂亮的假动作。王玉秧就是在这个时候跑过了 3000 米的终点线。除了终点裁判例行了一下公事,没有人知道叫王玉秧的女子 3000 米已经跑完了。玉秧什么也没有得到,连搀扶的人都没有,连一杯红糖水都没有喝得上。王玉秧很惭愧,孤零零地躲在了一边。王玉秧的肚子就是在这个时候开始疼了,她想起来了,自己不只是"精神","精神"是不会肚子疼的。这一次的疼痛来得相当猛。她刚刚弯下腰去，却在大腿的内侧看到了一条虫子。虫子是红色的，很温暖，软绵绵的，在往下爬。越爬越长，越爬越粗。王玉秧吓了一大跳，傻站了一会儿，撒开腿便往宿舍楼奔跑。

宿舍里只有王玉秧一个人，虾子一样弓在床上。玉秧很疼，关键是冤。力气还没有完全使出来，3000米居然就没有了。玉秧坚信，如果不是3000，而是10000米的话，她玉秧兴许就是第一名了，好歹也能拿到一个像样的名次。直到这个时候，王玉秧总算明白了自己的心思，自己其实十分在意这一次田径运动会。说到底王玉秧太普通了，没有任何引人注目的地方，没有任何胜人一筹的地方。万一跑好了，结果也许就不一样了，老师对自己刮目相看也说不定。要是细说起来，玉秧长这么大只是做成了一件事，那就是考上了师范学校，着实风光了不止一两天。玉秧考上师范学校轰动了王家庄，学校里的老校长打开了王玉秧的录取通知书，一眨眼的工夫消息在王家庄转了好几圈。"王玉秧？哪个王玉秧？"村子里的社员到处问。社员们花了很大的力气才把"王玉秧"这三个字和王连方的七丫头联系起来。王连方一共有七个女儿，可是，除了大女儿玉米，三女儿玉秀，别的都太一般了。说起来玉米和玉秀她们离开王家庄也十来年了。上了岁数的人还记得，那时候玉秧的一家可不是现在的这个样子，丫头们个顶个的，随便一站都虎虎生风。王连方也不是现在的老酒鬼，而是王家庄的村支书。王支书在高音喇叭里说话的时候派头可大了，动不动就是"我们共产党"，动不动就是"中国共产党王家庄支部"，就好像他每顿饭都能吃一只牛✕，牛气得很。听王连方说话，你会觉得王支书从来都不是王家庄的人，而是千里迢迢地,枪林弹雨地,艰难险阻地,经历了雪山与草地,长江与黄河,最后才来了。王玉秧是王连方的老七,一个幺妹子。依照常理,玉秧应当是全家的宝贝疙瘩。情况却不是这样。生下第七个女儿之后,王连方不依不饶,重新鼓足了干劲,回到床上又努了一把力气,终于生了个小八子,是个男的。这一来幺妹子很不值钱了,充其量只不过是做父母的为了生一个男孩子所做的预备,一个热身,一个演习,一句话,玉秧是一个附带,天生不讨喜,天生招父母的怨。事实上,玉秧并不是她的父母带大的,起先带玉秧的是她的大姐玉米,玉米出嫁之后,玉秧只好搬到她的爷爷奶奶那边去了。是爷爷奶奶一手把玉秧拨弄大的。玉秧嘴讷,手脚又拙巴,还不合群。也好,做父母的、做爷爷奶奶的反而省心了。可是有一样,玉秧上学之后她的老师们马上就发现了,玉秧爱学习。闷头闷脑,舍得下死功夫,吃得下死力气。虽说学业并不拔尖,可是很扎实。她能把课本一页一页地背下来,一本一本地背下来。玉秧考上城里的师范学校,老校长的脸上有了光,一定要玉秧留下几条学习方面的经验。玉秧站在教师的办公室里,背对着墙,鞋底在墙上不停地摩擦,憋了半天,留下了一条金科玉律,就一个字:背。真理是多么的简单,多么的朴素。老校长激动了,他一把抓住玉秧的手,说:"实践是检验真理的唯一标准。玉秧的经验一定要推广。从下学期开始,号召同学们向玉秧学习,背!"老校长在激动之余补发给了玉秧一张"三好学生"的奖状,并教导玉秧,到了城里,一定要注意三个方面。老校长扳起了手指,他的中指、无名指和小拇指分别代表了身体好、学习好和工作好。

王玉秧在王家庄度过了一个扬眉吐气的夏天。每一天都很孤独。但是，这是一种别样的孤独，和以往的不一样。以往的孤独是没有人搭理，带有被遗忘、被忽视的性质。一九八二年的这个夏天，玉秧虽说还是孤零零的，然而，这是鹤立鸡群的孤独。玉秧是鸡群里的一只鹤，单腿而立，脑袋无声地掖在翅膀底下，每一片羽毛都闪耀着雪白的光。这样的孤独最是凄清，却又凝聚着别样的美，别样的傲，是展翅与腾飞之前的小憩，随时都可以化成一片云，向着天边飘然而去。最让玉秧感到自豪的是，事情都惊动了大姐姐玉米了。大姐玉米特地从断桥镇回了一趟王家庄，任务很明确，"家来"看看"我们家秧子"。玉米虽说是玉秧的大姐，以往却和玉秧没有多少实质性的瓜葛。在玉米的眼里，玉秧还是个孩子。偶尔回一趟娘家，几颗硬邦邦的水果糖就把玉秧打发了。一边玩去，玩去吧，啊。玉米这一次回来得相当正规，她的头发已经盘到了脑后，主要是人胖了，嘴里也装上了一颗金牙。虽说只是薄薄的一层铜，发出来的到底还是金光。有了这样的一层金光陪衬着，笑起来就有了热情和主动的意思。喜气洋洋了。为了让嘴里的金牙最大可能地展示出来，玉米格外地爱笑，幅度也大了。玉米虽然是公社里的干部娘子，这一回却没有摆官太太的架子，而是亲自掏了腰包，专门为玉秧办了两桌酒。村里的领导和玉秧的老师都来了。玉秧坐了"桌子"。这个"桌子"也就是酒席，标志着一个人的身份。长这么大，玉秧还是第一次在正规的酒席上坐上桌子，很不好意思，却又很自豪，只能抿着嘴笑。而从实际情况来看，"桌子"上却没有玉秧这么一个人。玉秧在张罗。玉秧在酒席上呼风唤雨，脖子一抬一杯,脖子一抬又一杯,酒量特别大。甚至有那么一点蛮横和莽撞。最后还"以玉秧的名义"替王玉秧喝了。玉米喝得不少,大家都以为她会醉。没有。还是一杯一杯的。酒席过后王家庄的人都知道了,玉米现在能喝,有一斤半的量。喝完了还不误事,村干部陪着她打了两个小时的扑克,玉米把扑克牌甩得噼噼啪啪的,每一张都压在人家的小腰上,严丝合缝。三局扑克过后,玉米钻到了玉秧的帐子里头,玉秧已经睡着了。玉米推醒玉秧,当着玉秧的面,在油灯底下数票子。票子都是五块钱的大面额,连号,崭新,能劈豆腐,能抽人家的耳光。一看就知道不是扑克牌上赢来的,而是专门为玉秧准备的。玉米一共数了十张,五十块。另外还有二十五斤粮票,全国通用。相当大的一笔数目,足以惹出人命了。玉米把五十块钱和二十五斤粮票递到玉秧的跟前,故意弄得凶巴巴的,其实是亲。命令说:"细丫头,拿着!"玉秧一脸的瞌睡,说:"搁那儿吧。"玉米说:"睡糊涂了。睁开眼睛看看,这是什么?"玉秧还是瞌睡,一点都没有受宠若惊的样子,说:"还是睡吧。"又把眼睛闭上了。玉米望着玉秧的后脑勺,没有料到这样的局面,这个呆丫头就是这么不领她的情,说话的腔调也变了,完全是一个城里人了,都学会四两拨千斤了。玉米没有再说什么,把五十块钱和二十五斤全国通用粮票塞到玉秧的枕头底下,吹了灯,侧在玉秧的背后,睡下了。究竟喝了不少的酒,一时睡不着。玉米想,还是玉秧大出息了。这丫头谁都不靠,完全靠她手里的一支笔,一横一竖,一撇一捺,硬是把自己送进了城。这是很不简单的,特别地过得硬。早几年想都不敢想。玉米在心里说,呆人有呆福。细丫头真是碰上好时候了。大出息了。

运动会的第二天是星期天。几乎所有的同学都会利用星期
天的上午睡一个懒觉。其实也睡不着。但是，睡不着并不等于
要起床。躺着，胡乱地想想心思，即使饿着肚子，也要比起床划
得来。完全是为睡而睡。要不然自然会吃很大的亏。谁也没有
想到庞凤华的箱子被人偷了。什么时候被偷的呢？不知道，反
正少了十六块钱的现金，外加四块钱的饭菜票。庞凤华的牙膏
一直放在自己的人造革箱子里，她有一个很好的习惯，每天早上
利用挤牙膏的工夫检查一下自己的钱物。钱物不翼而飞了。不
小的数字。这可不是一般的事。

星期天的上午，北京时间十点十五分，八二（3）的同学全体
集中。许多同学还没有吃早饭，王玉秧甚至还没有来得及洗脸
刷牙，班主任来了，学生处的钱主任也来了。庞凤华没有来。她
单独留在了宿舍，正在给派出所的公安员做笔录。离开宿舍的
时候许多同学都看到了庞凤华，她坐在床沿，散着头发，上眼皮
都已经肿了，很哀怨，一点力气都没有。公安员给她倒了开水，
她碰也没有碰一下。那是真心的悲痛，和昨天在田径场上不一
样，装不出来。教室里的人齐了，年轻的班主任站在黑板的旁
边，脸色相当难看。他的身体站得像标枪一样直。他在等待钱
主任说话。钱主任却不开口，嘴抿着，撅着，嘴边的两条咬纹却
陷得特别的深。他从走进教室的那一刻到现在都没有开口。钱
主任终于点上了香烟，吸了一大口，慢慢地嘘了出来。钱主任说
话了，他说："我姓钱。"钱主任说，"谁有胆子给我站出来，把我

偷回去。"钱主任的话引来了几声笑声,但是笑声立即止住了。钱主任不像是说笑话。他的表情在那儿。钱主任说完这句话之后停顿了相当长的时间,眼睛像黑白电影里的探照灯,笔直地射出两道平行的光。两道平行的光从每一个同学的脸上划过去,咯吱咯吱的。如果你抗不住,低下了脑袋,钱主任会立即提醒你:"抬起头来。眼睛不要躲。看着我。"

钱主任一心扑在工作上,学生的工作做得相当地细,有生活上的,有工作上的,还有思想上的。这一点即使在全省师范类的学校中都很著名。钱主任已经连续两年获得省市级的先进工作者了。奖状就挂在办公室的墙面上。钱主任在"四人帮"的时期坐过牢,平反之后,上级领导原想调他"上来",到局里去。但是,出乎所有人的意料,钱主任谢绝了,坚持在"下面"。钱主任说,他热爱"学校",热爱"教育",最终还是留了下来,钱主任在师范学校开始了他的"第二个春天"。钱主任格外地努力,希望把学生工作做得更细,更深,把损失的时光补回来。用钱主任自己的话说,"上到死了人,下到丢了一根针",他"都要管",谁也别想"瞒着蚊子睡觉"。管理上相当有一套。所谓的管理,说白了就是"抓"。工作上要"抓",人也要"抓"。钱主任伸出他的巴掌,张开来,紧紧地握住另一只手的手腕,向全校的班主任解释了"抓"是怎么一回事。所谓"抓",就是把事情,主要是人,控制在自己的手心,再发出所有的力气。对方一疼,就软了,就"抓"住了,"抓"好了。钱主任的解释很形象,很生动,班主任们一看就明白了。要是细说起来,师范学校的每一个学生对钱主任都有几分的怵。走路的时候总要绕着他。同学们发现,这样的时候钱主任其实并不凶,反而把绕着走路的同学喊过来,亲切地问:"我是大老虎?"钱主任不是大老虎,只是一只鹰。你不怎么看得到他,可他总是能够看得到你。一旦哪里出了问题,有了特殊的"气味",他的阴影一定会准确及时地投射在大地上,无声无息,盘旋在你的周围。这会儿这只鹰正栖息在八二(3)班的讲台上,一双鹰眼紧紧地盯着下面。他又开始开口讲话了。他的话题却绕开了这一次的失窃事件,让人有点摸不着头绪,但是,他凛然的气概还是渲染了每一个人,震撼了每一个人。"我们的校长,当然也包括我,想建立怎样的一所师范学校呢?"钱主任劈头盖脸问了这样一个严肃的大问题。"我很赞同我们的校长。"钱主任自答说,"我们的校长说了,第一,铁的纪律;第二,铁的校风。八个大字。"钱主任用他的食指不停地点击讲台的桌面,提醒同学们"铁"是什么。当然了,铁是什么,"同学们都见过",用不着钱主任"多说什么"了。钱主任围绕着"铁"这个最为普通的金属把话题慢慢引上了正路:"铁为什么能够无坚不摧? 是因为铁被炼过了,它很纯。如果铁的中间有了渣滓,有了杂质,铁就会断,大厦就会倒。"钱主任接着又问,"我们的工作是什么? 很简单,把杂质查出来,并且剔除出去。"教室里一片阒静,都能听得见粗重的喘息了。差不多每一个同学都听得见自己的呼吸,不少同学的脸都憋红了。钱主任总结说:"最后我送同学们八个大字:坦白从宽,抗拒从严。散会。"

庞凤华的饭菜票和现金一分都没有少。因为有3000米的赛事,庞凤华匆匆忙忙地,顺手把钱物都带在身上,掖在了内衣的小口袋里头。庞凤华做这些事情的时候并没有留神,上了跑道又跑得太猛,后来全忘了。那些钱物还是庞凤华第二天洗衣服的时候自己掏出来的,带着庞凤华的体温,甚至还带着庞凤华的心跳。不过事情已经闹开了,都惊动了派出所了,庞凤华哪里敢说。蹲在盥洗间里,又哭了。脸上凄苦得很,别人都劝不动。越劝庞凤华哭得越伤心。后来连劝的人都一起哭了。这个不能怪人家凤华,这样倒霉的事,换了谁谁不难过。

庞凤华在当天的晚上找到了年轻的班主任,班主任住的是集体宿舍,这会儿同宿舍的其他人都打康乐球去了,只留下了班主任一个,正趴在桌子上批改作业。庞凤华进来了。两只手紧紧地扶着门框。班主任扭过身子,示意庞凤华坐。办公桌的旁边是老师的单人床,庞凤华只能坐到老师的床上去了。庞凤华一脸的恓惶,坐得很慢,尤其是快要落座的时候,她扭着她的腰肢,用她的屁股缓缓找到了床沿,这才坐下了。年轻的班主任发现庞凤华"坐"得实在是漂亮,腰肢里头有了很独特的韵致。别看庞凤华的脸蛋长得不怎么样,屁股上的那一把倒还真的是风姿绰约。这一点给了年轻的班主任相当深刻的印象,一下子就对庞凤华产生了同情了。班主任咽了一口,关切地说:"发现新的线索了没有?"庞凤华望着她的班主任,无声地摇头,很憔悴,带上了几分的苦楚。班主任叹了一口气,想,钱被人偷了,一定是生活上遇到困难了。班主任取出钱包,拿出十块钱,递到庞凤华的跟前,说:"你先应付几天吧。"这样的举动在庞凤华的那一头分外地感人了,庞凤华望着老师手里的钱,眼里的眼神定住了,一点一点闪出了泪光。她的目光慢慢移到了老师的脸上,最后,和年轻的班主任对视了,定定地,汪开了一层泪,厚厚地罩在眼眶里头。庞凤华说："老师。"说不下去,又哭了。庞凤华这一次没有坐着哭,而是趴下了,伏在了班主任的枕头上,两只肩膀一耸一耸的。班主任坐到庞凤华的身边,很小心地伸出手,拍了拍庞凤华的后背。庞凤华的后背很猛烈地扭动了几下,意思很明确了,"不要你管"。但是做班主任的怎么能不管呢。又拍了几下。班主任的巴掌一直拍到庞凤华的心坎里,格外地催人泪下了。这一次庞凤华没有扭,哭得却加倍地揪心,全身都在哽咽。班主任都很心疼了。这样持续了两三分钟,庞凤华妥当了,悄悄站起身来,无声地接过班主任手里的钱,坐到了班主任的椅子上。她把钱压在了老师的玻璃台板底下。顺手拿起班主任的手绢,擦过眼泪,回过头来看着她的老师。庞凤华望着她的老师,突然又笑了,迅速地把嘴抿上,还把笑容藏到了手背的后头。庞凤华扭头就走,一点过渡都没有。她在走出门口的时候,猛地回过脑袋,发现她的老师还坐在床沿上,对着桌面上的手绢两眼茫茫。

　　案子悬在那儿。依照庞凤华的口述,公安员并没有得到任何有价值的线索。这一来派出所的同志也很难办了。星期一的下午,八二(3)的同学们发现,一直停在行政楼前的警车已经开走了。人家有更重要的任务,不可能为了十几块钱的事情无端端地耗警力。可是,钱主任说了,"案子一定要破",这一来校方的任务自然很重了。保卫科和学生处的老师们工作得相当深入。有分工,有组织。从实际情况来看,已经是一个专案组了。他们夜以继日。网已经撒开了,再狡猾的鱼都不可能漏网。钱主任在行政会议上说,抓一个小偷是次要的,关键是一定要树立一个反面的典型,寻找一个反面的教材,利用这个机会狠狠整顿一下学生的思想作风。钱主任说,最近一段时间学校里的风气很不好,有几个男生留起了长头发,有几个女生穿起了喇叭裤。那是头发吗?那是裤子吗?"我四十三岁了,没见过"。而校外一些不良青年的行为更需要防范,他们经常戴着蛤蟆镜,提着一台"三洋牌"录音机,一边播放邓丽君的靡靡之音,一边在校门口晃荡。美酒加咖啡,何日君再来,什么乱七八糟的东西?这些都是危险的苗头。要刹。不能手软。这里是什么地方?钱主任问,这里是师范学校!"种种迹象表明",钱主任指出,"社会上的不良风气"已经"渗透到"校园里来了。这个风气一定要"刹"!不要指望自生自灭。不能放松我们的警惕。

钱主任制定了一个政策,"外松内紧"。所谓外松,一方面要保证学校正常的运转,另一方面也是给"极个别"的同学一个麻痹、一个松懈,好引蛇出洞;所谓内紧,就是大家的眼睛要睁大一点,"那根弦不能松"。不过,从实际的情况来看,"外面"还是松不下来。每一个人还是很紧张。就说王玉秧,跑完 3000 米之后她究竟做了什么,这就不容易说得清。说不清就暗含了危险性。她为什么要一个人回宿舍呢?玉秧犹豫了两天,到底还是找到了心理学老师黄翠云,是一位女教师,担任着学生处的副主任。玉秧决定这样做还是很有头脑的,再拖下去,身上干净了,那就不好说了。玉秧老老实实地把情况告诉了黄老师,她之所以回到宿舍,主要是身体有了"特殊情况"。黄老师听完了王玉秧的陈述,把玉秧带进了女厕所。让玉秧解下裤子,把东西翻出来,看了。情况属实。这个是做不了假的。黄老师四十多岁了,曾经被错打成右派,平反之后才从县城调进了师范学校。黄老师可不像钱主任,而是很温和、爱笑,像一个母亲,甚至,像一个大姐。虽然也是主任,可是黄老师不允许任何一个同学喊她"主任",只能喊"老师"。在老师和同学们的心中有相当高的威信。黄老师检查完了,笑了笑,说:"这能说明什么呢王玉秧同学?"玉秧想,是的,这能说明什么呢?身上有"特殊情况",只能证明王玉秧一个人回到宿舍了,只能反过来证明王玉秧的确在案发的现场,并不能证明其他。王玉秧的鼻子尖上全是汗,傻乎乎地站了好大一会儿,很莽撞地说:"不是我偷的。"黄老师轻声说:"在没有查出来之前,谁都是可能的。包括我,也是可能的。你说是不是呢?"这一来王玉秧不好再说什么了,人家黄老师都把自己放进去了,玉秧再狡辩,显然就有态度上的问题了。

排查的范围一会儿缩小,一会儿放大,但是,没有结果。案情难以突破。一眨眼已经拖到第四天了。在这四天里头,八二(3)班的同学对"铁的纪律、铁的校风"有了极为切肤的认识。准确地说,对"铁"这个金属有了极为切肤的认识。铁是没有表情的,不言不语,不声不响。但是,铁很重,很硬,有一种霸蛮的力量。同学们对"铁"产生了一种极度的恐惧。因为铁的静止永远都是暂时的,它一旦行动起来,没有人知道后事如何。同学们发现,任何东西发展到一定的火候,它都有可能变成铁。比方说,事件,比方说,时间,比方说,心情。它们现在都是铁,很重,很硬,横在八二(3)每一个同学的面前、心里。八二(3)班死气沉沉。每个人都轻手轻脚的,生怕哪儿碰到了铁,"当"的一声,或者说,什么声音都没有,铁已经把你的皮肉带走一大块。

比较下来,王玉秧承受的压力则要大得多。这种力量并不只是来自校方,在很大的程度上,它来自于同学们中间。甚至,它来自于王玉秧自己。王玉秧说不清楚了。玉秧嘴笨,说不清就不说。但是,抬不起头来。玉秧可以麻痹自己,其他同学可是麻痹不了的,他们的眼睛是"雪亮"的。关键是,他们的想象力同样是"雪亮"的。同学们当中已经流传开了,王玉秧和钱主任已经进入了"僵持性的阶段"。双方都在攻心,就看谁挺得住。不是西风压倒东风,就是东风压倒西风。静止肯定是暂时的。同学知道,暴风雨会来。一定会来。

暴风雨来了,相当地突然。一点都没有山雨欲来风满楼的架势,相反,很平静。当然,这种平静是学校里领导的那一方,同学的这一头却从来也没有消停过,所谓风欲静,而树不止。星期六的上午,北京时间九点整,钱主任、黄老师、八二(3)班班主任,三个人呈品字形,一起走向了八二(3)班。同学们早就到齐了。钱主任满面春风,是那种如释重负的样子,难得一见的轻松。黄主任却反过来了,惆怅得很,一点都不像平常那样亲切,反而心头压力重千斤。同学们望着钱主任的脸,知道破案了,事情终于有了结果了。但是,因为具体的名字还没有说出来,反而更叫人揪心。教室里的气氛严峻异常。王玉秧咽了一口,所有的人都咽了一口。同学们的紧张是有道理的。天上飞来了一只铁疙瘩,在它落地之前,谁会知道这只铁疙瘩会砸到哪个人的脑袋呢。班主任进门了,站在黑板的左侧。黄老师进门了,站在了黑板的右侧。钱主任最后进来了,直接走上了讲台。同学们屏住呼吸,以为钱主任会立即宣布什么的。钱主任却没有那么做,而是避实就虚,鼓掌了。同学们不明白他为什么要这样。但是,既然领导都鼓掌了,被领导的当然要跟着鼓掌。掌声很寥落,稀稀拉拉,钱主任在耐心地等待。等教室里全部平息下来了,钱主任高声说,他首先代表校支部、校行政,代表八二(3)的全体同学——不包括个别人——感谢我们的公安战士。钱主任说,公安战士其实每天夜里都在学校里工作,现在,真相大白了。钱主任伸出他的胳膊、他的手、他的食指,绕了一圈,指着下面说,偷钱的人就在这间教室里头,就在他的眼皮底下。"这位同学的眼睛现在正看着我。"教室里的空气在一点点地往里收,都有些烫了。钱主任还想再说些什么,黄老师却病歪歪地走上了讲台。她拦住了钱主任。黄老师请求钱主任让她"说两句"。黄主任很疲惫,很沉痛,好像刚刚哭过,好像刚刚从病床上支撑着站了起来。黄老师说:"同学们,我是一位母亲。我想以一个母亲的身份和同学们谈几句。"

黄老师一开口同学们就已经被感动了。她的声音很小,还有点喘,听得出是在努力,是在化悲痛为力量。黄老师首先介绍了她的儿子与女儿。儿子在北京读书,北大;女儿在南京读书,南大。黄老师说,她为她的儿女"感到自豪"。黄老师说起儿女的时候声调是那样的绵软,表情是那样的柔和,洋溢出母性的慈爱和挂牵。无端端地叫人悲伤。同学们云里雾里,不知道黄老师在这个要紧的关头说这些家事做什么。可是,同学们立即从黄老师的谈话里头知道了她的良苦用心。昨天晚上学校里头已经开过行政会议了。会议决定,一定要开除那位"至今不肯悔悟的同学"。黄主任的眼眶红了,目光像雾一样湿润。黄老师很坚决地说:"我不能同意!"

　　黄老师开始了回忆,她回忆起了"遭到不公正的待遇"的日子,儿子在乡下发烧的事,四十度一,还抽了,抢救了半个小时。她回忆起了她的女儿,四周岁的那年曾因为食物中毒而危在旦夕。这些事情都是黄老师心中的痛,令人伤感。黄老师流泪了。黄老师对着钱主任说:"哪有孩子不生病的?!哪有孩子不犯错误的?!"钱主任哑口无言。黄老师的话像春风,像春雨,一丝一丝,一瓢一瓢,飘拂在同学们的心头,浇灌在同学们的心坎上。同学们低下了脑袋,每一个人都流下了悔恨的泪。黄老师擦干了眼泪,说:"我已经向学校党支部提出了请求,请求校领导给我最后的机会,再给我两天的时间。我相信,这位犯了错误的同学一定会自新,会主动承认错误。他一定会到邮局去,把不属于他的钱物寄给我——我是一位母亲,同时也是一位党员。我以母亲和党员的双重身份向你们保证,只要你寄来了,内部处理。相信我,孩子们,千万千万不能存有侥幸心理。公安人员已经在庞凤华的箱子上提取了指纹了呀!谁碰过庞凤华的箱子,公安局一目了然。我们更是一目了然。公安局一旦来抓人,那就说什么都晚了呀!"黄老师已经很急了,恨铁不成钢,又流泪了,"相信我孩子们,这是最后的机会了,不要再让你们的母亲伤心了。"

　　黄老师声情并茂。她的话好几次都哽咽住了,差一点哭出声来。她的话温暖了八二(3)班同学的心,擦亮了八二(3)班同学的眼睛,鼓足了八二(3)班同学的勇气。功效立竿见影。星期一的上午,第二节课之后,汇款单寄来了。然而,黄老师拿着汇款单,望着钱主任,犯难了。这一次是真的犯难了。依照事先的部署,从汇款单上对照汇款人的笔迹,准确无误地找到偷钱的人,原本是很容易的。但是,谁能想到一下子寄来了四张呢。再怎么说,二十块钱也不可能被偷走了八十块,逻辑上就站不住。钱主任、黄老师还是搬来了八二(3)班的作文本,查出来了,汇款人分别是孔招弟、王玉秧、邱粉英,还有一张是用左手写的,一时不能肯定。黄老师把四张汇款单拍在钱主任的桌面上,说:"你看看,这到底是谁?"钱主任笑笑,叹息一声,说:"老黄,你也有二十年的政治经验了,正面的有,反面的也有。有人愿意主动承认错误,这又有什么不好?"黄老师用右手的掌背拍着左手的掌心,说:"我是说怎么处理这八十块钱!"钱主任把不能肯定笔迹的那一张汇款单放到黄主任的面前,关照说:"把钱取出来,还给庞凤华。"黄老师问:"另外的三张呢?"钱主任把另外的三张锁进了抽屉,说:"先放在这儿。"黄老师说:"六十块呢,不是小数字,不能浪费喽哇。"钱主任说:"怎么会浪费呢。不会浪费的。怎么会浪费呢。"黄老师有点摸不着头绪,小心地说:"究竟怎么办呢?"钱主任说:"你呀,小黄,怎么说你好呢。有些事,宜粗不宜细。把问题放在那儿,撂在那儿,比处理了更好。就这么说了。哈,不要再提它了。都过去了。哈。"

被偷的钱寄回来了,全校的同学都知道,寄回来了。所有的人都松了一口气,"我没偷,不是我偷的",还有比这更好的结局吗?没有了。放松之后必然就是观望。同学们就是想看一看,到底是谁偷。但是结果令人失望,他们等待了四五天,学校的布告栏上一直没有张贴"处分通告",看起来真的是"内部处理"

了。玉秧心存感激,内心的喜悦可以用"劫后余生"来形容。但是感激归感激,轻松归轻松,说到底还是冤。冤哪。这不是不打自招又是什么? 不过玉秧退一步想,不招又能怎么样呢? 人家派出所的人已经查出指纹了。庞凤华的箱子玉秧有没有摸过,玉秧一点底都没有。想不起来了。从常理上说,同在一个宿舍里头,真的很难免。万一指纹碰巧就是玉秧的,公布了,玉秧的活路就死了。这个赌玉秧打不起,赌注太大了。玉秧想,还是这样好,反正也没人知道。别人怎么猜就让别人猜去吧。逃过了一劫,总是好的。怎么说退一步海阔天空的呢。无论如何,玉秧睡了一个踏实觉,真的踏实了。没有比这更好的结局了。可是,怎么到现在都没有人找玉秧谈话的呢? 这是不是就叫作"内部处理"呢? 肯定是了。看起来领导还是讲信用的。玉秧信得过。领导这样宽大,自己就不要再疑神疑鬼的了,要不然,对得起谁呢。

鉴于师范学校的"新情况、新形势",师范学校的校卫队在元旦的前夕终于成立了。学校里拨了专款,买了军用黄大衣,一个人一件。同时配备的还有一条军用皮带。当然了,校卫队的成立大会上钱主任说了,这些财产都是集体的,每一个同学都要好好爱护,毕业的时候还要交到集体的手上。话虽然这么说,校卫队的同学对军用大衣和军用皮带显然并不爱护。为了威风,显示出他们的与众不同,他们整天都要把大衣扛在肩膀上,把皮带束在腰里头。这是可以理解的。再说了,能进校卫队,对每一个同学来说也实在是一份荣誉。它至少表明,这些同学都是班级里头的积极分子。是通过无记名投票,民主选举,再经过组织上的严格挑选、审查，这才正式产生的。一个班才一个，男女生都有。成立大会上钱主任专门和校卫队的同学讲了话，钱主任强调，校卫队的任务就是要保卫好学校，就是要保护人民财产的安全。钱主任站起来，大声问："同学们有没有这个决心?!"同学们异口同声地回答说："有!"回答很整齐。男同学的声音浑厚有力，而女同学的，反而更清脆，更悠扬，更响亮。在礼堂的梁上盘旋的时间特别长。这阵绕梁的声音里头就有庞凤华。

说起来也真是怪了，自从丢了钱，庞凤华的人气直升，一下子都成了师范学校里的风云人物了。就好像她不只是丢钱，而是拾金不昧、见义勇为了似的。当然，庞凤华并没有骄傲，而是比以往更为谦虚，完全是一副品学兼优的样子。这只能说明庞凤华真的是今非昔比了。玉秧想，丢钱这样的好事怎么就摊不上自己呢？说起来还是没那个命。八二(3)班民主选举校卫队员的时候，庞凤华的得票一路飙升，居然排在了第二。连玉秧都投了她的票。细想起来一点道理都没有，可当时就是这么做了，人这个东西真是太奇怪了。按理说，庞凤华得票第二，依照民主集中制的原则，还是不该进校卫队的。但是，班主任"集中"了一下，庞凤华最后进去了。班主任说，得票最多的体育委员"班里的工作还需要他"，这一来只能是庞凤华。庞凤华不仅穿上了黄军装，腰里头还束上了长皮带。人也漂亮了，像一个女军人，像一个女警察。英姿飒爽的，还威风凛凛了。当选了校卫队员之后，班主任特地把庞凤华喊到了自己的宿舍里头，和庞凤华谈了一次心。班主任说，希望庞凤华在"各个方面"更积极，成为真正的积极分子，起到一个表率和榜样的作用。班主任让庞凤华"坐下来",庞凤华却不肯。只是站在老师的办公桌前,手指头不停地在玻璃台板上抚摸。十块钱至今还压在玻璃的下面,斜着,靠在老师的课程表旁边。一次都没有动过。庞凤华的手指头在玻璃上来来回回的,脸上一直在笑。其实每一次抚摸的都是那张纸币。老师后来站起来,在宿舍里转了一圈,把门关上了。再次坐下来的时候班主任却毫无缘由地紧张了。而庞凤华的脸上也失去了笑意,手指头在台板上有些机械,心不在焉,眼睛总是向上翻。班主任不说话,只是沉默。静了相当大的工夫,庞凤华突然说:"你在大学里谈过恋爱的吧。"庞凤华没有说"老师",直接说"你",又是这样的话题,在班主任的耳朵里无异于一声惊雷。班主任说:"胡闹,怎么可以问这样的问题!"这样静了一会儿,班主任突然说:"谁会看上我呀。"庞凤华说:"老师瞎说。"后来庞凤华又补了一句,"老师你就是瞎说。"眼睛再也不肯对视了。庞凤华侧过脸,眼睛却还是盯着玻璃台板底下的钱,说:"怎么还不收起来,你钱多啊?"班主任笑笑,说:"班里的一位同学遇到了困难,可是这位同学不肯接受。"庞凤华无声地笑,说:"谁呀?这么不知好歹。"顺手把台板掀起来,抽出钱,捏在了手上,转身就走。庞凤华的举动实在太出乎班主任的意料了。班主任坐在原处,望着门,门在晃动。班主任的眼睛一下子失神了,禁不住浮想联翩。第二天的上午班主任老师走上了八二(3)班的讲台,庞凤华的位子却空在那里。过了两三分钟,庞凤华来了,可以说姗、姗、来、迟。庞凤华穿着草绿色的军大衣,脖子上却围上了一条围巾,鲜红鲜红的,一看就是新买的,很跳,扎眼得很。庞凤华喊了一声"报告",班主任说:"请进。"很上规矩。庞凤华进了教室,走到自己的座位上去。这一切都是普普通通的,很日常,没有半点异乎寻常的地方。可是年轻的班主任从鲜红鲜红的围巾上似乎得到了特别的鼓舞,一下子看清了红围巾和十块钱之间的逻辑关系,眼睛亮了,劲头足了。他大声说:"为什么说,资本来到世上,从头到脚都流着血和肮脏的东西?——请把课本翻到第七十三页。"班主任的声音特别洪亮,在墙上跳。只有他自己意识到了,只有庞凤华注意到了。和别人没有一点关系。众目睽睽的,却又秘而不宣。真是太奇妙,太幸福了。

校卫队的总负责人是魏向东,学校工会的生活委员。说起来魏向东在师范学校里头应当说是一个很特殊的人物了。魏向东原来是一个留校的教师,除了工作上肯卖力气,没有任何出人头地的地方。挺温和的一个人,胆子相当小。"文革"到来之后魏向东老师自己把自己吓了一大跳,没想到自己还有这样的一手:拳头硬,出手又火爆,很快就"上去"了。魏向东的出手使得师范学校的革命上了一个新的台阶,可以说星火燎原。当然了,回过头来看,那只是一场梦。历史很快还原了魏向东的真面貌。他不是什么好东西,是一个打砸抢分子,属于"三种人"。老书记从大牢里走出来之后,官复了原职,老师们以为魏向东一定会倒大霉了。魏向东没有。重新走上领导岗位的老书记非常大度,书记说了,"不要搞阶级报复。要团结。要稳定。"阶级报复"不是历史唯物主义的态度"。老书记的话决定了魏向东的命运。作过十七次检查,流过二十六次眼泪,发过九次毒誓之后,魏向东重新走上了工作岗位。他来到了保卫科。因为保卫科就是魏向东一个人，所以，魏向东同时担任工会里的生活委员。工会是一个很有意思的地方，主席历来都是由副校长兼着，虽然像模像样地挂着一块牌子，还拨了一个专门的办公室，而从实际情况来看，还是魏向东一个人。这一来工会就不再像工会，而成了保卫科，成了专政的机关了。工会的"生活工作"说穿了其实就是妇女工作。魏向东给女教师发避孕药、避孕套、卫生巾、洗发膏。工作干得很卖力气，相当好。关键是，魏向东的心态调整得很端正，能上，能下。所谓大丈夫能屈能伸，到底还是一条好汉。他在工会会议上对全体女教师说："从现在开始，你们就不要拿我当男人了，你们甚至都不要拿我当人——我现在是妇女用品。你们什么时候用，什么时候来。"魏向东五大三粗的一个人，他这样说，让女教师们笑得都直不起腰杆子。要是换了别人，女教师们一定会骂臭流氓，可是，这句话由魏向东说出来，不一样了。一个横刀立马的人，摔了大跟头，还能够这样，真是很不错了。魏向东和女教师们打成一片，和她们的关系格外地融洽。比方说，女教师们来领"工具了"，他会说："张老师，这个是你的，你丈夫的直径33毫米；王老师，这个是你的，你丈夫的直径35毫米。"都要死了！都说这样粗的话了。魏向东说："我粗，我承认还不行吗？我的确很粗。"说说笑笑，打打闹闹。女教师不仅不讨厌，反而都喜欢这样热心肠的人，又挺风趣，谁不喜欢笑，谁不喜欢欢天喜地，谁还想绷着一张阶级脸过日子呢。

让魏向东主持校卫队的工作，本来是顺理成章的事。但是，校领导还是严格地走完了组织上的程序。先由钱主任动议，书记再亲口同意,这才定下来了。校卫队还是由魏向东来抓比较合适,魏向东有这样的能力。上学期学校里来了两位小偷,魏向东把他们抓住了,一不打,二不骂,只是把他们反绑起来,从医务室里拿来了两张伤湿止痛膏,一只眼睛上贴一张。两个小偷站在操场上,能走,能跳,能跑,就是逃不掉。他们用脚四处摸,像在水底下摸鱼,样子十分地好笑。七个小时之后,他们自己就跪下了,号啕大哭。连老书记看着都笑了。私下里承认魏向东在教育管理上的确有一套。校卫队反正也不是什么重要的岗位,让魏向东发挥发挥余热,发挥发挥特长,对他自己,对工作,终究是好事。当然,鉴于魏向东的特殊情况,即使是使用,也只能是"有控制地"使用。这个"控制",分寸上由钱主任来掌握。"小魏,你看怎么样?"钱主任坐在学生处,这样对魏向东说。魏向东只比钱主任小十一个月,但是,钱主任历来都喊魏向东"小魏",这一来自然就有了上下级的意味,有了领导与被领导的意味。小魏站在钱主任的对面,像一个学生,很诚恳地说:"钱主任怎么说,我怎么执行。"钱主任说:"多汇报。"小魏说:"是。"钱主任很满意。钱主任这样的人就这样,不喜欢马屁精。你要是真的拍了,钱主任也能够一眼看出来,但是,钱主任喜欢说话办事都恭恭敬敬的人。钱主任很满意,说:"去吧。"

"校卫队负责人",这个称呼相当地模糊。它可以说是一个"职务",也可以说不是一个"职务"。然而,这个不要紧,最要紧的是魏向东的手下又有了一群兵,又有了可以使用的人了。这一来就和一般的"闲职"区分开来了。再怎么说,魏向东现在从事的也是一项"领导工作",特别地令人欣慰。魏向东上任后不久就开始分别找人谈话。个别交谈,这样的工作方式魏向东还是喜爱,所以保留了。晚自修的时候王玉秧亲眼看见魏向东把庞凤华叫出了教室,站在走廊里头,两个人都很认真,十分亲切地交谈了很久。玉秧想,人家庞凤华现在是积极分子了,往后在她的面前还是要注意一些,不要说得太多。不过玉秧又想,自己在班里头什么也不是,属于长江里的一泡尿,有你不多,没你不少,好事和坏事都轮不上,操这份闲心做什么。这么一想玉秧坦然多了。可是,这种坦然有那么一点特别,不疼不痒,不苦不甜,却有点酸。玉秧有一种说不出的失落。玉秧知道,自己对庞凤华多多少少还是有一点嫉妒了。玉秧不敢和别人较劲,可是,私下里头,觉得和庞凤华还是有一比的。现在倒好,自己在庞凤华的面前彻底地落了下风了。同学们私下说,经过班主任老师的点拨,庞凤华现在已经能够读得懂朦胧诗了,这是很不简单的。看起来庞凤华的进步的确是很显著了。

不过王玉秧还是妄自菲薄了。其实好运已经落到王玉秧的头上了,只不过玉秧不知情,魏向东老师还在仔细地考察罢了。魏向东到底有整顿和治理方面的经验,在骨子里头,他对校卫队其实信不过。校卫队的同学虽说都是积极分子,却有一个致命的毛病,一个个都在明处,同学们对他们反而是防着的。涉及同学们思想上的问题、灵魂上的问题,他们就靠不住了。要想了解学生内部的情况,真正掌握他们的一举一动,必须从他们的内部寻找到合适的哨所,也就是"千里眼"与"顺风耳"。关键是,这样的同学不能太显眼,太招摇,正反两方面都不能太冒尖。如果这样的同学每个班都能发展一个,魏向东相信,他一定能对师范学校的总体状况有一个方向性的把握。当然,这样的同学只能是无名英雄,不能公开,只对魏向东他一个人负责。

玉秧再也没有想到魏向东老师居然会认识自己。魏向东老师把"王玉秧"这三个字喊得清清楚楚的,还对她招了招手。显然是在招呼她了。王玉秧受宠若惊。但多少还是有点紧张。偷钱的事虽说早就过去了,终究还是玉秧的一块心病,特别怕老师叫她。玉秧直接让魏老师喊到总值班室,没敢坐,老老实实的,眼皮都不敢抬。简单地扯了一会儿咸淡,玉秧发现魏老师其实是一个蛮随和的人。虽说身材魁梧,骨架子大得很,看上去五大三粗的,人并不凶,不像钱主任那样阴森森的,很开朗,很喜欢大声地笑。魏老师终于把话题引到正题上来了。魏老师说,"我们"在暗地里其实一直在考察王玉秧,一直拿王玉秧作为"我们"培养的对象。魏老师没有说"我",而是说"我们",这就是说,魏老师代表的不只是他自己,而是一个庞大的、严密的、幕后的组织。很神秘,很神圣,见首不见尾。作为一个培养的对象,魏老师严肃地指出,王玉秧还是有欠缺的。现在的这种样子肯定不行。比方说,在"同心同德"这方面就很不够,魏老师其实是批评王玉秧了。但是,这种批评语重而又心长,带上了恨铁不成钢的焦虑,寄托着未来与希望,严厉,却又苦口婆心,是"组织上"的另一种信任。玉秧从来没有受到这样高规格的传、帮、带,那样的热切,那样的信赖,感人至深。王玉秧百感交集,人都恍惚了。魏老师随后向王玉秧交代了具体的工作和任务,具体说来,从现在起,学校里、班里、宿舍里,不论是谁,包括校卫队的队员,只要他们有"异常情况",玉秧都必须以书面的形式向"我们"汇报。一个星期一次。这就是说,从严格的组织程序来看,庞凤华虽然是校卫队的成员,暗地里其实还是受王玉秧监督,归属王玉秧领导。这就格外迷人了。魏老师的谈话一共持续了二十多分钟。这二十多分钟在玉秧的心中可以说具有极其重大的意义,是一个里程碑。它唤醒了玉秧,它使玉秧坚信自己并不是可有可无的,而是有用的,受到了极度的信赖和高度的重视。由于玉秧的工作带有地下和隐蔽的性质,需要特别地保密,分外地引人入胜。玉秧知道,肩上担子很重了,一下子觉得自己长大了。玉秧在回去的路上一直回味魏老师的话,耳边一次又一次回响起魏老师的谆谆教导。魏老师说了,往后要"多观察,多听,多记,少说,不要出风头"。玉秧对这句话最感到亲切。玉秧过去一直不出风头,并不是玉秧不想,说到底还是能力跟不上,怯场。现在不一样了,和玉秧的能力其实没有关系,玉秧不能出风头,完全是工作上的需要。

学生们所谓的生活,是在晚上的九点半之后。白天的时光虽说很漫长,然而,他们终究不是他们自己。他们的时间像一个档案柜,切开了,变成了一个又一个抽屉。这个抽屉被放进了一日三餐;这个抽屉被放进了广播操、眼保健操、课间休息;那个最大的抽屉呢,又被切开了,变成了一个又一个课时。机动一点的当然也有,那就是傍晚的那一段时光。这一段时光有点类似于存放杂货的橱子,什么都往里头塞。看上去琳琅满目,其实还是单调,无非是一些集体活动,体育,或者文艺。时间长了,依然是重复。到了晚上,下了晚自修之后,把该整理的整理了,该洗的洗了,该漱的漱了,上了床,他们开始活络了。这个时候如果从远一点的地方看一眼宿舍楼,你会发现宿舍楼很漂亮,每一扇窗口都灯火通明。类似于某一个童话的画面。北京时间九点三十分,突然,所有的窗口一起黑了。灯灭了。校园里安静下来,宿舍里安静下来,只留下卫生间的夜灯,发出安详柔和的光。窗口黑洞洞的,每一扇窗口都趋于宁静。但是,这丝毫不能说明同学们一天的生活结束了。相反,他们一天的生活才算开始。这是一个十分短暂的时光,然而,同学们躺在被窝里,黑灯瞎火的,精力却无比的充沛。脑子像被擦洗过了,亮铮铮的,变得敏感、犀利,具有穿透力,能从事哲学的研究或诗歌的创作。他们是瞬间的哲学家,他们是瞬间的诗人。而嘴巴也变得凌厉,一个最害羞、最不会说话的同学嘴巴上也通了电,噼噼啪啪的全是智慧的蓝色火光。天南地北,古今中外,陈芝麻烂谷子,人际、未来、仇恨,快乐,东一榔头西一棒槌。当然,一切都是变了形的,带上了青春期的夸张、青春期的激情与青春期的哀怨。他们躺在被窝里头,安安静静的,言语里头有一种幼稚的世故,又有一种老成的莽撞。其实每一个人都是诚实的、袒露的、透明的。他们坚信自己无所不知,所有认为他们幼稚的人一定会吃足了苦头。你就等着瞧吧。谈得最多的当然还是学校和班里的情况,同学里的张三李四,老师里的张三李四,以及校门口小吃部里的张三李四。他们闭着眼睛,好像在休息,脸上的表情却和睁开眼睛一样丰富,也许更要丰富,更要强烈。因为门是闩着的,他们的交谈似乎很私密了。其实也不是。八个人一共有八张嘴,到了第二天的上午,八传十六,十六传三十二,秘密很快就会成为公开的话题。但是,没有人计较。如果谈得高兴了,他们会重新睁开眼睛,眼里一抹黑,但这丝毫不能影响他们的智慧,声音变大了,有时候会成为大声喧哗或一阵放肆的笑声。到了这个节骨眼上,楼下会突然传出一声呵斥,那是值班的老师开始干预了:"谁还在说话!"或者是指名道姓的:"323(房间),323! 听见没有! 323!"喧哗与骚动再一次平息了,每一个同学都闭上眼睛,脸上却笑眯眯的。含英咀华。

玉秧的宿舍是412。412宿舍有五个是城里的同学。加上庞凤华、王玉秧、孔招弟。一共八个,是一个标准间。最活跃、最引人注目的当然还是赵姗姗。赵姗姗会拉小提琴,还能弹钢琴,是班里的文艺骨干,自然也是班里的文艺委员了。在老师的那一头相当地得宠。赵姗姗哪里都好,就是一张嘴招人怨,喜欢给班里的同学起绰号。最早是给男同学。赵姗姗给人起绰号可以说有独特的禀赋,一针见血,最注重神似。起先还觉得有点牵强,可是,不能想,越想越觉得像。比方说,他说某某某男生是一只骆驼,果然,那个男生的许多动态真的像骆驼了,仅仅比骆驼少一层驼毛。仅此而已。如果在路上遇到了,"骆驼"对女同学点点头,女同学都要会心地一笑,才像呢。不看不知道,世界真奇妙。而某某是一只螳螂,某某是一只猎狗,某某是一只青蛙,某某某绝对是一只癞蛤蟆,至于某某某,正面看不出来,侧面一看,无疑是一只鸡,而且是公鸡。脖子上的那一把一愣一愣的,又机警,又莽撞,当然是鸡了。班里的男同学都蒙在鼓里,其实他们早就是一个动物园了。男同学取完了,赵姗姗的才华却用之不竭。接下来自然是女同学。赵姗姗选择了王玉秧。赵姗姗对玉秧下手并不是对玉秧有什么敌意,只不过赵姗姗太喜欢出风头,特别想炫耀她的那张嘴罢了。这一天的晚上赵姗姗正在用水,突然问宿舍里的同学,你们知不知道王玉秧像什么?大伙儿都不说话。想不出来。几乎所有的动物都想过了,玉秧都不太像。熄了灯,赵姗姗自己把谜底揭开了:玉秧是一只馒头。这时候人们的注意力才从"动物"的身上游离开去,想起了馒头。可不是嘛,玉秧的后背,尤其是颈项后面的那一把,确确实实是那么一回事。王玉秧是馒头。王玉秧的的确确是一只馒头。就这么定下来了。王玉秧躺在床上,什么都没有说,已经受了伤了。赵姗姗其实是欺负她了,摁着她的脑袋把屁往她的鼻孔里放。第二天的上午玉秧甚至都没有到食堂。她不愿意看见馒头,想一想都来气。好不容易熬到晚上,玉秧突然说:"赵姗姗你是油条!"一点过渡都没有。赵姗姗翻了一个身,轻描淡写地说:"我怎么是油条呢?我不是。我不像。你们说我像不像?我不像。"玉秧说:"那你是稀饭!就是稀饭!"越说越离谱了,连她自己都知道不着边际。一个人怎么可能像"稀饭"呢。赵姗姗干脆都不理她了。玉秧的话没有受到应有的呼应,很惭愧,不知道下一步该说什么。还是孔招弟给了王玉秧一个台阶,孔招弟说:"睡吧。明天我还要值班呢。"孔招弟也是从乡下来的,暗地里和王玉秧还是有一点统一战线的味道。要不然,这些城里的丫头也太霸道了,必要的时候还是要有点帮衬才行。按理说,这一条统一战线里头应该有庞凤华,可是庞凤华的情况要特殊一点。她是小镇上出来的,虽说也是乡下,可是考上学校之前吃的一直是商品粮,倒也是城市户口,不能算乡下人。不过城里的五个女生并不买她的账,嫌她乡气,一直也没拿庞凤华当做自己的人。所以,在两个统一战线之间,庞凤华有些犹疑,一方面高攀不上,一方面又心有不甘,并没有明确的倾向与坚定的立场。玉秧怎么能指望她的帮忙呢。王玉秧的报复没有起到任何效果,受的伤更深了。玉秧就觉得自己太没用,她对自己的恨一点也不亚于对赵姗姗。

庞凤华到底还是走进"乡下人"这个统一战线里来了。可以说被逼上了梁山。赵姗姗的嘴巴也太没有遮拦了,一点顾忌都没有,她居然把"被人偷了"这个恶毒的绰号送给了庞凤华。事情的起因是因为庞凤华的一双鞋。上午出门的时候,李冬记得把自己的松紧口鞋子放在窗台上晒太阳的,到了傍晚,却发现自己的松紧口被人拿下来了,换成了一双球鞋。李冬一看球鞋就知道了,绝对是庞凤华做的鬼。李冬把窗台上的球鞋扔在地上,随口说:"谁的破鞋!"赵姗姗接过了话茬,又开始卖弄她的聪明了,说:"李冬你不是说了,破鞋嘛,当然是被人偷了。"李冬原来是有些生气,听赵姗姗这么一说,反而开心了。"被人偷了",这不是庞凤华又是哪个?庞凤华这个"破鞋""被人偷了",这个说法既解气,又俏皮,特别地意味深长。庞凤华的绰号就是它了。当然,这个玩笑只能在小范围里头说说,倒也蛮好玩的,不能随便说。要是传出去就有点不太像话了,太轻佻了。不是她们这个岁数的女生可以说的话。都有点下流了。

这一天的晚上庞凤华回来得比较晚。她在下晚自修之前去了一趟班主任老师的办公室。庞凤华越来越喜欢听班主任说话了。他的话没头没脑,可以说云山雾罩,每一句都听得懂,连成一片之后却又什么都听不明白。其实这样更迷人。具有了朦胧诗的品格。庞凤华发现她和班主任的关系也越来越像朦胧诗了，意味深长得很，无头无绪，十三不靠，有一种渴望被弄明白的焦虑。永远都没有一种妥当的说法。班主任的心情最近极不稳定，动不动就大喜大悲。也没有什么正当的由头，大喜和大悲都是说来就来。班主任为什么会这样？庞凤华不笨，她也能猜出几分：老师和自己都一样，都有一颗骚动的心。庞凤华很替老师操心了，有点怅然，特别希望替他分忧。又有一种说不出来路的甜蜜，可以说喜不自禁。格外地折磨人了。其实什么事情都没有，将来也未必就会发生什么。但愈是这样就愈是让人牵挂，总是放心不下，叫你沉溺，都有点欲哭无泪了。庞凤华回到宿舍离熄灯的时间只有最后的四五分钟了，十分潦草地洗漱完毕，上了床。心里头也有点大喜大悲。很混乱地痴迷了。赵姗姗这时候进来了。一身的寒气。事实上，赵姗姗进门不久宿舍里的灯就熄灭了。赵姗姗一进门就不对劲，只不过黑咕隆咚的，谁也没法推究。可是赵姗姗的不对劲在她用水的时候还是表现出来了。她的手很重，动作相当大。水泼泼洒洒的，搪瓷盆也被她掼得丁零当啷。看起来校卫队的魏向东老师没和她谈什么开心的事。晚自修临近结束的时候庞凤华去了班主任那里，过了不久魏向东就把赵姗姗叫了出去，是关于给同学起绰号的事。魏向东并没有批评赵姗姗。但是，赵姗姗比挨了批评还要胆战心惊，甚至是恐怖，她在宿舍里的一举一动魏向东都掌握了。庞凤华这个小婊子仗着班主任喜欢她，全都打了小报告了。赵姗姗憋了一肚子的火气，上床之后没有说一句话。虽然灯熄了，同宿舍的人还是感受到了赵姗姗烁人的愤怒,在黑暗里晃。赵姗姗突然说:"不要以为我不知道!"口气很不对。412 宿舍的气氛顿时不一样了。赵姗姗重复说:"不要以为我不知道!"庞凤华正想着班主任,从痴迷中醒过来了,心里头毕竟有鬼,赵姗姗的话在她的耳朵里自然多出了几分独特的威胁,不自在了。庞凤华接过话来,说:"姗姗你怎么啦?"赵姗姗回答说:"不要以为我不知道!"口气简直就是诗朗诵。但是,所有的人都听得出,赵姗姗不是诗朗诵,而是有所针对,是有所指的。很严厉。赵姗姗最后说:"不要以为我不知道!"她用这句话为今天暧昧的事态作了一个总结,而总结过后事态反而更暧昧了。宿舍里头有一种古怪的东西,黑乎乎地乱撞。谁也不知道赵姗姗到底"知道"什么,她"知道"的东西和别人,尤其是和庞凤华有什么特别的关联,很神秘,很让人猜疑。玉秧躺在被窝里头,她知道。她什么都知道。玉秧静静地躺在被窝里头,只是觉得身上有点热,被窝里头焐燥得很。她伸出左腿,想在被窝里头找一块凉爽的地方,终于被玉秧找到了。玉秧左脚的大拇指在凉爽的地方竖了起来。真凉快,真舒服啊。

　　一场冬雨过后,天气一天一天凉了,可以说,一天一天冷了。梧桐树的树叶都枯在树上,蔫蔫的,黄黄的。虽然都还是叶子,可一点叶子的意思都没有了。而更多的叶子落在了地上,被雨水粘贴在路面。梧桐树上更引人注目的反而是那些毛果子,毛果子挂满了树梢,远远地看过去,满校园的梧桐几乎是一棵棵果树。但是,没有丰收的意思,只有冬天的消息。细细地一想也是,毕竟已经是十一月的月底了。

　　然而,对于师范学校来说,十一月的月底却春意盎然。不管天多么的冷,风多么的萧瑟,雨多么的恓惶,师范学校反而更热闹。翻一翻日历就知道了,再有十来天就是"一二·九"了。哪一所师范学校的工作日历能遗漏了十二月九号呢?十二月九号,那是革命的时刻、热血沸腾的时刻。那一天风在吼,马在叫,黄河在咆哮,那一天红日照遍了东方,自由之神在纵情高唱。正像八一级的学生、诗人楚天在橱窗里所说的那样:"你/一二·九/是火炬//你/一二·九/是号角//你是嘹亮/你是燃烧"。"一二·九"是莘莘学子的节日,当然也是赵姗姗的节日、庞凤华的节日和王玉秧的节日。是节日就要有纪念。这是制度。师范学校纪念"一二·九"的方式并不独特,无非是把同学们集中到广场,以班级为单位,举办一次歌咏比赛。大家在一起唱过了,开心过了,热闹过了,顺便决出一二三等奖,这才能够曲终人散。但是,由于有了一二三等奖,情况又有些不一样了,每一次都要争得厉害。同学们要争,班主任要争,音乐老师也要争。八二(3)在今年的运动会上放了哑炮,一年级总共六个班,八二(3)的总分名列第四,可以说很失败了。这一来年轻的班主任对歌咏比赛自然要格外重视。说起来班主任也是一九八二年刚刚毕业的大学生,虽说还打算考研,并不想在师范学校打一辈子的江山,然而,事关荣誉,那又要另当别论。班主任老师毕业于省城师范学院的政教系,毕业的时候辅导员再三关照,对荣誉一定要特别地留神。辅导员说,工作是什么? 就是争荣誉。不要羞答答的。大家都有荣誉,没事。你有,别人没有,你的面前就有了一道楼梯，你就能欲穷千里目，更上一层楼。提干、分房、评优、做代表、找对象，你都用得上。别人有，而你没有，你就白忙活了。累死了只能说明你身体差。所以荣誉一定要争。头可断，血可流，打破了脑袋再回头。不能羞答答的。这一点八二(3)班的班主任已经有所体会了，运动会开完的当晚，获得第一名的班主任抽烟的姿势都和以往不一样了，那哪里是抽烟？昂着头，挺着胸，简直是气吞万里如虎。八二(3)在运动会上输了，在歌咏比赛上一定要捞回来。班主任为此专门召开了班会，作了大合唱的战前总动员。

事实上，八二(3)的大合唱训练要比其他的班级早一些。为了保密，班主任特地到附近的工厂里找了一间仓库，在仓库里练。应当说，八二(3)班参加这一次歌咏比赛还是有许多优越条件的。比方说，班里头有赵姗姗。她会弹钢琴，伴奏自然不用请音乐老师了，这些都是加分的因素，裁判打分的时候就有了优势。不过班主任对赵姗姗的印象大不如从前了，可以说相当坏。她居然敢一天到晚和庞凤华作对。"被人偷了"，什么意思？无疑是冲着自己来的。不能不防。但是，为了不影响大局，班主任还是忍住了，等歌咏比赛完了事再"枪毙"。班主任有一个口头禅，那就是"枪毙"。"枪毙"这个词很脆，很有大局感，有了数权合并的意思，说在嘴里有一种斩钉截铁的味道，就地正法，问题一下子就解决了。比方说，对班里的班干部，谁要是不好好干，"枪毙"！谁还能不怕"枪毙"呢。依照班主任的脾气，恨不得立即把赵姗姗"枪毙"了。赵姗姗也太拿自己当人了，自以为自己是一个文艺骨干，在许多地方越来越放肆。比方说，由谁来做大合唱的指挥,班主任就考验过赵姗姗。班主任倾向于庞凤华,这一点赵姗姗应该是知道的。可赵姗姗还是坚持用胡佳,还大言不惭地说庞凤华"气质上"不对路。这是什么话?你赵姗姗知道"气质"是什么?荒唐嘛。可笑嘛。班主任铁青着脸,很生气。赵姗姗这个女同学不行。这个文艺委员她是不能再当了。歌咏比赛结束之后一定要"枪毙"。

不过音乐老师很配合。他在工厂的大仓库里把八二(3)的大合唱弄得越来越有模样了。四十八个同学,站成了四排。分出四个声部。四个声部混杂在一起,有分离,有交叉,相互照应、烘托,音域变得厚实了,宽广了。再也不是四十八个人,而是千军万马,一个阶级的众志成城,甚至于,一个民族的众志成城。歌声里洋溢着无边的仇,还有无底的恨,以及斗争和反抗的火焰。班主任站在远处,紧抱肘部,板着面孔,站得和标枪一样直,随时都可以投出去。也许是受了歌声的渲染,班主任不停地咬牙,还有点切齿。心里头却是很满意了。艺术就是这样,仇恨出来了,自然就有了感染力。

音乐老师排完了,班主任又请来了舞蹈老师。这也算是"推陈出新"的一次具体的尝试了。虽说是大合唱,舞蹈老师还是加上了一些动作上的编排和造型。比方说,突然出击的手掌,还有突然出击的拳头、肘部,使许多昂扬的节拍相应地有了视觉上的冲击力,铿锵,斩钉截铁,把气势升华出来了,有了无畏的决心,主要是敢死。而在特别抒情的地方,舞蹈老师则别出心裁。他要求同学们分腿而立,两臂下垂,一边一个拳头,拳心向后,挺起胸,依靠脚尖的交替发力,身体左一晃,右一晃。虽然双脚都没有挪窝,但是,从整体上看,已经是赴汤蹈火了。却又柔和,甚至有了幼儿式的稚拙,春风杨柳,蕴含着缠绵、憧憬、对祖国大地深情的礼赞。这个动作真是可爱,很漂亮。尤其是做得整齐的时候,可以说美不胜收。可是,绝大部分男生显得很不好意思,做不出。脸上还绷住笑。一点都没有赴死的慷慨和主动。一连排了好几遍效果都不太理想。尤其是体育委员,那么一个大个子,在他握紧了拳头晃动身体的时候,脸上是那样地臊,不大方。班主任说:"孙坚强,注意动作!"孙坚强嬉皮笑脸的,差不多是无地自容了。班主任更严厉地大声喊道:"孙坚强!"大合唱的声音戛然而止。春风杨柳的摇摆戛然而止。班主任盯着孙坚强,问:"怎么搞的?"孙坚强说:"这个动作还是不要了吧。怎么弄啊?难看死了。"班主任沉下脸,命令说:"你出来!"孙坚强只好出来。路过庞凤华的时候还对庞凤华做了一个鬼脸。班主任都看在眼里。孙坚强并没有太拿班主任的不高兴当回事,他经常和班主任奋斗在篮球场上,总是给班主任喂球,和班主任的私交很不错,心里头有底。孙坚强走到班主任的面前,歪歪的,在班主任的面前稍息,还一抖一抖的。班主任说:"你说说,怎么一个难看死了?"孙坚强红着脸说:"哆兮兮的,娘娘腔。"全班的男生都笑了。不少女生也笑了。班主任看了一眼舞蹈老师,脸色真的"难看死了"。转过身来便对着孙坚强咆哮。他对着仓库的大门伸出一根指头,吼道:"滚出去!"孙坚强愣了一下,知道自己完了,被"枪毙"了,傻在那里。脸上挂不住了。掉头就走。嘴唇上还有一些动作,很无用,很多余。班主任对着孙坚强的背影伸出了手指,可以说又补了一枪。孙坚强这一回肯定死透了。果然,班主任怒气冲冲地说:"体育委员别干了! 再也别想回来!"

孙坚强"滚出去"了。他站的那个位置也只好空在了那里。班主任还在生气。排练停止了。庞凤华站在合唱队的对面,不停地拿眼睛张罗班主任。意思很明确了,那个空下来的位置怎么办? 班主任的魄力全班的同学都知道,所谓的魄力就是说一不二。要他收回自己的话绝无可能,更何况当着全班同学的面呢。班主任走到庞凤华的身边,两只手叉在腰间,还在气头上,说:"继续排!"嘴上虽然这么说,看得出他也在动脑筋。他的眼睛一不留神就要落在"孙坚强"的位置上去。那里空了一大块。

同学们在唱,比画完了巴掌、拳头、肘部,又开始左一晃、右一晃了。这一次大伙儿晃得很卖力气,效果却不好,失去了原有的波动,失去了那种气概、那种韵致、那种韧劲。班主任的眼睛从每一位同学的脸上划过去,落在了王玉秧的脸上。王玉秧做这个动作的时候一点都撒不开,平白无故地惭愧,眼皮耷拉着,目光并没有对着四十五度的远方深情地眺望。下嘴唇还咬得紧紧的,光顾了晃,却忘了唱。班主任走到王玉秧的面前,拉住王玉秧的胳膊,顺手把她拽了出来。班主任随后对着合唱队做了一个"归拢"的手势。队伍重又对称了,整齐了。"孙坚强"的空缺也等于补上了。班主任满意地舒了一口气。拍了拍巴掌,嘴里喊道:"不错,不错,很有起色。就这样唱!"

一下子"枪毙"了两个,所有的同学突然之间就来了精神,一个个抖擞得很,音量高了上去。每一个同学的脖子里都是筋。班主任也开始比画,其实是庞凤华这个指挥身后的总指挥了。

玉秧并没有走。她站在一边,知道自己被"枪毙"了,但是并不能肯定,还有点侥幸,有点麻木。她不敢走,她担心班主任在她的背影上再补上一枪。可也不敢留,留在这儿太尴尬了。这一来玉秧仿佛是在等。说她在等其实也不对,老师并没有让她归队的意思。她其实已经被忘却了。玉秧站在一边,耷拉着眼睛,下嘴唇咬得紧紧的,却意外地发现自己的圆口布鞋特别地难看,太土气了。玉秧往后退了两步,想把鞋子藏起来,没有成功。玉秧只是惭愧。是另一种惭愧。太丢人了。好在玉秧比过去聪明了,知道给自己找一个台阶。玉秧走到班主任的侧面,说:"老师,我不太舒服,先回去吧。"班主任正在指挥,很投入,没有听见。玉秧说:"老师,我想请个假。"班主任听见了。班主任没有回头,他做了一个"走人"的手势。他的手腕同意了。玉秧往外走的时候两只手臂不会摆动,一边一个拳头。由于步伐过于僵硬,玉秧差一点同手同脚,走成了一边顺。这十几步的路太难走了,每一脚都踩在了玉秧的心上。

当天晚上孙坚强的职务就被撤销了。班主任一句话也没有说,只是公布了一张班委会的新名单。体育委员的后面果然不是孙坚强,而是班长的名字。后面还打上了一个括号,里头写着一个字,兼。班主任在这个晚自修临时召开了一次班会,作了一个十分简短的发言。他希望所有的同学都不要"自我放弃""自作聪明"。"自我放弃"和"自作聪明"是不会有"好下场"的。班主任没有点名。不过,全班的同学心里头有数,孙坚强再想到篮球场上给班主任传球的可能性已经不大了。不过,"自作聪明"这个词,班主任并不是送给孙坚强的。孙坚强还谈不上"聪明"。班主任另有所指。他在说"自作聪明"的时候瞄了一眼赵姗姗。赵姗姗不笨。她低下脑袋就说明她真的不笨。赵姗姗知道，她要是再不支持庞凤华的工作，再不和庞凤华搞好关系，她的前景肯定不会比孙坚强好。她离"枪毙"其实已经不远了，充其量只不过是缓期执行。

不能参加排练，不能纪念"一二·九"，玉秧很落魄。可以说是悲伤。但是，玉秧不能答应自己沉沦。她来到了图书馆，想看点书，但是，看不进去。当然了，最后却还是看了。是小说，英国女作家阿加莎·克里斯蒂的侦探系列。一下子就迷上了。一天一本。短短几天的工夫玉秧居然把克里斯蒂的侦探小说全看完了。克里斯蒂的小说虽然故事不同，地点不同，凶手作案的方式不同，然而，有一点却一样，那就是依靠推理来抓住凶手。一切从逻辑出发，一环套一环，从而步步逼近。如果把克里斯蒂的作品罗列在一起，玉秧发现，除了探长，那个叫波洛的比利时小胡子，每一个与事件相关的人其实都是凶手。都有作案的动机、时间、手段和可能。每个人都在犯罪，每一个人都是罪犯，谁也别想置身于事外。克里斯蒂的小说一下子擦亮了玉秧的眼睛，使玉秧进一步认清了地下工作的意义，鼓起了地下工作的勇气。她相信，经过这次系统的阅读，自己有理由把今后的工作做得更好，让魏老师满意，让组织上放心。

玉秧并没有把克里斯蒂的小说带回宿舍、带进教室。这样的小说还是在图书馆里阅读比较好。这样才显得正规，带有研究和思考的气氛。玉秧格外地刻苦，一边读，产生了一些心得，一边记。除了心得之外，玉秧在图书馆里还有了一个实实在在的收获,她见到了楚天,还认识了楚天。楚天,八一(1)班的一个男生,师范学校里最著名的诗人。并不帅,偏瘦,可以说貌不惊人。和一般的男同学比较起来,也就是头发稍稍的长一些罢了,却非常的乱,仿佛一大堆的草鸡毛。楚天的面相看上去有点苦,带上了苦行的味道,这就很不简单了。楚天几乎不和任何人说话,一身的傲气,一身的傲骨。傲得很。听人说,一般的同学想接近楚天几乎是不可能的。楚天的原名叫高红海,是一个乡下人。但是,人家现在已经不再是高红海了,而是楚天。这一来整个都变了,那个瘦瘦高高的男生多了几分的虚幻,有几分的不着边际,阔大而又缥缈。气质上就已经胜出了一筹,很接近老师们所强调的"意境"了。楚天在骨子里极度地自卑,关键是神经质,拘谨得很。但是,这些东西在楚天的身上反而是闪闪发光的,弥漫着冷漠的光、傲岸的光、卓尔不群的光、目中无人的光,自然也就是高人一筹的光。玉秧从来都不敢正眼看,心里头却非常地崇敬。尤其是读了橱窗里他的那首诗。他居然指手画脚的,点名道姓的,对着"一二·九"说"你",这是怎样的无忌、怎样的狂傲、怎样的为所欲为!还很急迫,都刻不容缓了。仿佛是召之即来。你听听,左手一指:"你/一二·九/是火炬",右手又一指:"你/一二·九/是号角",除了楚天,还有谁能把"你"字用得这样豪迈,这样脱口而出,又这样出神入化?而什么才叫"你是嘹亮/你是燃烧"啊?太神奇了,太不可思议了。楚天的诗歌里头没有一个标点,这就更加不同寻常了。听说,有一个老教师在这个问题上特地询问过楚天。楚天没有说话,歪着嘴角,冷笑了一声,老教师的脸红得差一点炸开来。监考的时候一直想抓楚天一个作弊,给他一个警告处分。可是楚天的学习哪里还需要作弊?除了体育,门门好。楚天几乎是师范学校的风景了,永远是独来独往,谁也不搭理。他的眼睛里从来就没有任何人。即使见到钱主任,楚天也昂着头,走他的路。玉秧亲眼见过的。但是,就是这样的一个人,著名的楚天,桀骜不驯的楚天,居然开口和玉秧说话了,主动地和玉秧说话了。说出来都没有人敢信。

那是中午,玉秧站在期刊的架子面前,一手捧着《诗刊》,一手挖着鼻孔。楚天其实就站在她的身边。看着玉秧了,神情还相当专注。玉秧一抬头,手里的《诗刊》已经掉在了地上。楚天弯下腰去,替玉秧把刊物捡起来,递到玉秧的手上。楚天的表情十分地亲切,一点都没有任何居高临下的意味。笑着,说:"喜欢诗?"玉秧不敢相信楚天是在和自己说话,回头看了两眼,没人。玉秧连忙点了点头,楚天又笑了笑,他的牙有些偏黄,也不齐,可是,这一刻已经光芒四射了。玉秧想将头发,来不及了,楚天已经飘然而去了。直到楚天的背影完全消失在大门的外面,玉秧才意识到自己的脸上已经烧得不成样子,而心脏更是添乱,不讲理地跳。关它什么事呢!玉秧站在原地,回味刚才的细节,"喜欢诗?"一遍又一遍。回到了座位上,玉秧的神还在外头飞。她拿起了圆珠笔,一点都不知道在自己的笔记本上写了什么:

喜欢诗

是的

喜欢诗

是的

喜欢诗

220

是的

喜欢诗

是的

喜欢诗

是的喜欢

喜欢诗

是的　是的　我喜欢

玉秧望着自己的笔记本，我的天，这不就是诗吗？这不是诗又是什么？她伤心地发现，自己已经是一个诗人了。因为意外的惊喜，她玉秧都已经是一个诗人了！玉秧面无表情，呆在座位上。但内心荡漾的全是风。玉秧在心里说：

你——楚天

是火炬

你——楚天

是号角

你是嘹亮

你是燃烧

玉秧回过神来，把自己结结实实地吓了一大跳。一动不动。但风在枝头，已近乎狂野。

一旦认识了谁，你就会不停地遇上谁。玉秧和楚天就是这样。他们总是碰到，老是碰到。有时候是食堂，有时候换成了操场，图书馆就更不用说了。更多的时候还是在路上。虽说这一切都是偶然的,但在玉秧的这一头,因为不停地遇见,慢慢地就有了感人肺腑的一面了。成了秘密,很深地藏在心底。这个年纪的女孩子全都是储藏秘密的好手,她们把秘密码得十分地整齐,分门别类,藏在一个秘不宣人的角落里头,还带上了心有灵犀的温馨。就好像你中有我,我中有你。校园里的空间突然变得浓缩起来,小小的,好像只有楚天和玉秧两个。校园生活从此便有了袖珍的一面,可以把玩的色彩。比方说,玉秧走路走得好好的,突然有了预感:会遇上楚天的吧? 一拐弯,或者一回头,楚天果然就在她的跟前。最极端的例子也有,有一次玉秧在宿舍里头,好好的,心里又乱了,突然想出去走走。目的不言而喻了。刚下楼,走了十来步,遇上了。虽然楚天并没有看她,但是玉秧还是差一点被自己击垮了。是的,是击垮了。可以说催人泪下。玉秧认定了老天爷其实站在她的这一边,暗地里帮了她,要不然哪里会有这样的巧? 楚天不看她,肯定是故意的。反过来说明了楚天的心思,他的心里装着她。玉秧知道自己并不出众,可楚天是诗人,诗人的眼光总是独特的,难以用平常的目光去衡量。玉秧想,楚天这样对待自己,只能说明人家不俗。

　　每一次见面都可以用"幸福"去形容。事实上也是,那是玉秧无比幸福的时刻。甚至还可以用"陶醉"去形容。不过"陶醉"是一个无比恶毒的东西,专门和你对着干。"陶醉"是那样的短暂,经不起三步两步,稍纵即逝。而不"陶醉"的时候又是那样的漫长,毫无边际。你会格外思念,像上了瘾,渴望再来一次。所以,"陶醉"总是空的,它是一种纠缠、萦绕,无休无止,它伴随着失落、伤怀、遥遥无期的等待与守候。从根本上说,陶醉其实是别样的苦，是迟钝的折磨。但是玉秧并没有被挫败，她有耐心。甚至，有些高亢。玉秧的心里到底装了一些什么呢？玉秧问过自己，玉秧花了很长的时间终于弄明白了，是"怜爱"。楚天的模样、他的草鸡毛一样的头发、他的孤寂、他锁着的眉头、他走路的样子，都那样的引人注目，需要一个人去"怜爱"他，好好地疼着他。玉秧想，这个人只能是自己了。如果天上掉下来一块石头，有可能伤及楚天，玉秧一定会扑上去，用自己的身体护住楚天，挡住那块石头。只要楚天好好的，玉秧付出什么样的代价都在所不惜。这样的心思要是能够让楚天知道就好了。

玉秧没有料到自己会有这样大的胆量，不仅轻浮，可以说下作了。胆子也太大了也，怎么敢的呢？这一天的傍晚玉秧的眼睛一直在跟踪楚天，楚天后来走进了图书馆。玉秧在门口徘徊了片刻，进去了。楚天已经在阅览室的长椅上坐下来了，正在阅读。玉秧一屁股坐在了楚天的身边，拿出书，做出认真的样子来。玉秧到底"阅读"了什么，这个问题其实已经很不重要了。重要的是，玉秧和楚天坐在一起，肩并着肩。由于是图书馆，外人一点都看不出什么异样来的。玉秧耷拉着眼皮，努力做出一副若无其事的模样。但是，玉秧的脸一直红着，这是玉秧对自己极为不满的地方。"眼睛是心灵的窗户"，这句废话是谁说的？对于心中有爱的人来说，脸上的皮肤才是心灵的窗户呢。窗户红彤彤的，像贴了大红的"喜"字，还有什么能瞒得住？瞒不住的。玉秧干咳了一声，楚天侧过头来。玉秧知道，楚天肯定侧过头来了。楚天的这一个侧头顿时改变了玉秧身心的基本局面，她的心咯噔了一下，沉下去了，向着幽暗和难以言说的地方，一点一点地滑落。而身体却有点古怪,反而轻了,往上飘。阅览室里的空气稠密了起来,灯光却是潮湿的,有了抚摸和拍打的动势。玉秧突然想哭了。并不是悲伤。一点悲伤都没有,就是想哭,把自己哭散了才能够说明自己的问题。稍稍调整了一会儿,玉秧从书包里取出了笔记本。这本硬面抄还是玉秧新买的。玉秧打开来,用工整的楷体把楚天发表在橱窗里的诗句写在了第一页上:你/一二·九/是火炬//你/一二·九/是号角//你是嘹亮/你是燃烧。写完了,打上破折号,在破折号的后面写上了"高洪海"这三个字。这一来"高洪海"这三个字就有了"高尔基"、"莎士比亚"或"巴尔扎克"的意思了。玉秧吃不准是"红"还是"洪",想了想,还是"洪"。毕竟是男生,不会是"红"吧。把这一切都做妥当了,玉秧在笔记本的扉页的右下角写上了自己的姓名。想了想,又注明了八二(3)班,412宿舍。玉秧以为自己会慌,却没有。出奇地镇静。玉秧板着脸,把笔记本往外推了推。站起身,出去了。玉秧走出图书馆大门的时候那一阵猛烈的心慌才扩散开来。一直扩散到手指的末梢。玉秧现在反正也管不住它了。随它去吧。

楚天把玉秧的笔记本还给玉秧已经是两天之后了。依然是在图书馆。楚天没有躲躲藏藏地,直接走到玉秧的跟前,把玉秧的笔记本放在了玉秧的面前。没有人注意到玉秧的这一边发生了什么。玉秧打开笔记本,上头有楚天的亲笔签名。原来还是错了,是"红",不是"洪"。玉秧慌忙合上,心里头一道神秘的门却被撞开了,涌进来许多东西,这些东西蛮不讲理,眨眼的工夫已经是汪洋一片了。玉秧害怕了,紧张得近乎晕厥。我这是恋爱了，玉秧想，我这一定是恋爱了。

玉秧恋爱了。这一点玉秧有绝对的把握。这一次秘密的交流之后，在她和楚天路遇的时候，玉秧的胸口都会拎得特别的紧，而楚天也表现得极不自然，不停地甩头发。想把额前的头发甩上去。楚天的动作真是多余了，你要甩头发做什么呢？玉秧想，就是不甩头发，我也不会觉得你乱。我怎么会嫌你乱呢。头发不乱那还是你楚天吗？真是没有必要。什么时候得到机会，一定得跟他说说。

玉秧木讷，却并不笨。她很快把楚天日常的习惯给弄清楚了。比方说，楚天喜欢一个人在操场的跑道上溜达，每天至少有一次，有时候是在早操过后，有时候则是在晚自修之前。这两个时候操场上都比较空旷，没有人，最适合诗人的独步，最适合向往爱情。这一天的傍晚玉秧终于鼓足了勇气，离晚自修还有十二分钟，玉秧佯装闲逛，一个人来到操场了。操场上却空着，没人。玉秧四下里张罗了几眼，吃完了晚饭她明明看见楚天朝着操场这边来的，怎么说没就没了呢？玉秧并没有死心，而是轻手轻脚地绕到了水泥看台的后面。终于看见楚天了。玉秧的心里又是一阵狂跳。楚天一个人站在草丛里，并没有酝酿他的诗歌，而是叉着腿，面对着一棵树，全力以赴，对着天小便。小便被楚天滋得特别高，差不多都过了楚天的头顶了。为了让小便达到一个全新的高度，楚天借用了屁股的力量、脚尖的力量，用力地往上拱。玉秧张开嘴，她再也没有料到，孤寂的楚天，桀骜不驯的诗人，居然偷偷地在干这样的一件事，太下流了，太卑鄙了！玉秧愣在原处，不敢发出一点声音，掉头就走。拼了命地跑。玉秧一口气一直跑到操场的出口处,立在那里,回过了脑袋。楚天已经出来了,他似乎已经意识到自己的下流举动被玉秧看到了,像一根木桩,傻乎乎地钉在跑道上。玉秧和楚天都看不见对方的眼睛,但是,玉秧知道,他们一定在对视。诗人完美的形象坍塌了,玉秧的心慢慢地碎了。傍晚的颜色堆积在他们中间,暮色越来越重。他们的身影越来越模糊,越来越遥远。玉秧扶着出口处的大铁门,用力地喘息,眼眶里贮满了翻卷的泪。

玉秧失恋了。不过,玉秧的失恋并没有妨碍八二(3)班在"一二·九"歌咏比赛上的出色发挥。八二(3)班在这一次歌咏比赛中的表现相当地出色,可以用扬眉吐气来形容。拿到了第一名还是次要的,关键是,同学们之间空前地团结,表现出前所未有的凝聚力,形成了一个特别能战斗的集体。他们在班主任老师一元化的领导下,相互配合,相互支持,开创了一个良好的班风。这一切和王玉秧当然没有什么关系了,但是,从某种意义上说,关系反而更加地密切了。轮到八二(3)班演出的时候,八二(3)班的同学站了起来,离开了座位。八二(3)的位置空下来了,空荡荡的,只留下了两个人。一个是孙坚强。一个是王玉秧。这样的场面玉秧始料不及。就说孙坚强吧,平时的脸皮是多么的厚,这一刻也不行了。脖子软了,一直耷拉着脑袋,耳朵都红了。八二(3)演唱的时候玉秧只抬过一次头,除了孙坚强通红的耳朵,什么也没有看见。玉秧的头再也抬不起来了。全校的同学一定都看到了,楚天肯定也看见了,她王玉秧连纪念"一二·九"的资格都没有。简直就是示众。太现眼了。玉秧把她的脑袋夹在两只膝盖的中间，不停地用指甲在地上画。画了什么呢？玉秧不知道，大概是想在地上挖一个洞，好让自己跳下去，再用土埋起来。玉秧一直想哭，但是不敢，好在还是忍住了。要是在这样的场面、这样的场合落下眼泪，那个脸不知道要丢多大，还不知道班主任会怎样想。

　　赵姗姗风风火火的，很忙。她的妆已经化好了，一双眼睛忽闪忽闪的，漂亮得不知道该怎么说才好。庞凤华远远地望着她，显得格外地紧张。赵姗姗突然走到庞凤华的面前，主动要求替庞凤华把她的眉毛再加长一些。庞凤华不敢相信。她赵姗姗的眼睛里什么时候有过自己的呢。然而，这是真的，赵姗姗的手已经把庞凤华的下巴托起来了。赵姗姗把庞凤华的眉毛一直勾到太阳穴的那边去，唇线也动过了，小了一些，露出了格外鲜明的唇型。而眼影的颜色也改变了。赵姗姗拿出小镜子，庞凤华在小镜子里头一下子就脱落出来了。赵姗姗说："死丫头，漂亮死了。"庞凤华瞥了一眼远处，班主任正全神贯注地看着这边。庞凤华到底还是自卑，仰着脸，说："赵姗姗，我们乡下人就是土气哈。"赵姗姗用她的指关节捣了捣庞凤华的脑袋，把庞凤华的脑袋都弄疼了，就好像出手不重就不能说明下面要说的问题。赵姗姗认真地说："你怎么是乡下人？你身上的哪一点是乡下人的样子？你看看你，气质多好。"这句话进了庞凤华的耳朵，进了庞凤华的心。很动人。"乡下人"一直是庞凤华的一块心病，现在好了，最权威的说法其实已经产生了。庞凤华一激动，一心想着要加倍地报答赵姗姗。庞凤华刚想说些什么，赵姗姗关照说："待会儿演出，你可不要等着我对你点头，你要先示意我，知道吧,你是指挥,知道吧?"庞凤华对着赵姗姗看了老半天,突然一阵难过,一把抱紧了赵姗姗的腰,说:"姗姗,我一直嫉妒你,真的,我保证,以后不这样了。我们以后做姐妹。"赵姗姗知道庞凤华说的是真心话,人一激动说出来的话就难免犯贱。可赵姗姗听在耳朵里却格外地别扭。她庞凤华也真是会夸自己,居然好意思做我赵姗姗的姐妹,也太抬举她自己了,这是哪儿对哪儿。赵姗姗回过头,远远地看见班主任正在看自己。这一次不是自己,而是班主任把目光让开了。赵姗姗回过头,拉起庞凤华的手,说:"到我们了。"庞凤华却走神了,愣在那里,相信自己和赵姗姗的友谊这一次是加深了,巩固了,已经产生了一个质的飞跃。完全可以和她们处到一块儿去了。

八二(3)班不是小胜,而是大胜,总分高出第二名一大截子。奖状是赵姗姗上去领的,班主任亲自走到赵姗姗的面前,用他的下巴示意了赵姗姗。班主任还带头给她鼓了掌。除了孙坚强和王玉秧,八二(3)班洋溢着一种节日才有的气氛。好在谁也没有想起他们,自己高兴还来不及呢,想他们做什么?班主任嘴上没有说什么,表情上也没有流露什么,不过,他的心情同学们都可以想见,又不是孩子了。趁着好心情,当天晚上赵姗姗就把庞凤华拖到班主任的宿舍去了。庞凤华不肯。要不是赵姗姗硬拖,庞凤华绝对不会去。赵姗姗和庞凤华手拉手,并排站在班主任的宿舍门口。庞凤华的头上戴着一个新式的红发卡,赵姗姗送给她的。班主任很高兴,似乎知道她们会来,特地预备了梅子,请赵姗姗和庞凤华的客。班主任说:"你们立了大功。"赵姗姗不好意思地笑了,一直和庞凤华并排坐在班主任的床上,手拉着手。班主任点了根烟,他抽烟的动作并不熟练,有些生,看起来反而咋咋呼呼的,有些夸张了。然而,并不妨碍他的谈笑风生。这个晚上他的话非常多,几乎是一个人在说,没有朦胧诗的风格,质朴,家常,每一句都能听得懂。就这么说了五六分钟的话,赵姗姗似乎想起了什么要紧的事情,突然站了起来,想离开。庞凤华也只好跟着站起来,做好了一起走的样子。赵姗姗说:"你坐你的——我怎么忘了,人家还等我呢。"口气相当地自责。庞凤华一定要跟着走,而赵姗姗则坚决不让。最终还是庞凤华让步了,再这么坚持下去,反倒显得故意了。庞凤华留了下来,宿舍里顿时安静了。庞凤华自言自语地说:"看不出来,赵姗姗其实蛮热心的。"班主任想了一会儿,接过庞凤华的话说:"是啊,赵姗姗同学最近的表现的确不错。"

两个人就那么坐着,都不开口,找不到合适的话。没有话那就要找话。这一来宿舍里的气氛似乎有了几分的紧张。当然,也不是真正的紧张,说异乎寻常也许更合适,带上了蠢蠢欲动的意味,又带上了不敢越雷池半步的局限性。综合起来体会一下,还是温暖人心的那一面占了上风。班主任不再看庞凤华的眼睛,却盯住了庞凤华头上的红发卡。这么打量了几秒钟,兀自笑了,说:"看来你还是喜欢红颜色。"庞凤华只是低着头,十分用心地搓手。班主任说:"红颜色其实不好。"庞凤华却不接班主任的目光,眨巴着眼睛说:"怎么不好?你说这话要负责任的。"班主任的胸口笑了一下,说:"这还要负责任?负什么责任?"庞凤华说:"班里的同学要是说我不好看,我就要找你。"班主任没有想到庞凤华能说出这样的话,都笑出声来了,说:"我是说红颜色不合适你。""怎么不合适我？""确实不合适你。"庞凤华的口气突然凶了，正眼盯着班主任，下巴一点一点地斜了过去，目光却不动，脱口说："放屁！"话一出口庞凤华立即把自己的嘴巴捂上了，十分地惊慌。却意外地发现班主任并没有生气，反而希望庞凤华这样和他说话，反而更高兴了，满脸真心的笑。庞凤华看得出来，"放屁"这个词使班主任获得了出乎意料的幸福。幸福让人犯贱，班主任一脸的贱，小声说："你刚才说什么？再说一遍！"庞凤华知道班主任的心思，胆子一下子大了，伸过脖子，对着班主任更小声地说："就是放屁。你放屁。"几乎没有声音，只有唇形，成了独特的耳语。班主任很迷人地笑了，十分甜蜜地说："小心我撕你的嘴。"

　　失恋真的是一场病。玉秧病得不轻，整天歪歪的，浑身上下几乎都找不出一点力气。八二（3）班赢得了"一二·九"大合唱的冠军，人人都欢天喜地。这种欢天喜地反过来只能让玉秧看清了自己的渺小与卑微。是玉秧别样的耻辱。玉秧只顾了自己的失恋和耻辱，却把一件最为要紧的工作给耽误了，她已经连着两个星期没给魏向东老师递送书面报告了。魏向东老师很生气，很不满意。这一点从魏老师的脸上完全可以看得出来。魏向东把玉秧喊进了总值班室，拉上了窗帘。魏老师并没有绕弯子，一上来就给玉秧作出正确的诊断。玉秧"委靡不振"，"思想上"一定"染上"了"不健康"的东西。希望玉秧"谈谈"。玉秧坐在魏老师的对面，又惭愧又惊惧，知道自己已经给魏老师看穿了。低下头来，一言不发。事实上，从认识楚天的第一天起，玉秧对自己一直非常地警惕,提醒过自己,告诫过自己,就是收不住,没有有效地约束住自己,差一点点就爱上了一个小流氓。如果不是楚天自我爆炸,如果不是楚天的流氓行径及时暴露,后果将不堪设想。玉秧在魏向东老师的面前沉默了足足有半支烟的工夫,流下了悔恨的泪,玉秧勇敢地抬起了她的泪眼,说:"我坦白。我揭发。"

魏向东雷厉风行。十一分钟之后,楚天,也就是高红海,站在了魏向东的总值班室。魏向东首先让高红海"三靠",即,鼻尖靠墙,肚皮靠墙,脚尖靠墙。高红海在"三靠"的同时伴随着可耻的内心历程,依照魏向东的要求,他必须利用这一段时间好好地"揭发一下"自己的问题。想,给我好好想。"三靠"了四十五分钟,也就是说,高红海自我"揭发"了四十五分钟,依照魏向东的命令,他"转过"了"身"来。魏老师打开了所有的电灯开关,同时搬来了台灯,让台灯的光芒照射在高红海的脸上。高红海的鼻尖上有一团圆圆的石灰,仿佛京戏里的三花脸。魏向东说:"想好了没有?"高红海没有说话,却尿了,一双鞋子被他尿得满满的,洒得一地。魏向东说:"想好了没有?"高红海低声说:"想好了。"魏向东说:"说。"不说不知道,一说吓一跳。"诗人"的外衣被扒开之后,高红海露出了他肮脏无比的内心世界,他居然同时"爱着"八个女生,分别是王芹、李冬梅、高紫娟、丛中笑、单霞、童贞、林爱芬、曲美喜。根据高红海自己的交代,晚上一上床,主要是熄灯之后,高红海就开始"想她们"了,"一个一个地想"。有诗为证。"你的长发在风中飞/那是我心中的累/乌黑的纷乱令我陶醉/梦中一次又一次地回味/我想抚摸它/

远方只有你的背/你是我的小鸟/你是我的蝴蝶/啊/瓢泼的雨是我的泪"——这一首诗是高红海"献给"李冬梅的。魏向东盯着高红海,呼吸都粗了。但是,高红海显然没有注意到魏老师的呼吸,他沉醉在自己的诗中,双眼迷茫,越发来劲了。又举了曲美喜的例子:"我在彷徨哦我在彷徨在远方/你是梦的新娘/我想一点一点靠近/你却躲藏/你却躲藏"高红海一首接一首背诵,有了自得其乐的劲头,一点都没有发现魏向东的表情是多么的危险。魏向东盯着他,越听越愤怒,突然一拍桌子,高声吼叫道:"不许押韵!好好说话!不许押韵!"高红海的两只肩头十分疾速地耷拉下来,嘴里停止了。两只肩头慢慢放开了,痴痴地望着魏向东。不说话了。

高红海在第二天的上午做了一件惊天动地的事。在他的文选课上。文选老师正在讲授苏东坡的《念奴娇·赤壁怀古》。文选老师五十开外了,操着一口南方口音的普通话。"n""l"不分,"zh、ch、sh"和"z、c、s"不分。他的嗓子十分的尖细,但是激越,这一来尖细就变成了尖锐,有一种直冲霄汉的气概,还有一种自我陶醉的况味。而他的两只眼睛在眼镜的镜片后面也发出了灼热的光。为了讲解"小乔初嫁了,雄姿英发",老师开始了引征,自然要涉及"东风不与周郎便"。老师转过身去,特地做了板书,写下了"铜雀春深锁二乔"。这个时候高红海站起了身子,严厉地指出:"不许押韵!"文选老师回过头,很小心地问:"你说什么?"高红海居然拍桌子了,"咚"的就是一下。高红海扯着嗓子说:"不许押韵!"口气极其威严,可以说气吞山河。文选老师显然是受到了意外的一击,他望着高红海,摁住脾气,耐心地说:"楚天同志,你是写新诗的,新诗可以不押韵,不过旧体诗必须这样,这不是许不许的问题,词牌和格律要求这样,知道吧。只能这样。"高红海很愤怒,格外固执地坚持:"不许押韵!"这不是不讲理吗?这不是胡搅蛮缠吗?老师怔在那儿,满心的委屈。下课的铃声恰好响了。老师把所有的委屈全部宣泄到了"下课"这两个字上。夹起讲义就走。可是,高红海却不依不饶。他盯上了文选老师,反反复复地对着文选老师下达他的命令:"不许押韵!"文选老师这一次没有再忍,爆发了。他精瘦的右手一把抓住了高红海,抓住了就拖,一直拖到教务处。文选老师对着教务主任大声说:"是苏东坡押的韵!又不是我!我怎么能不押韵?岂不怪哉嘛!"很激动。教务主任不知道事情的来龙和去脉,听不懂,满脸都是雾。平静地说:"怎么回事?"文选老师越发激动,脸也紫了,"课不好,你有意见,可以提!不能以这种方式!是苏东坡押的韵,我再说一遍,不是我!"教务主任依然一脸的茫然,迷惘的双眼不停地打量文选老师与楚天。这时候校长过来了。文选老师拉过校长,嗓子更尖锐了:"课不好,他可以提,不能以这种方式!"围过来的人越来越多,有老师,也有同学。校长一抬下巴,说:"好好说。怎么回事?"文选老师拽过高红海,把高红海一直拽到校长的跟前:"你让他自己说!"高红海的锐气已经去了大半,可是,嘴还在犟。

文选老师自语说:"岂有此理!"

高红海立即精神了:"不许押韵!"

"岂有此理!!"

"不许押韵!!"

"岂有此理！！！"

"不许押韵！！！"

文选老师开始抖了。说不出话来。"你神——经——病！"他丢下这句话，掉过头就走。

文选老师的话多多少少还是提醒了校长。校长望着高红海，弓下腰，一手背在腰后，另一只手很亲切地伸了出去，想用手背摸一摸高红海的前额。高红海十分傲慢地把校长的右手拨开了，一脸的愁容，一脸的忧郁。高红海慢悠悠地说："五根指头／说穿了是一只手／当你攥成拳头／我是多么的忧愁……"校长想缓和一下气氛，笑着说："你这不是又押韵了吗？"

"不许押韵！！！"

校长回过头去，把嘴巴套到了办公室主任的耳边，小声说："打个电话，叫一辆救护车来。"

救护车开进师范学校的时候高红海企图逃跑，不过，显然没有成功。校卫队的五个男同学一起冲刺，立即把高红海揪住了。高红海的挣扎极其剧烈，还伴随着怒吼。但是高红海所做的一切相当徒劳，校卫队的男生立即就把他制伏了，把他摁在了地上。身披白大褂的医生走了上来，十分利索地给了高红海一针。这一针的效果无比的奇妙，所有的老师和同学都看到了这个生动有趣的画面，那些晶莹的液体很会做工作，不声不响，硬是把高红海的工作慢慢做通了。高红海眼看着软了下去。肚子还挺了几下，不过幅度越来越小，绝对是最后的挣扎。最后安稳了。而他的目光也变得迟钝，视而不见的样子，像岸边上躺着的鱼。嘴巴无力地张着，流出了长长的哈喇子。同学们坚信，从那一刻起,楚天永远也不可能是楚天了,他只能是高红海了。

　　高红海被救护车拖走的当晚玉秧做了一回贼,真的偷了一回东西。晚上九点二十八分,宿舍的灯就快要熄了,玉秧悄悄溜进了食堂。这个时间是玉秧精确推算过的。早一点或晚一点都不行。她猫着腰,心脏紧张得就差跳出来了。但是,玉秧控制住自己,蹑手蹑脚地走到了男生放碗的架子面前。她前后左右看了几眼,又静下心来听了一会儿,四周没有动静,终于打开了她的手电。她在找。一排又一排地找。楚天的搪瓷饭碗到底被玉秧找到了。搪瓷饭碗上有三个酱红色的英文字母,"CHT",那是"楚天"的汉语拼音的缩写。这三个字母玉秧已经烂熟于心了,她都不知道偷看过多少遍了。现在,它就在玉秧的面前,从来没有这样近过。玉秧把她的右手伸出去,拿出了楚天的不锈钢钢勺。玉秧把楚天的勺子装进了口袋,掐了手电,掉头就跑。玉秧在快要出门的时刻撞到了饭桌上。是膝盖,碰上骨头了,钻心地疼。可是玉秧不敢停留,火速撤出了现场。几乎在熄灯的同时冲进了女生的宿舍楼。玉秧走进 412 宿舍,一进门宿舍里的交谈就立刻停止了。玉秧没有用水,上了床,放下了蚊帐。玉秧从口袋里掏出不锈钢钢勺,在黑暗中犹豫了一会儿,突然放进了嘴里。她的舌头体会到了不锈钢的冰凉,一直凉到身体隐秘的最深处,还有不锈钢的硬,不锈钢光滑的弧度。玉秧的泪水立即涌出来了,热烫烫的。同时热烫烫的还有玉秧的膝盖,那里的伤口一定在流血。玉秧把棉被一直裹到头顶,趴在了枕头上。她在哽咽。她的哽咽带动了床架,床都一起晃动了。上床的孔招弟说:"玉秧,一个人偷偷笑什么呢?说给我们听听噻。"

在工作之余，魏向东老师最热爱的事情当然还是和女教师们说笑。和女教师们调笑，几乎成了魏向东的业余爱好了。谁也没有想到，魏向东的那张嘴还真的惹出麻烦来了。所谓言多必失，真的是这样。化学组的女教师祁莲涓结婚两年了，从来没有到魏向东这里领取过"工具"，可是，肚子到现在也没有能够挺起来。魏向东到底荤惯了，这一天嘴一滑，居然拿祁老师开起了玩笑。祁老师蛮开朗的一个人，这一天不行了，和魏向东翻了脸。开玩笑的时候其实也不是魏向东和祁老师两个人，还有其他不少老师呢。说来说去魏向东便把话题引到"那上头"去了。魏向东笑着说："祁老师，该生一个了吧，你丈夫要是想偷懒，还有我呢。——我不帮你我帮谁？"要是换了别的女教师，早就和魏向东打成一团了，打完了，掐完了，还能进一步加深友谊，增进团结。挺好的。可是祁老师不是这样。她的脸慢慢红了，却更像是突然红了，紫胀紫胀的，显然是脸上没有挂得住。祁老师转身就走，临走之前还丢下了一句话："别不要脸了！你是什么东西！"几个老师的脸上都讪讪的，魏向东的脸上也挂不住了，扯了几句淡，散了。祁老师的丈夫是一个干部子弟，留校的，老实得厉害，像一支粉笔，你要是摁住他，他吱吱嘎嘎地也能冒出几个字，你要是不碰他，他就什么动静都没有了。这个化学实验室的实验员自己没本事，没想到讨了个老婆倒是一把好刷子，不饶人。魏向东被强呛了一口，回到工会的办公室，心里老大不快。

　　魏向东在总值班室里点了一根烟，心里的疙瘩老是解不开。耳边不停地回响起祁老师的那句："你是什么东西！"这句话没有什么,但是,在魏向东的这一头,实在是伤了魏向东了。魏向东是"什么东西",魏向东自己知道。他现在什么"东西"都不是。既不是男人,也不是女人,一个标标准准的"第三种人"。这么些年,他早就不行了。只有他和他的妻子知道,彻底不行了。从临床上说,事态可以追溯到一九七九年的夏季。一九七九年的夏季之前,魏向东在床上一直不错。那张床绝对是魏向东的一言堂。动不动就要在床上"搞运动"。妻子的脸被他的运动搞得相当苦。他说一声"喂",他的老婆就必须在床上把自己的身体铺开来。三天两头的。魏向东的老婆不求别的,只是希望他少喝点,希望他在酒后能够"轻点"。这个要求其实并不过分。魏向东不理那一套。上床不是请客吃饭,不是做文章,不是绘画绣花,不能那样雅致,不能那样文质彬彬,不能那样温良恭俭让。上床是暴动。是一个人推翻并压倒另一个人的暴动。魏向东的老婆对魏向东一肚子的气,只是不敢说罢了。"这种事"怎么能说呢,说了还不是二百五吗。苍天有眼哪,魏向东倒台了。倒了台的魏向东换了一个人,而她的老婆似乎也换了一个人,她终于可以在床上勇敢地对着魏向东说"不"了。别看"职务"这个东西是虚的,有时候,它又很实在。魏向东在学校里的地位变了,在家里的地位慢慢也有了一些变化,相当的微妙。反正他的老婆有了重新做人的意思,有了翻身得解放的意思。眼见得就要爬到魏向东的头上了。这种微妙的关系慢慢地又回到了床上。夫妻之间就是这样,许多事情都是先发生在床上,最后又退回到床上。不幸的事情终于在一九七九年的那个夏天发生了。魏向东在床上失败了一次,很少有的。这其实已经是一个危险的信号了。可是魏向东没有往心里去。这一次的失败可以说开了一个极坏的头,在接下来的几个月里,魏向东裆里的东西"捣乱、失败,再捣乱、再失败",直至灭亡,再也抬不起头来了。一直到冬天,天都下雪了,魏向东才知道形势的严重。裆里的东西都已经小鸟依人了。从表面上看,魏向东这两年的生活并没有任何特殊的地方,虽说不当官了,日子还是好好的。骨子里却不是这样。尤其是到了床上,魏向东忧心忡忡。魏向东也纳闷,不是说无官一身轻的吗?到了他的头上,怎么就变成无官一身软了呢?全身都是力气,怎么到了"那儿"就成了死角了呢?想不通。好在魏向东是经过风雨见过世面的人,他在一个下雪的夜里终于和他的老婆摊牌了,"要不,还是离了吧?"他的妻子表现得却格外地刚烈,老婆说:"别以为我图的就是你的那二两肉!"话是往好处说的,其实更伤人。它包含了这样的一层意思:你的那"二两肉"我早就不指望了,早都受够了。

但是魏向东并没有表现出他的沮丧。一个人越是在这样的时候越是不能垮,要顶住。人是要有一点精神的。他比以往更乐观,更开朗,反而比过去更喜欢和女教师们说说笑笑的,专门挑床上的话说。就好像只有这样才能证明他"还行",没出什么问题。静下心来的时候魏向东自己也觉得累,其实没有这个必要。不这样别人也不会知道什么,反正现在也不在外面搞了。当然,想搞也搞不到了,想搞也搞不成了。既然不搞了,谁会知道?不丢人。可是,魏向东管得住自己的想法,却管不住自己的嘴。就是喜欢在女教师的面前那样说。虽说什么也干不了了,说说总是好的。

没想到还是惹了麻烦。这个小祁，怎么这么不懂得幽默的呢。下次得对她说说。

祁老师的丈夫在当天的晚上敲响了魏向东的家门。一进门就杀气腾腾，一双眼像兔子的眼睛，都红了。一手一把菜刀，一把大，一把小。两只胳膊不停地哆嗦，两片嘴唇也不停地哆嗦。魏向东一开门就知道是什么事了。魏向东一看见他那副熊样心里头就好笑，跟我玩这一手，你他妈的还嫩，你小子居然跟我玩这一手！算是找对了人了。魏向东笑笑，说："小杜啊，同事之间串串门，还客气什么，带东西来干什么嘛。来来来，坐。"一手搭在小杜的肩上，把小杜请进了屋子。魏向东关上门，取下小杜手上的刀，放在茶几上，递烟、泡茶，坐下来，跷上二郎腿，很亲切，开始说话了。魏向东的谈话是从"祁老师"的工作入手的，"总体上说"，祁老师的工作还是很不错的，同志们的"反映"也很好，大家对她是尊重的、爱护的。谈完了祁老师，魏向东顺便和小杜谈起了师范学校的发展规划，游泳馆，还有风雨操场，都要建，而图书馆二楼的翻修工作下一个学期也要进行。一切都在向好的方向发展。社会在进步嘛，是吧？我们也要进步。不进则退，这是一条真理。任何时候都是这样。魏向东已经好几年不当领导了，但是，魏向东自己都觉得奇怪，说来说去，他当领导的感觉又回来了。语气回来了，手势回来了，关键是，心态也来了。全他妈的回来了。而小杜也毕恭毕敬的。魏向东的脑子有些恍惚，嘴上却越发地清晰、利索，业务水平原来并没有丢，完全可以胜任处一级的领导工作。小杜的火气一点一点消了，主要是气势上一点一点地架不住了，十分地配合，都开始点头了。

魏向东最后站起了身子，拽了拽上衣的前下摆，又拽了拽上衣的后下摆。把两把菜刀拿起来，用《人民日报》包好了，递到小杜的手上，关照说："常来玩，下次空着手来。没关系。"小杜还想说什么，被魏向东微笑着阻止住了，说："有空来玩。"

送走了小杜，魏向东一回头就看见了老婆的脸。那是一张愤怒的脸。因为冷笑，几乎变形了。魏向东缓过神来了，"处级"的感觉一下子又飞走了。魏向东一个人点了点头，想解释，又不知道从何说起。魏向东说："真的没什么事，下午和祁老师开了个玩笑，真的没什么事。"老婆只是冷笑，说："知道没什么事。我还不知道吗？你别的长处没有，作风上肯定没问题。"这句话重了。魏向东的脸当即青了。"谈美华！"魏向东呵斥说。谈美华顺手把卧室的门关了，说："改不了吃屎。"

魏向东很心痛。痛恨这个叫做"谈美华"的女人，痛恨这个家。但是魏向东毕竟是魏向东，懂得并且能够化悲痛为力量，更加努力地投身到他的工作中去了。魏向东特地为自己配置了一把加长的手电，特别重，特别亮。每天晚上九点三十分过后，魏向东就要提上他的手电，在操场、操场看台后面的灌木丛、画室、琴房、实验楼左侧的小树林、食堂、池塘的四周仔细侦察。一般来说，魏向东是不用打开他的手电的，在漆黑的夜空下面，魏向东双目如炬，很少有什么东西能够逃出他的眼睛。更关键的是，魏向东练就了特别敏锐的感觉，几乎成了本能。在更多的时候，他不是依靠耳朵，不是依靠眼睛，而是依靠先验的预感，在毫无迹象的前提下，准确无误地断定出哪一处黑暗的地方有人在接吻，哪一处黑暗的地方有人在抚摸。一旦证实，魏向东手里的手电说亮就亮,一道光柱,一道探照灯一样雪亮的光柱,十分有力地横在夜色的中间,像一颗钉子,把可疑的东西立即钉在了地上。严格地说,雪白的光线更像一个喇叭、一个罩子,把可疑的东西罩住了,漆黑的一团马上分开了,露出了原形,一男一女慌乱不堪,在高压手电的底下纤毫毕现。

总体上说,以玉秧为代表的地下校卫队对魏向东的工作还是配合的。就整个师范学校而言,谁和谁在偷偷地恋爱,谁和谁有了恋爱的迹象,魏向东大致上胸中有数。如果要说有什么不尽如人意的地方,那就是魏向东一直没有能够亲手抓住那些人的"出格"行为。只要抓住了,那绝对不是杀一儆百的事,绝对不是杀鸡给猴看的事,而是发现一个"办"一个,发现两个"办"一双。魏向东对"恋爱"一类的事情特别地执拗,已经到了痴迷的程度。从某种意义上说,已经不是恨了,而是别样的爱,是深入骨髓的爱。魏向东就是要"抓",就是要"办",就是要把他们暴露在"光天化日"的下面。

玉秧的工作还算努力,就是工作的质量不高。从她定期的情况汇报来看,不是鸡毛,就是蒜皮。没有什么太大的价值。这一点魏向东是不太满意的。可是,比较下来,魏向东对玉秧反而更赏识一些。为什么呢? 主要是玉秧的情报准确,没有太多的水分。王玉秧从来不利用手中的职权谋私利,搞打击报复那一套。这样的态度是好的,值得推广,需要总结。在这个问题上,地下校卫队的许多同学要糟糕得多。比方说,八二(1)班的张涓涓,还有八二(4)班的李俊,他们的表现相当有问题。就说张涓涓吧,和谁关系不好就打谁的报告,大部分都还是假的。绝对是以权谋私了。最让魏向东恼火的还是张涓涓的假报告,她揭发班里的同学谈恋爱的事,报告里写得有鼻子有眼的,说某某某和某某某"每天晚上都要躲到小树林里去。一去就是十几分钟",魏向东特地在小树林里守了两次,结果扑了两次空。原来是张涓涓和那位女同学发生了口角,为了报复人家,张涓涓就来了这一招。这怎么行?魏向东专门把张涓涓找到了总值班室。张涓涓并不认错,还犟,坚持她反映的情况是"真实"的。魏老师扑空,是魏老师"不巧",没赶上。魏向东第一次对地下校卫队的队员发了脾气,差一点就给了她一耳光。张涓涓眼眶红红的,掉了几滴眼泪。她还委屈了还。

比较下来,王玉秧这孩子不错。本分还是次要的,魏向东发现,王玉秧其实有非常好玩的一面、非常可爱的一面。魏向东一直以为王玉秧只是一个老老实实的榆木疙瘩,其实不是,调皮起来也蛮厉害。挺活泼,特别能疯。只是胆子小一些罢了。魏向东第一次发现玉秧的顽皮是在图书馆的后面,是一个傍晚。玉秧正在逗弄高老师家的哈巴狗。哈巴狗毛茸茸的,肉乎乎的,腿很短,又不能跳。可是玉秧有玉秧的办法,她把自己的指头伸到哈巴狗的嘴里,一拎,又一拎,自己还一蹦多高,又一蹦多高。哈巴狗显然被玉秧调动起来了,为了咬到玉秧的指头,它的前腿腾空了,站了起来,样子可憨了,像一个稚拙的乖孩子。而哈巴狗的舌头舔到玉秧指尖的时候,玉秧都要尖叫一声,极其地夸张,极其地振奋。旁若无人。事实上,旁边也的确没有人。玉秧一次又一次地重复,哈巴狗也一次又一次地重复,谁也不觉得单调。玉秧和这条狗一定玩了很长的时间了,她的冬衣都脱了,只穿了一件很薄的线衣。线衣小了,裹在玉秧的身上,看上去很紧绷。这一来显露出来的反而不是衣服的小,而是玉秧的丰满,玉秧的健康,玉秧的活力。别看玉秧的个头不大,发育得却特别的好,胸脯上的那两块鼓在那儿,还一抖一抖的。又俏皮,又听话,愣头愣脑的样子,不知好歹的样子。而玉秧额前的刘海也被汗水打湿了,贴在了脑门子上。这就是说,玉秧脑门子上的弧线也充分显示出来了,很饱满,很光亮,弯弯的,像半个月亮。魏向东无声地走到玉秧的身后,背了手,眯起眼睛,十分慈祥地望着玉秧。是一种亲切的关注。玉秧一点都没有意识到,还在拎,还在蹦,还在叫。玉秧的胆子终于大了,她居然把她的整只手都放到哈巴狗的嘴里去了。魏向东看在眼里,突然说:"小心咬着。"玉秧其实是被魏向东吓着了,一个激灵,抽出手,手指头反而被哈巴狗的牙齿刮了,出血了。玉秧顾不得伤口,转过身,做出立正的姿势,老老实实地站在魏向东的面前,脸膛红红的,很局促,很紧张,眼珠子却格外地亮,都不知道往哪里放。魏向东责怪说:"你看看你。"口气里头其实是疼爱了。上来抓住玉秧的手,看了看,往医务室的方向去。哈巴狗显然不想放弃玉秧,一路小碎步,线团一样跟了上来。魏向东回头便给了哈巴狗一脚,哈巴狗在空中翻了两个跟头,在空中还转体了360度,这才落地了。尖叫了几声,扭动着腰和屁股,走了。魏向东在医务室里夹起了酒精药棉,对玉秧说:"忍着点,会疼的。"玉秧望着魏向东,有些不知所措。只能由着他了。魏向东的嘴里不停地倒抽冷气,就好像每一下不是疼在玉秧的身上,而是疼到了魏向东的心坎上,疼在魏向东的嘴里。处理好玉秧的伤口,魏向东朝着窗外瞄了一

眼,突然伸出手来,对着玉秧的屁股就是一巴掌,很重。嘴里说:
"听话,下次别再和狗玩了。"魏向东自语说,"真是个呆丫头。"
听他的口气,已经是玉秧的父亲了,至少也是一个叔叔,还是亲
的。都像是王家庄的人了。魏向东的这两句话给了玉秧十分深
刻的印象,心头由不得就是一阵感动。"听话,下次别再和狗玩
了。""真是个呆丫头。"

　　临近寒假,"呆丫头"居然出了大事了。怀孕了。玉秧还蒙
在鼓里呢,一点都不知道。要不是魏向东把玉秧喊到校卫队的
值班室,亲口告诉了玉秧,玉秧八辈子也无从知晓。一走进值班
室的大门玉秧就感到不对了。最近的一段时间,魏向东对待玉
秧的神情一直非常的和蔼,从来没有板过面孔。他的鱼尾纹在
遇上玉秧之后特别像光芒,晒得玉秧暖洋洋的。但是,魏老师的
脸说拉就拉下了,表情分外地严峻。魏老师正坐在椅子上,用下
巴示意玉秧把门关上,再用下巴示意玉秧"坐"。玉秧只能坐下
来,内心充满了忐忑。好在玉秧知道魏老师喜欢自己,并不害
怕。玉秧以为忘记了汇报什么要紧的事了,小心地说:"学校里
出什么事了吧?"魏向东没有绕圈子,直截了当,说:"是你出事
了。"玉秧愣头愣脑地说:"我没有,我好好的。"魏向东一把拍在
了桌子上,同时拍下来的还有一封信。魏向东说:"有同学揭发
你,说你谈恋爱怀孕了。"玉秧张着嘴,傻了半天才把魏老师的
话听明白了,一明白就差一点背过气去。玉秧说:"谁说的?"魏
向东平静地说:"我要查。"谈话在这个时候出现了僵局。学校
里的高音喇叭正在播放李谷一演唱的《边疆的泉水清又纯》,声
音很远,又很近。李谷一用的是"气声",听上去有点像叹息,又

有点像哮喘。因为抒情,所以筋疲力尽。李谷一的演唱使得值班室里气氛异常了。歌声反而更渺茫、更清晰了。魏向东说:"我们可以到医院去,或者我亲自来。"玉秧低下头,脑袋里却飞一般地快。想来想去还是让魏老师检查比较好。魏老师对自己不错,绝对不会冤枉一个好人。玉秧小心地放下窗帘,十分勇敢地走到了魏向东的跟前。魏老师坐在椅子上,身子已经侧过来了,两条大腿叉得很开,像一个港湾,在那里等。不过事到临头玉秧还是犹豫了,她紧紧地抓住自己的裤带子,手上做不出。魏向东老师倒完全是一副公事公办的样子,和玉秧商量说:"要不,我们还是到医院去?"听了这话玉秧反而坚决了。全身的血都涌到了脸上。真金不怕火炼,身正不怕影斜,查就查。玉秧她解开了裤子,把裤带子绕在了脖子上,站在了魏老师的两腿的中间。魏向东把手摁在了王玉秧的腹部,很缓慢地抚摸。玉秧感觉出来了,魏老师的手遵循的是科学的方法和实事求是的精神。玉秧对自己有把握,什么也不怕。

玉秧是清白的。这一点毫无疑问。为了不放过一个坏人,同时不冤枉一个好人,魏向东的检查可以说全心全意、全力以赴了,极其仔细。魏向东累得一头的汗,都喘息了。好在最后的结果令玉秧彻底松了一口气,魏向东拍了拍玉秧的屁股蛋子,说:"好样的。"玉秧还有点不放心,魏老师说:"好样的。"玉秧这才放心了。站在那儿,这会儿反而想哭了。还有什么比组织上的信任更令人欣慰的呢。玉秧一边系,一边想,这封可耻的诬告信到底是谁写的呢?如果不是遇上魏老师,后果几乎是不堪设想了。虽说魏老师的下手有些重,非常疼,可是,忍过去了,还是值得。她像阿加莎·克里斯蒂那样，开始了分析，推理，判断，把班里的每一个人都想到了，每一个人都是可能的，不论男女。但是，到底是谁？就是不能笃定。玉秧默默地发誓，一定要找到，一定要让这个可耻的家伙水落石出。

检查的结果玉秧是一个赢家。但是，真正的赢家不是玉秧，而是魏向东。魏向东有了意想不到的收获。在他摁着玉秧的腹部反复搓揉的时候，魏向东吃惊地发现，身体的某些部位重新注入了力量，复活了。又有了战胜一切困难的能力与勇气。苍天有眼，皇天不负有心人哪。魏向东满心喜悦，晚上一上床便向他的老婆逞能。还是不行。明明行的，怎么又不行了呢？裆里的东西没有任何感染力，死皮赖脸，再一次背叛了自己，分裂了自己。悲剧，悲剧啊！魏向东把他的双手托在脑后，有了深入骨髓的沮丧，钻心地痛。满脑子都是玉秧。恍惚了。从此对玉秧开始了牵挂。

寒假其实也就是二十来天。然而，因为牵挂，这二十来天对于魏向东来说是如此的漫长，可以说绵绵无期了。魏向东提不起精神，从头蔫到脚，整个人既不是男人，也不是女人，真真正正地成了"第三种人"。学校里空空荡荡，看上去都有点凄凉了。看不见玉秧也就罢了，关键是没有人向他汇报，没有人向他揭发，没有人可以让他管，没有工作可以让他"抓"，生活一下子就失去了目标。实在是难以为继。最让魏向东郁闷的还是寒假里的鬼天气，老天连着下了几天的雪，雪积压在大地上，一直没有化掉。雪是一个坏东西。积雪的反光让魏向东有一种说不出的沮丧。反光使黑夜变得白花花的,夜色如昼,一切都尽收眼底。没有了秘密,没有了隐含性,没有了暗示性。就连平时阴森森的小树林都公开了,透明了。魏向东提着手电,一个人在雪地里闲逛,寡味得很。没有漆黑的角落,没有人偷鸡摸狗,黑夜比白天还要无聊。魏向东深深地叹了一口气,只能回去。

　　寒假一过,学校重新热闹起来了。几乎所有的同学都胖了。男同学胖了,女同学们胖得更厉害。每一个女同学的脸都大了一号,红扑扑的,粉嘟嘟的。有经验的老师一看就看出来了,那是吃出来的胖,睡出来的胖,浮在脸上,有一种临时性。用不了几天还会退下去。人胖了,肤色好了,健康了,看上去自然就要比过去漂亮。当她们重新瘦下去的时候,她们就再也不是过去的黄毛丫头了,回不去了。都说女大十八变,没错的。要是细说起来,这一次也许就是第十六变,或者说第十七变,有了脱胎换骨的意思。从一个大丫头变成了一个小女人。眼眶或举止里头有了一种被称为"气质"的好东西。算得上是一次质变。

　　玉秧没胖,反而瘦了。整个寒假她都没有吃好,甚至也没有睡好。脑子里一直在放电影,净是那些难以启齿的画面。玉秧总觉得她的下身裸露在外面,一只手在她的身上,始终粘在她的身上。玉秧不想去想它,但是,那只手总是能找到她,像影子,你用刀都砍不断。一有空就要伸到玉秧的身上来了。蛇一样到处窜,到处钻。玉秧在总值班室里并没有屈辱感,可是,到了寒假,回到了老家,玉秧的屈辱感反而抬头了。玉秧不敢和任何人说,只能把它藏在心里。不过屈辱感是一个很奇怪的东西,你把它藏得越深,它的牙齿越是尖,咬起人来才越是疼。

屈辱感给玉秧带来的不只是疼痛,更多的还是愤怒。她对写诬告信的人不是一般的恨了。玉秧绞尽脑汁,她在查。二十多天里头,最让玉秧耗神的就要数这件事了。玉秧依靠逻辑和想象力,一心要找到那个诬陷她的人。玉秧特地做了一个八二(3)班的花名册,一旦有空,就盯着它,逐个逐个地看,逐个逐个地想,谁都像,谁都不像。好不容易确立了一个,一觉醒来,又推翻了。这个人究竟是谁呢?

这个人到底是谁呢?开学刚刚两天,庞凤华的狐狸尾巴终于露出来了。完全是庞凤华的自我暴露。庞凤华的床位是上床,她有一个习惯,如果赶上时间紧迫,或者心情特别的愉快,在她下床的时候,她的最后一步总要跳下来。这一次庞凤华就是跳下来的,和以往不同的是,庞凤华一下床便是一声尖叫,躺在下床上直打滚。大伙儿不知道发生了什么,围过去,却没有发现任何的异样。玉秧以为庞凤华的脚崴了,抱起庞凤华的脚,一看,吓了一跳,在庞凤华的脚后跟上发现了两颗图钉。因为用力过猛,两颗图钉早已经钉到肉里去了。玉秧只能把庞凤华摁住,帮她拔。图钉是拔出来了,庞凤华的脚后跟上却拔出了两个洞,拔出来两注血。庞凤华的脸都疼得变形了,伸手就给了玉秧一个大嘴巴,说:"是你放在我鞋里的!就是你放的!"这就蛮不讲理了。庞凤华这样说真是没有任何道理,这一个学期班里头要开素描课,每一个同学都发一盒图钉,她庞凤华自己也有,凭什么就是玉秧放到她的鞋里去的呢?是她自己不小心掉进鞋里的也说不定。玉秧捂着嘴,眼泪在眼眶里头转。宿舍里没有人说一句话,除了庞凤华的大哭,所有的人都默不作声。大伙儿其实是知道的,庞凤华这样说没有别的意思,一定是疼急了,恼羞成怒罢了。不过玉秧可不是这样想的。透过泪水,玉秧终于看清了庞凤华的狐狸尾巴。她庞凤华凭什么一口咬定是自己?凭什么认定了玉秧在报复她?她的心里有鬼。一定有鬼。肯定是她了。玉秧硬是把眼眶里的泪水忍住了,逼了回去。嘴角慢慢地翘了上去,都有点像笑了。玉秧想,好,庞凤华,好。玉秧放下手,转过身,一声不响地出去了。

无缘无故地捆了人家一个大嘴巴,庞凤华到底还是怕了。别看玉秧老实,到上面去告自己一个刁状,那也是说不定的。一想起玉秧的那股子眼神,那股子冷笑,庞凤华老大的不放心。当天晚上庞凤华一瘸一拐的,找到了班主任,一见面就哭了。班主任认认真真地听庞凤华说完了,叹了一口气,脸上是痛心疾首的样子,说:“都怪我,怎么把你惯成这样。”班主任说:“你怎么能这样呢?”谈话从一开始就陷入了僵局。两个人谁都不说话。屋子里静悄悄的,只有日光灯的镇流器在不知好歹地乱响。庞凤华低着脑袋,不停地抠指甲。班主任到底心疼庞凤华,她那样地伤心,那样不停地流泪,也不是事。班主任把庞凤华的手拿过来,正反看了看,笑着说:“看不出,还蛮厉害。”这一来庞凤华的泪水才算止住了。庞凤华后退了一步,把手抽回去,放到了身后,很惭愧地咬住了下嘴唇,身体在很不安地摇晃。班主任板起脸,严肃地说:“下不为例。下次可不能这样了——要不我打你一嘴巴看看。”班主任一边说,一边还扬起了巴掌。没想到庞凤华却抬起头来了,往前跨了一步,歪着脑袋,把脸一直送到班主任的面前,轻声说:“你打。”这样的场景班主任没有料到,手还在空中，人已经失措了。"打。"一双眼睛近在咫尺，那么近，就那么看着。"不敢了吧？还是没胆子了吧？"班主任的胳膊一点一点地降下了，只降了一半，人却僵住了，像一座雕塑。而庞凤华也僵住了，成了另一座雕塑。这样的场景完全是一次意外，却折磨人了，两个人都渴望着"下一步"，可两个人谁也不知道下一步该是什么。他们听到了喘息声，毫无缘由地汹涌澎湃。脸上全是对方的鼻息，像马的吐噜。最意外的一幕到底出现了，班主任突然抱住了庞凤华，拦腰将庞凤华搂在了胸前，十分地孟浪，却反而顺理成章了。他的嘴唇准确无误地落在了庞凤华的嘴唇上。庞凤华一个踉跄，还没有明白过来，就已经什么都明白了。两个人都没有吻的经验，由于是第一次，所以格外地笨，格外地仓促。恶狠狠地撞击了一下。其实这个吻根本不能说是一个吻，因为极度的恐惧，极度地渴望试探，匆匆又分开了。但是，这"一下"对双方来说都是致命的一击，虽然恐惧，到底没有能够止住。到底正式地开始了。吻了。妥当极了，粘在了一处，撕都撕不开。这个吻还没有吻完，班主任就已经流下了满脸的泪。而庞凤华几乎是不省人事。"我活不成了。"班主任说，班主任到底把闷在心里的话捅出去了。一股悲伤涌进了庞凤华的心房。庞凤华软了，闭上了眼睛，说："带上我，一起死。"

窗户纸给捅开了。班主任和庞凤华的这道窗户纸到底给捅开了。这是怎样的贴心贴肺。他们原来是爱，一直在爱，偷偷摸摸地，藏在心底，钻心刺骨地爱。然而现在，对他们来说，最最要紧的事情反而不再是爱，反而不是爱的表达，而是别的。需要他们共同面对、共同对付的，首先是这样的一件事：他们的事情，绝对不能够"败露"。只有不"败露",才有所谓的未来,才有所谓的希望。一旦败露,后果绝对是不堪设想的。这么一想两个人都不敢再动了,越看越觉得对方陌生。不敢看。不敢相信。紧张得气都喘不过来。就好像身边有无数颗雷,稍不留神,就是"轰"的一声巨响。班主任喘着气,仔细谛听过窗外,伤心地说:"你懂吗?"庞凤华瞪着一双泪眼,点了点头。她这个当学生的怎么能够不"懂"呢。班主任还是不放心说:"你告诉我,懂吗?"庞凤华失声恸哭,说:"懂的。"

爱是重要的。但是,有时候,掩藏爱,躲避爱,绕开别人的耳目,才是最最重要的。班主任和庞凤华约定,不再见面了。一切等庞凤华"毕业了"再说。他们搂抱在一起,表达爱的方式开始古怪了,成了发誓。两个人都发誓说不再见面,重复了一遍又一遍。他们满脑子都是幻想,幻想着庞凤华"毕业了"的那一天。却又不敢想。越想越觉得悲伤。太渺茫了。

誓言都是铁骨铮铮的,誓言同样是掷地有声的,但是,一转身,誓言又是多么的可笑,多么的一厢情愿。班主任和庞凤华共同忽略了一点,人在恋爱的时刻是多么的身不由己。身不由己,是身不由己啊。快出人命了。恨不得天天见。恨不得分分秒秒都厮守在一块。他们不停地约会,不停地流泪,不停地重复他们的誓言。似乎每一次见面都不是因为思恋,而是温习和巩固他们的誓言。"这是最后一次了,绝对是最后一次了"。但是没有用。两个人都快疯了。

庞凤华的眼睛一会儿亮,像玻璃,一会儿又暗淡无光了,像毛玻璃。一切都取决于他们能否"见面"。她尽可能地稳住自己,压抑住自己。然而,她的反常到底没有能够逃脱玉秧的眼睛。从实际的情况来看,为了遮人耳目,庞凤华真的可以说是费尽心机了。事实上,那些心机还是枉费了。玉秧知道庞凤华的情况。甚至于,比庞凤华自己知道得还要详细,更为具体。王玉秧的日记本上这样记录庞凤华的行踪:

星期三:庞凤华8:27分离开教室,9:19回宿舍。熄灯后庞凤华在被窝里哭。

星期六:下午4:42,班主任和庞凤华在走廊说话,匆匆分手。当晚庞凤华没有到食堂吃晚饭,9:32回宿舍。深夜用手电筒照镜子。

星期六:6:10庞凤华洗头,6:26出门,晚9:08回宿舍。庞凤华的眼睛很红,哭过的样子。

星期一:晚自修庞凤华头疼,向班长请假。7:19离开。晚自修下课后庞凤华不在宿舍,9:11回来,兴高采烈。话多。上床后一个人小声唱《洪湖水浪打浪》。

星期六:6:11庞凤华洗头。刷牙。6:25离开。晚9:39回宿舍。

星期六:6:02庞凤华洗头。刷牙。6:21离开。7:00班主任到宿舍检查。在412宿舍门口大声说话,没有进来。7:08班主任离开。庞凤华9:41回宿舍。

星期天:上午庞凤华对着镜子发呆。庞凤华的脖子上有伤。伤口是椭圆形的,从形状看,像是被人咬了。庞凤华照镜子的时候自言自语:"倒霉,脖子让树枝刮了。"庞凤华在说谎,树枝刮的伤口不是那样。

当然,日记本子上没有庞凤华的名字,只有一个英语字母:P。这个"P"现在就是庞凤华了。别看这个"P"现在神神道道的,时间长了,绝对落不到什么好。怎么会有好呢,不会有什么好的。玉秧不只是记录。重要的是玉秧会分析。从逻辑上看,对照一下日记本上的时刻表,结论就水落石出了。庞凤华一定是恋爱了。一到星期六,把自己打扫得那么干净,甚至连牙齿都打扫了,不是出去谈恋爱还能是什么? 这是一。二,和庞凤华谈恋爱的人虽说还躲在暗处,但在玉秧看来,班主任的可能性非常大,别的不说,最近这一段时间,班主任在课堂上没有喊庞凤华回答过一个问题,上课时还故意不朝庞凤华那边看,过去就不这样,这些都是问题,做得过了,反而露出了马脚。三,除了星期六,这是他们铁定的约会时间,偶尔也会有机动。一般说来,不是星期一,就是星期三。至于他们见面的地点,玉秧暂时还没有把握,这是玉秧的时刻表需要进一步完善的地方,需要进一步侦察。不过玉秧相信,只要再跟踪一些日子,观察一段日子,所有的秘密自己就会冒出来。就像种子一定会发芽一样。时间越长,越是能发现事态的周期性。周期性就是规律。规律最能说明问题。规律才是最大的一颗图钉,最有威力的一颗图钉。一用劲就能把你摁在耻辱柱子上。

　　实事求是地说,玉秧最初的跟踪和挖掘只是为了完成"工作",并没有特别的想法。跟踪了一些时间过后,玉秧惊奇地发现,对这份"工作",玉秧有一种难以割舍的喜爱。"工作"多好,那样地富有魅力,叫人上瘾,都有点爱不释手了。即使庞凤华没有得罪过玉秧,玉秧相信,自己也一定还是喜欢这样的。什么都瞒不住自己,自己什么都能看得见。这是生活对玉秧特别的馈赠,额外的奖赏。有别样的成就感。难怪魏向东要在同学当中培养和发展顺风耳和千里眼呢。魏向东喜爱的事情,玉秧没有理由不喜爱。自己躲在暗处,却能够把别人的秘密探看得一清二楚,这是多么的美。生活是多么的生动,多么的斑斓,多么叫人胆战心惊,多么令人荡气回肠。玉秧感谢生活,感谢她的"工作"。

　　然而,玉秧并不快乐。一点都不。玉秧有心思。说起来还是因为汇款单的事。汇款单是一具僵尸,现在,它复活了。对着玉秧睁开了它的眼睛。玉秧都看见了,那是蓝悠悠的光。是死光。玉秧再一次听到"汇款单"是在下午的课外活动时间,魏向东老师走过来了,希望她到值班室"去一趟"。玉秧不想去。那个地方玉秧再也不想去了。玉秧每一次看见那间房子就要想起自己光着屁股的样子。但是,不去看来还是不行的。事实上,魏向东一提起"汇款单",玉秧就不声不响地跟着魏向东去了。

　　汇款单就在魏向东的办公桌子上。魏向东一言不发,玉秧也一言不发。玉秧望着桌子上的汇款单,心里突然就是一阵冷笑,明白了,反而平静下来了。知道了魏向东的心思。别看魏向东那么一大把的年纪,人模人样的,心思其实也简单,还不就是为了摸几下。来这么一手,也太下作了。玉秧真正瞧不起魏向东就是从这一刻开始的。真是太让人瞧不起了。虽说还是恐惧,但玉秧毕竟有了心理上的优势,不慌不忙了。等着。心里想,我倒要看看你姓魏的怎么说,我倒要看看你如何跟我做这一笔交易。就是做,我也好好看一看汇款单,证实了,看着它化成灰,然后你才能得手。姓魏的,我王玉秧算是把你看得透透的了。

魏向东不动声色。从口袋里掏出了打火机,他一定是想抽烟了。然而,魏向东没有。魏向东一手拿着汇款单,一手拿着打火机,走到玉秧的身边。玉秧机警地瞄了汇款单一眼,看清了,没错,是那一张,上头有玉秧的笔迹。打火机点着了,橘黄色的小火苗点着的不是香烟,而是汇款单。汇款单扭转着身子,化成了烟,化成了灰。玉秧愣头愣脑地望着眼前的这一切,心里还没有重新捋出头绪来,灰烬已经落在地上了。魏向东踩上去一脚,这一下干净了,就像苏东坡所说的那样,"灰飞烟灭",彻底干净了。这一切太出乎玉秧的意料了。她偷偷睃了魏向东一眼,魏向东还是那样不动声色。玉秧的心里顿时就是一阵惭愧。魏老师一番好意,怎么能够那样想魏老师呢。真是小人之心了。玉秧流下了悔恨的泪。魏向东把他的右手搭在玉秧的肩膀上,拍了一下,又拍了一下。这一来玉秧就更惭愧了。双手捂住了自己的脸,突然听见"咕咚"一声,就在自己的身边。玉秧睁开眼,吃惊地发现魏向东老师已经跪在地上了。魏老师仰着脸,哭了。无声,却一脸的泪。魏老师哭得相当地丑,嘴巴张着,两只手也在半空张着。魏向东的膝盖在地上向前走了两步,一把抱紧了玉秧的小腿。"玉秧,"这一次玉秧真是吓坏了,几乎被吓傻了,"玉秧,帮帮我!玉秧,快帮帮我!"玉秧心一软,腿也软了,一屁股瘫在了地上,脱口说:"魏老师,别这样,我求求你,想摸哪里你就摸哪里。"

玉秧没有想到自己会出那么多的血。照理说不该。哪里来的这么多的血呢。鲜血染红了整整一条毛巾,虽说有点疼,到底还是止住了。玉秧的血不仅吓坏了自己,同样吓坏了魏向东老师。魏向东满头是汗。手上全是血。再一次哭了。但是,魏向东把玉秧丢在了一边,似乎只对手上的鲜血感兴趣,似乎只有手上的鲜血才是玉秧。他一边流泪,一边对着自己的手指说:"玉秧,玉秧啊,玉秧,玉秧啊。"他不停地呼唤,都有点感动人心了,"玉秧,玉秧啊。玉秧,玉秧啊。"

玉秧做了一夜的梦,是一个噩梦,被一大群的蛇围住了。蛇多得数不过来,像一筐又一筐的面条。它们摞在一起,搅和在一起,纠缠在一起,黏糊糊的,不停地蠕动,汹涌澎湃地翻涌,吱溜吱溜地乱拱。最要命的是玉秧居然没有穿衣服。那些蛇贴在玉秧的肌肤上,滑过去了,冰一样,凉飕飕的。玉秧想跑,却迈不开步子。必须借助于手的力量,才能够往前挪动一小步。但是,玉秧毕竟在跑,全校所有的师生都在给她加油,高音喇叭响了,高声喊道:"玉秧,玉秧啊,玉秧,玉秧啊!"玉秧就那么拼了命地跑,一直跑到10000米的终点线。玉秧自己也觉得奇怪,没有穿衣服,怎么自己一点也不害臊呢?怎么就这么不要脸呢?高音喇叭又一次响了。有人在高音喇叭里讲话。玉秧听出来了,是魏向东。魏向东一手挥舞着红旗,一手拿着麦克风,大声说:"请大家注意了,大家看看,玉秧是穿衣服的,我强调一遍,玉秧是穿衣服的!她没有偷二十块钱。不是她偷的!"这一下玉秧终于放心了。有魏向东在,即使玉秧没穿衣服也是不要紧的。只要魏向东宣布一下。宣布了,就等于穿上了。

一大早醒来,玉秧躺在床上,认定自己是病了。动了动,并没有不适的感觉,除了下身还有点隐隐约约的疼,别的都不碍事。一切都好好的。起了床,下来走了两步,还是好好的。玉秧坐在床沿,知道夜里做了一夜的梦。但是,梦见了什么,却又忘了。只是特别地累,别的并没有什么。虽然昨天出了那么多的血,看起来也没有什么大不了的事。比原先的预想还是好多了。玉秧原以为自己不行了,看起来也没有。只不过又被摸了一下。仅此而已。总的来说,虽然出血了,玉秧并没有第一次那样难过,那样屈辱,好多了。长这么大,还是第一次有人跪在地上求自己呢,更何况还是老师呢。有了这一次,往后就不是玉秧巴结他了,轮到他巴结我玉秧了。玉秧想,反正也被魏老师摸过的,这一次还是他,不会再失去什么的。一次是摸,两次也是摸,就那么回事。也就是时间加长了一些罢了。流血又算得了什么?女孩子家,哪一个月不流一次血呢。再说了,魏向东老师已经说得很明白了,他"绝对不会亏待"自己的,会"想尽一切办法"让玉秧留在城市里头的。虽说还是一场交易,但是,这是个大交易,划得来,并不亏。魏老师都那样了,人还是要有一点良心的。就是太难受了,说疼也不是,说舒服也不是,就是太难受了。要是能喊出来就好了。

　　虽然是个孩子,关于男女之事,玉秧多少还是知道一些,也算是无师自通了。如果魏老师想"那样"的话,玉秧说什么也不会答应。玉秧甚至威胁过魏老师,假如他想"那样",她一定会喊。在这一点上玉秧倒是十分地感谢魏老师,他一次也没有"那样"过。这里头还是有很大的区别的。魏老师说话很算数,的确没有脱过他自己的衣裳。只要"那件事"不做,玉秧多多少少还是宽慰了。魏向东老师毕竟经历过大的世面,处理问题还真的有他的一套,比方说,在时间的安排上,就显示出他非同寻常的一面。他让玉秧在"每个星期天的上午"到他的办公室,实在出乎一般人的意料。星期天的上午,谁能想到呢?没有谁会怀疑什么的。很安全、很可靠了。谁也不会想到。这也是让玉秧格外放心的地方。再说了,班里的同学们现在都在议论庞凤华和班主任的事,越传越神了。谁还有心思关心她玉秧呢。

按照原来的计划,玉秧打算在掌握了全面的情报之后再向魏向东汇报。玉秧不着急。早一天晚一天实在也没有什么区别,迟早总要丢丢这个小婊子的脸。弄早了反而会打草惊蛇,让她逃脱了,反而划不来了。可玉秧到底年轻,藏不住话,她坐在魏向东的大腿上,没有忍住,居然说了。玉秧问魏向东,知不知道"我们的班主任"在和谁谈恋爱。魏向东老师猜了几个年轻的女教师,一口气报出了四五个。玉秧笑笑,摇了摇头。说不对,说是我们班的。魏向东的眼睛放光了,是那种奇异的光、古怪的光,对着一个并不存在的东西炯炯有神,甚至可以说是虎视眈眈。玉秧就觉得魏老师的目光热气腾腾的,有点像冒烟。魏向东说:"真的?"玉秧一定是受到了魏老师目光的鼓舞,十分肯定地点了点头。魏向东说:"真的?"玉秧没有再说什么,立即回到宿舍,把日记本送到魏向东老师的跟前。玉秧就是这样,说得少,做得多,一切让事实自己来说话。魏向东严肃地问玉秧:"为什么不早说?"玉秧说:"没有调查就没有发言权。"

一连好几天学校里都没有动静,玉秧为此失落了好几天。

惊天动地的事情发生在星期六的晚上。其实星期六也看不出什么特别的迹象来,一切都是好好的。到了晚上,校领导不仅没有找庞凤华谈话,反而把熄灯的时间延长了一个小时。学校里还放了两部打仗的电影。老师们的周末俱乐部也打开了,到处都是灯火通明的,看不出一点要出事的痕迹。9点30分,就在平时熄灯的时刻,魏向东握着手电筒,带领着学生处的钱主任、黄老师,教务处的高主任、唐副主任,写过入党申请书的教职员工,七个校卫队的队员,一起出动了。一彪人马黑压压的,走向八二(3)班班主任的宿舍了。教师宿舍的路灯都坏了,黑咕隆咚的,魏向东他们的步伐很轻,几乎听不到,一路上全是他们的喘息。十几个人喘得厉害,怎么调息都调息不过来。他们来到班主任的宿舍门口,里头暗着,没开灯。魏向东站到宿舍的门前,回过头来用手压了压,示意所有的人都不要发出动静。所有的人都不动了,除了喘息,像一棵又一棵的树。魏向东伸出手,弯过右手的食指,用食指的关节敲门了。很轻,就好像担心吓着孩子似的。里头没有半点动静。魏向东伸长了脖子,小声说:"彭老师,开门吧。"魏向东对着门板商量说:"彭老师,还是开门吧。"等了一会儿,魏向东说:"彭老师,我有钥匙,要不我开啦?"里头还是没有动静。魏向东掏出钥匙,插进去,还是没有打开。锁给闩死了。所有的人都深深地吸了一口气。魏向东拔出钥匙,突然扯起了嗓子,喊道:"给我砸!"手电同时打开了,一道锃亮的光柱无比醒目地钉在了木门上。刺得人眼睛都酸。宿舍里"咚"的一声,日光灯的灯管蹦了几下,亮了。班主任打开门了,那个人哪里还像八二(3)班的班主任,哪里还像一个讲授辩证唯物主义、历史唯物主义、政治经济学和社会发展简史的人民教师,绝对是一只落汤鸡,要不就是一条落水狗。人形都没了。一根骨头都找不到。

隔离审讯是在当天夜里进行的。庞凤华死不开口,直到将近凌晨 3 点,庞凤华总算哭累了,开口了。一切都供认不讳。她把所有的事情都揽过去了。就好像所有见不得人的事情都是她一个人干的。然后就是哭,死也不开口了。比较下来,班主任的态度要好得多,喝了七八杯开水之后,你问什么他说什么。但是班主任的交代还是出了一些波折,突然吐血了。原来是开水烫的。这个彭老师,真是太莽撞了。那么烫的开水,他怎么就一点知觉都没有的呢?怎么喝得下去呢?还咕咚咕咚的。看起来还是吓呆了。好在班主任的态度还是好的,很配合。班主任什么都交代了。第一次是怎么吻的,谁先抱的谁,谁的舌头首先伸到谁的嘴巴里去了,有没有摸,怎么摸的,谁先摸的谁,摸了哪儿,班主任都说了。有些问题说了还不止一遍。因为魏向东不停地重复,他重复地问,班主任只能重复着说。班主任说一遍魏向东的眼睛就亮一回,脸上的肉还一跳一跳的,仿佛很痛苦,又仿佛很痛快,十分过瘾的样子。不过,在"上床"这个问题上班主任显得不那么老实,老是吞吞吐吐,其实是避实就虚了。但是魏向东怎么能让他的阴谋得逞呢。魏向东的追问严丝合缝,一点都没有给班主任机会。魏向东说:"什么时候上床的?"班主任说:"没有上床。"魏向东说:"你们两个都在床上,这么多人都看见了。被子是乱的,床单是乱的,连枕头都是乱的,你怎么说没上床?"班主任说:"是上床了,但不是那个上床。"魏向东说:"那你说说哪个上床?"班主任说:"我们是在床上,没有那个。真的没有那个。不是上床。"魏向东说:"是啊,到底是哪个上床呢?"班主任说:"我是说睡觉。没有睡觉。我们没有睡觉。"魏向东说:"谁说你睡觉了? 睡着了你还能起来开门?"班主任说:"不是那个睡觉,我是说没有发生关系。"魏向东说:"什么关系?"班主任说:"男女关系。"魏向东说:"男女关系是什么关系?"班主任说:"性关系。你们可以带她到医院去查。"为了证明他自己的话,班主任犹豫了半天,还是从口袋里掏出了一只小盒子。班主任自己把小盒子打开了,里头是避孕套。班主任当着钱主任和黄老师的面数了一遍,十个。一个都没有少。魏向东突然生气了,拍了桌子。钱主任立即用眼睛阻止了魏向东,让他"注意态度"。魏向东厉声说:"这能说明什么? 嗯? 你说说看能说明什么? 不用这个你就不能发生性关系了?"班主任仰起了脸。是啊,不用这个怎么能证明他没有发生过性关系呢。班主任不停地眨巴眼睛,突然跪下去了。他对准魏向东的脚,迅速地磕。一边磕头一边说:"真的,绝对真的。想是想的,还没来得及,被你们抓住了。"魏向东说:"说起这个问题没有?"班主任说:"说,说起过。"魏向东说:"谁对谁说的?"班主任想了想,想了半天,说:"不是我。"魏向东说:"那是谁?"班主任说:"是她。"魏向东说:"她是谁?"班主任说:"庞凤华。"

凌晨5点,星期天的上午凌晨5点,也就是天快亮的时候,令人失望的事情还是发生了。班主任逃跑了。本来是两个校卫队的同学负责看管他的,学生到底是学生,年轻瞌睡多,又没有经验,居然让八二(3)班的班主任从他们的眼皮子底下逃跑了。

校卫队的队员在校园里搜索了好几遍,连厕所里都搜查过了,没有找到班主任的影子。魏向东在 6 点 10 分向钱主任作了自我检讨。钱主任沉默一片刻,并没有批评魏向东,反而安慰魏向东说:"他没有逃掉。他怎么能逃得掉呢?他掉进了人民的汪洋大海。"

班主任"掉进了人民的汪洋大海",上午 10 点 45 分,玉秧从同学的嘴里听到了钱主任的这句话。玉秧从来没有见过大海,拼了命地想象。直到午饭时刻,玉秧也没有能够把大海的模样想象出来。不过玉秧坚信,总的来说,汪洋大海比想象力还要大,无边无际。这一点是可以肯定的。

后 记 一

一

　　一九九九年,我写完了《青衣》,在随后的十多个月里头,我几乎没有动笔。我一直在等待一个人。这个人是谁呢?我不知道。这句话听上去有些可疑,但是,我的等待是真实而漫长的。一个有风有雨的下午,我一个人枯坐在客厅里的沙发上,百般无聊中,我打开了电视,臧天朔正在电视机里唱歌。他唱道:如果你想身体好,就要多吃老玉米。奇迹就在臧天朔的歌声中发生了,我苦苦等待的那个人突然出现了,她是一个年轻的女子,她的名字叫玉米。我再也没有料到一个乡村的女子会以摇滚的方式出现在我的面前。我开始骚动,但并不致命。我爱玉米吗?我不愿意回答这个问题。我怕她。我不止一次地设想过,如果玉米是我的母亲、妻子或女儿,这么说吧,如果玉米是我的邻居或办公室的同事,我将如何和她一起度过漫长的岁月呢?这个虚空的假设让我心慌。我对玉米一定是礼貌的,客气的,得体的,但我绝对不会对玉米说,你围巾的颜色不大对,你该减肥了。我感觉到了我们在气质上的抵触。我尊重她,我们所有的人都尊重这位女同志，问题恰恰出在这里。我们之间有一种潜在的战争，这场战争永远不会发生，然而，战争的预备消耗了我，我感受到了我自己的紧张，因为我感受到了玉米的紧张。在《玉米》开始后不久我就认识玉秀了。这让我多少松了一口气。首先引起我注意的是玉秀的那双手。玉秀的手真是太漂亮了，和她乡下姑娘的身份全不相符。我在许多画家和戏剧演员的身上看到过这双手。这双手洋溢着异样的气质，好动，时常会自言自语，有无限的表现力，内心的纵深与秘密全在指头上头了。我在《玉秀》里头几乎没有涉及过玉秀的那双手，她的那双手太调皮了，正"悄悄地蒙上你的眼睛"。可是玉秀和我一起疏忽了，生活不只有被"蒙着"的眼睛，也还有一双手。当玉秀明白那双手是多么的有力时，她已经倒下了。玉秧是谁？这个问题依然缠绕着我。玉秧属于这样的一种人：我们天天见面，她没有给我留下特别的印象，我相信她是简单的，平庸的。后来玉秧这个人就从我们的生活中消失了。有一天，我们在闲聊中提起了玉秧，或者说，有一天远方传来了关于玉秧的消息，所有的人都大吃了一惊——那是玉秧吗？是的，那偏偏是玉秧。这时候我们猛然发现，我们所有的人都被玉秧骗了。玉秧不是骗子，她并没有骗我们。但是，我们被她骗了。因为不可更改的生活环节——不是细节，是环节，我们被玉秧骗了。我们生活得过于粗疏，过于肤浅，我们与真相日复一日地擦肩而过。回头一瞥，再大吃一惊，成了生活赐予我们最后的补充。对我来说，玉米、玉秀还有玉秧，她们是血缘相关的三个独立的女子，同时，又是我的三个问题。我描绘她们，无非是企图"创造性地解决问题"（亨利·米勒）。然而，我没有解决问题。这是我的目光至今都没有学会慈祥的根本缘由。我还想再一次引用亨利·米勒的话，"不要坐在那里祈祷这种事情的发生！只是坐着观察它的发生。"我想，我能做到的，也许只有坐着，睁着我的三角眼。我没有想到臧天朔的一首歌能为我带来三位神秘的客人，因为她们，我度过了十五个月的美妙时光。我感谢臧天朔。

<h2 style="text-align:center">二</h2>

有一个问题我不能不有所提及，那就是这本书的叙述人称。我坚持认为这本书采用的是"第二"人称。但是，这个"第二"人称却不是"第二人称"。简单地说，是"第一"与"第三"的平均值，换言之，是"我"与"他"的平均值。人称决定了叙述的语气、叙述的距离、叙述介入的程度、叙述隐含的判断、叙述所伴随的情感。这不是一句可有可无的话。我想强调的是，《玉米》《玉秀》和《玉秧》当然都是用第三人称进行叙述的，然而，第一人称，也就是说，"我"，一直在场，一天都没有离开。至少，在我的创作心态上，确实是这样。关于人称，我有这样一个基本的看法：第一人称多少有点神经质，撒娇，草率，边走边唱，见到风就是雨；第二人称锋芒毕露，凌厉，有些得寸进尺；第三人称则隔岸观火，有点没心没肺的样子。这些都是人称给叙述所带来的局限。事实上，叙述本身就是一次局限。我在乡村的时候遇到过许多冤屈的大妈：爱用第一人称的基本上都是抒情的天才、控诉的高手，一上来就把她们的冤屈变成了吼叫、眼泪和就地打滚；

而爱用第二人称的泼妇居多，她们步步为营，一步一个脚印，打不尽豺狼决不下战场；选择第三人称的差不多都是满脸皱纹的薛宝钗，她们手执纺线砣，心不在焉地说："她呀，她这个人哪……"欲知后事如何，且听下回分解。当我回想起她们的时候，我想起了一个艺术上的问题，或者说，人称上的问题，什么样的叙述人称最能够深入人心？这就提醒我想起了另一位大妈。她不吼叫，不淌眼泪，不打滚，不挺手指头，只是站在大路旁，掀起她的上衣，她把她腹部的伤疤袒露在路人的面前，完全是有一说一，有二说二。在我看来她的惊人举动里有人称的分离，仿佛是有一个"我"在说"她"的事，或者说，有一个"她"在说"我"的事。我至今记得那位大妈裸露的腹部，可以说历历在目，比二十一世纪另类少女完美的肚脐眼更令我心潮涌动。这正是"第二"人称的力量。

三

我一直认为所有的艺术都存在一个"速度"的问题，即使是瞬间艺术绘画或者雕塑。小说里的"速度"问题则尤为重要。小说是一个流程，有它的节奏，选择什么样的速度对一部作品来说一点也马虎不得。小说的速度起码有两种：第一，结构性的速度，事态自身"发展"的速度；第二，语言性的速度，也就是说，你叙述的速度。我发现许许多多的作品在语言的速度感上是不讲究的，读者就如同坐在一辆汽车上，驾驶员是一个冒失鬼，虽然他的绝对速度并不快，但他在忙，而你在慌。中国作家里头叙述速度最快的也许是王蒙和莫言,他们是作家里的 F1 车手,是舒马赫或哈基宁。他们的语言风驰电掣,迅雷不及掩耳。所以他们的作品你最好是吃饱了再去看,否则你撑不住。而语言速度上最有控制力的则可能是王安忆和苏童,读他们的作品就好像在和他们拔河,一点一点地,一点一点地,你就被他拽过去了。读他们的作品你永远是一个饿汉。快和慢不存在好和坏,我只能说,快有快的魅力,慢有慢的气度。这本书我选择了什么样的叙述速度呢?我把速度问题先放在了一边。这本书我力求让我的读者到"王家庄"去看一看,看清楚,把所有的角落都看清楚。这样一来我只能让"马儿哎你慢点走"。我的叙述用的是骑驴看唱本的速度,或者,我干脆用的就是步行的速度。这是很原始的。这样的速度傻巴拉叽。然而,对于一个一心要让游客"看清楚"的导游来说,我只能放弃"两岸猿声啼不住,轻舟已过万重山"。

四

我还想在这里谈一谈所谓的"写法"。小说当然会有它的"写法",《玉米》《玉秀》和《玉秧》也有它的"写法",这一点毫无疑问。在许多情况下,这个该死的"写法"会让我们这些被称作"作家"的家伙们伤透脑筋。因为"写法"的差异,文学变得无比的热闹,有了"新"和"旧"的区别,乃至于有了"新"和"旧"的对抗。其实,我更愿意把"新"和"旧"的区别和对抗放在一边,尊重和认同"写法"的变迁。"变迁"这个说法轻而易举地避开了一个无聊的逻辑,无聊的逻辑是这样下结论的:"新的就是好的,有生命力的;旧的就是坏的,快断气了。"文学无语。但文学的魅力就在于,它时常会对着无聊的逻辑流露出含蓄的微笑。这种含蓄难免会带有讥讽的意味。阅读告诉我们,在更多的时候,文学总是在逼近了生活质地、逼近了生活秘密、逼近了生活理想的时候绽放出开怀的笑声。如果我们勇敢,我们一定会在"变迁"面前沉着一些,而不会争新恐旧。争新恐旧是文学的性格之一,所以,总体上说,文学有点癫疯。"写法"是折磨人的,在你作出选择的要紧关头,你不得不像作一次脱胎换骨的探险。有时候,你在遥不可及的前沿,有时候,就在你最初出发的地方,在路口。当一个人被折磨得伤了神的时候,他也许就不再犹豫,反而会加倍地坚定。比如说,刚开始,我曾经想把这本书写得洋气一些,现代一些。写着写着觉得不行,不是那么回事。我就问我自己,到底什么是"写法"? 我对自己说:你觉得怎么写"通",什么就是你的"写法"。文学就是这样一点一点亲切起来的,最终成了朋友。我再也不会相信脱离了具体作品之外的、格式化的"写法"。"写法"还能是什么? 就是我愿意带上这样的表情和朋友说话。

五.

在我写《玉秧》的时候,我曾经和一位朋友有过一次有意思的谈话。我们聊起了青春期,聊起了紧迫感。我说,我对青春期并没有特殊的怀念,我对我的朋友说,我对现有的年纪非常满意。朋友有些诧异，十分惋惜地望着我，对我说，飞宇你老了——你搞创作，为什么不能保持二十岁的心态呢？老是很可怕的。我问他，可怕吗？我从来不认为时光的飞逝有什么可怕。我对我的朋友说，如果我永远十八岁，那么，我三十八岁的作品谁替我写？我六十八岁的作品又是谁替我写？我的"青春期书写"已经完成了，假如我的作品永远呈现的都是"二十岁的心态"，我会对我表示出最深切的失望。谢天谢地，我已经三十八岁了，我很满意我可以写出三十八岁的东西了。将来我六十八岁了，我还渴望我能够写出六十八岁的东西。一个艺术家的艺术创作能够完整无缺地展示他的一生，我认为，那才是一个艺术家最大的幸运。我的年纪一年比一年大，作为一个写作者，我没有任何的抱怨，相反，我感谢时光。时光会使我们一天又一天地老去，但时光同样会使我们一天一天地丰富起来，睿智起来。时光有她绝情的一面，然而谁也不能否认，时光也有她仁慈的一面。比方说，在我们的内心，时光总能留下一些东西。有时候，时光可以超越你的智商、气质、意志、趣味，使你变得像日光一样透明。我坚信这个世界上没有天才，如果有，那一定和时光有着千丝万缕的联系，我们原本没有的东西，时光会有所选择地赋予我们。我不敢说《玉米》这本书有多么的出色。可是我可以负责地说，这本书我在二十岁的时候是写不出来的。尽管我二十岁的时候自视甚高，比现在还要自负。

2002 年 11 月底于南京龙江小区

后 记 二

恍若昨日，可事实上十多年过去了。《青衣》之后我发现了玉米，写《玉米》的时候我发现了玉秀，写《玉秀》的时候我发现了玉秧，写《玉秧》的时候我发现了王红兵。当我在王红兵的面前犹豫不决的时候，我动了写《平原》的念头。为了《平原》，我果断地对王红兵说了再见，随后，把《玉米》《玉秀》《玉秧》交给了江苏文艺出版社。让"三玉"出版吧，赶紧的，一出版我就死了那份心了。

如果不是《平原》迅猛地走进我的内心，《玉米》这本书还有哪些内容呢？说一说也挺有意思。

一、我想把王红兵写完。在我的想象里，王红兵生活在南京，我时常在大街上遇见他。他很忙，永远骑在他的那辆"金狮"牌自行车上，肩膀上背了一只网球拍。这是一个和王家庄——或者说——和乡村文明割断了联系的年轻人，操着一口二手的南京腔。他从南京大学毕业了，他既不是乡下人也不是城里人，最终成了南京这个"江湖"里永远也混不出头绪的文艺青年。写他是容易的，这是一个标准的、二十世纪八十年代末期的青年，理想、激情、个性、混乱、挫败、痛苦。他有能量，他有方

270

向,却一头撞在了墙上。一想起他我的心口就进凉风,嗖嗖的。他是一个比我更像我的人。

二、我甚至还想写一部《柳粉香》。柳粉香也就是《玉米》里的"有庆家的"。我一直深爱着这个女人。她的光芒被玉米和玉秀遮蔽了,这让我很痛心。在我写《玉秀》的时候,《玉米》已经发表了。我当时有点后悔:我不该把中篇小说《玉米》匆匆忙忙地发表出去的,我应该写一部长篇,而不是三个系列中篇。——如果是那样的话,柳粉香就有足够的空间与时间了。

在中篇《玉米》里,柳粉香已经怀着王连方——玉米父亲——的孩子了。到了中篇《玉秀》,玉米也生下了她的孩子。我不止一次想象着这个场景:在一个大雪的午后,玉米抱着孩子,回到王家庄了。就在巷口,玉米遇见了柳粉香,柳粉香的怀里同样抱着一个孩子。玉米掀开柳粉香怀里的襁褓,一眼就知道了,柳粉香的儿子是她的血亲弟弟。两个女人,两个婴儿,就这么见面了。在后来的岁月里,这个场景在我的脑子里不停地闪回,很痛,我只能用点香烟去打发它。我不是不想把这个场景写下来,我想写,就是没有合适的地方。这让我格外地痛。它被我错过了,像一个梦。

写作就是这样折磨人,为了大局,或者说,整体性,有时候你必须割爱。你在割爱的时候时常伴随着错觉,总觉得还有机会,事实上,这样的机会是不存在的,错过了就永远错过了。太遗憾了,——可我一直告诫我,一个职业作家不该玩味这种遗憾。

《玉米》现在由人民文学出版社再版了,是时候了,该我把心里的那一点秘密说出来了。

2012 年 11 月 22 日南京龙江寓所